Jener unscheinbare Moment

Lothar Schöne

Jener unscheinbare Moment

Roman

KLÖPFER&MEYER

Für Jutta und Martin David

»Das Leben wird vorwärts gelebt
und rückwärts verstanden.«

Sören Kierkegaard

1 Aua, aua

Angriffslustig wippte der junge Kerl auf den Fußballen, während der Weißbärtige hinterm Schreibtisch ihn skeptisch musterte. Mit klarer Stimme teilte der Student mit, dass er die Klausur bestanden, nämlich zwei von drei Aufgaben vollkommen richtig gelöst habe. Er sei falsch beurteilt worden. Wenn ihm die Klausurarbeit ausgehändigt würde, könne er das auch sofort beweisen. Der weißbärtige Professor hinter dem Schreibtisch schüttelte widerwillig den Kopf: Nein, nein, die Klausur müsse bei ihm bleiben, seine Assistenten würden alles richtig beurteilen, und geändert werden könne nichts mehr. Sein Gesicht ähnelte einer trockenen Backpflaume, die nicht mit sich reden ließ, er verschanzte sich hinterm Schreibtisch, versuchte aber wie ein Gott aus dem Olymp zu wirken, der auch blitzende Pfeile schicken kann. Das Gesicht des jungen Burschen vor ihm verfärbte sich ins Rötliche, seine Stimme wurde lauter: Er bestehe auf der Herausgabe des Beweismittels! Sein Gegenüber schaute beleidigt auf, er fühlte sich in seinem Olymp bedrängt. Mit mürrischer Stimme wies er den aufmüpfigen Studenten vor die Tür. Der schaute ihn zornig an und sagte: »Ich gehe, aber da Sie meine Arbeit nicht rausrücken, will wenigstens ich Ihnen etwas geben.« Er öffnete seinen Hosenstall und fing an zu pinkeln. Eine wunderbare Ellipse ergoss sich auf den Schreibtisch des Professors.

Der Strahl war von jugendlicher Kraft, dass er Hemd und Krawatte des Gottes aus dem Olymp sauber besprenkelte …

Ja, dachte ich unter der Dusche, genauso müsste man es machen, der Zorn kann eine Pflicht zur Tat sein, Zorn, der aus Leid erwächst, aus Trauer über erlittenes Unrecht, und wie anders als mit einem Urinstrahl kann man diese selbstherrlichen Knilche bezwingen – wenn man's nur täte. Ich lebe in Zeiten, wo das meiste verboten und der Rest nicht erlaubt ist, also muss man sich gerade deshalb zu so einer Tat überwinden. Das einfachste Tun war schon Revolution. Wie die Forderung nach Herausgabe einer Klausur. Wie das Anpinkeln eines Professoren-Schreibtischs. Wobei der Student in dieser Stadt grundsätzlich als geheimer Umstürzler galt, als ferngesteuerte Wühlmaus, die sich ihre Fernsteuerung nur nicht anmerken ließ. Ältere Semester trugen noch weiße Hemden mit Schlips, wenn sie in die Sprechstunde zum Professor schlichen und raunten uns Frischlingen zu: »Er ist da!« Der Halbgott gab endlich mal eine Audienz. Bei diesen Halbgöttern handelte es sich durchweg um uralte Herren, die sauertöpfisch dreinblickten, Scherze nur vom Hörensagen kannten, und unter ihren dunklen Sakkos die letzten tausend Jahre versteckten. Und so müffelten sie auch vor sich hin – bestenfalls nach verstaubten Mottenkugeln. Ihre Vorlesungen waren entsprechend. Sie lasen wahrhaftig den Stoff aus ihren Papieren herunter mit gesenktem Kopf und monoton in Tonfall und Tempo, gleichgültig und unbeteiligt. Es war ihnen eine Pflichtübung, der sie sich stumpf unterzogen und dabei keinen

Gedanken an ihre Hörer verschwendeten. Allerdings gab es auch Ausnahmen wie den bärbeißigen Professor Schlöder, einen Mann um die sechzig, der in die Seminare hineinpolterte und als erstes verkündete, dass man hier nicht rauchen dürfe, das wüssten doch hoffentlich alle! Um sogleich ein Päckchen Roth-Händle aus seiner Jackentasche zu ziehen, eine Zigarette herausfingerte, sie ansteckte, eine Wolke in den Raum blies und mit dem ersten Zug verkündete: »Das gilt bei mir nicht, Herrschaften! Bei mir kann geraucht werden.«

So was beeindruckte mich, hier zeigte mal einer Emotionen und Witz. Natürlich war dieser Schlöder bei seinen Kollegen nicht gut angesehen, eigentlich war er sogar verhasst. Seine Professoren-Kollegen hatten intuitiv erkannt, dass er etwas besaß, was sie in ihrer Spießbürger-Mentalität nie erwerben konnten. Schlöders Tod beeindruckte mich auch. Man fand ihn bei seiner viel jüngeren Geliebten im Bett. Mausetot. Herzversagen. Überanstrengung, so wurde geraunt. Ich aber dachte: ein fantastisches, ja glorreiches Ende, das seinen Kollegen mit Sicherheit nicht zuteil wird.

Derlei Gedanken gingen mir unter der Dusche durch den Kopf, und allmählich wurde mir klar, dass ich auch bei mir was ändern musste. Nicht, dass ich mir den baldigen Tod im Bett einer Geliebten erhoffte – mehr allgemein müsste sich bei mir was tun. So ging es jedenfalls nicht weiter! Die feinen Strahlen pickten auf meinen Schädel wie hungrige Vögel ein, und mir fielen Jürgen und die anstehende Klausur in Statistik ein. Ich hatte von dem Fach die Nase voll und eigentlich auch keine Ahnung. Schlimmer noch: Es kam mir ganz so vor, als wolle ich auch keine Ahnung von Statistik haben. Trägheit hatte mich erfasst, die man vermutlich auch Faulheit nennen kann. Aber bei mir war es eine depressive Faulheit. Ich fragte mich, ob man eigentlich von seinem Studium begeistert sein sollte, ob man ein Studienfach lieben, sich zu ihm hingezogen fühlen müsste wie zu einer tollen Frau. Das war bei mir nicht der Fall, ich liebte nicht, ich verabscheute. Ich drehte den Hahn auf blau, kaltes Wasser stürzte auf mich, dann schaltete ich ab, griff nach dem Handtuch und begann, mich abzutrocknen.

BWL – schon diese Abkürzung klingt nach Erschießungskommando. Und das Wort ausgeschrieben hört sich wie eine Vokabel aus einem Horrorfilm an: Die nächste Szene, wo die Leichen ausgeweidet werden, drehen wir in der Betriebswirtschaftslehre! Wie konnte ich seit drei Semestern in diesem grauenhaften Fach herumtappen? Ein Brotberuf sollte es sein, jedenfalls nach dem Willen meiner Mutter. Ja, Mama, ich weiß, du willst mein Bestes, immer nur mein Bestes, du hast mich schon nach dem ersten Semester mit dem Wort vom Bankbeamten gequält. Steigerung erfolgte nach dem zweiten Semester: Da war ich bereits der ewige Student. Studieren, erklärte ich ihr, die niemals eine Uni von innen gesehen hatte, ist eine seriöse Angelegenheit und kann sehr lang dauern. Dafür hast du dann einen gelehrten Sohn. Doch meinem Konterfei im Spiegel sagte ich: Diese BWL-Öde dauert schon viel zu lang, man könnte das Ganze abkürzen, viel knapper fassen. Aber die Profs leiden so was nicht, Kürze klingt unwissenschaftlich, alles muss ausgedehnt und aufgeblasen werden, damit irgendwas generiert werden kann. Das ist ein Lieblingswort von diesen BWL-Menschen. Sie generieren allen möglichen Nonsens und hängen ihm das Wissenschafts-Mäntelchen um.

Ich schleuderte das Handtuch aufs Bett, schaltete mein Uralt-Radio ein und ging nackt zum Bücherregal, um den *Schneider* aufzuschlagen. Einige Wassertropfen aus meinem Haar fielen auf eine Seite und fraßen sich in das Schaubild hinein, als wollten sie das dargestellte Bruttosozialprodukt löschen, während es aus der Ecke schallte »Video killed the Radio Star«, einen Song, den ich im Allgemeinen mitknödelte, vor allem die Stelle, wo der Chor »Aua, aua« singt. Diesmal aber blieb ich stumm. Ich überlegte, wen ich killen könnte.

Aber wahrscheinlich blieb das auch wieder nur eine fiktive Szene unter der Dusche. Beim Anziehen kam mir die Idee. Eine Idee, die mich weiterbringen, vielleicht sogar meiner schlappen BWL-Existenz einen Farbtupfer aufsetzen würde. Ich machte mich auf in die Uni, zur Studentenzeitung. In einem kleinen Raum bei den evangelischen Theologen saß eine Runde Langhaariger in aufgeregter Diskussion beisammen. Sie sahen ganz so aus, als planten sie die Weltrevolution. Einer sagte, man müsse sich zuerst selber ändern, grundlegend sich erneuern, psychisch, sexuell, generell und sich dabei ständig hinterfragen. Das Hinterfragen sei das Wichtigste. Auch beim Geschirrspülen und Kacken? dachte ich, da hinterfragte ich mich eigentlich nie. Laut aber fragte ich, ob ich mitmachen könne, ich sei doch hier richtig, bei der Studentenzeitung? Zustimmendes Gebrummel. Wie denn die Honorare so seien? Entsetzte Blicke trafen mich. Hier arbeite man ohne Honorare, erklärte ein Mädchen mit angewiderter Stimme, ob ich dem Wort Idealismus schon begegnet sei?

»Oh«, sagte ich und ergriff die Klinke, »ein Versehen, ich hab mich in der Tür geirrt.«

Ich ging ein paar Flure weiter in den Trakt, wo die Uni-Zeitung residierte, gewissermaßen die Konkurrenz, die aber, so hoffte ich, finanziell solider und weniger idealistisch aufgestellt war. Ich stellte mich vor, grüßte in die Runde, die aus zwei Frauen bestand und gab kund, dass ich der neue Mitarbeiter sei und gleich einen ersten Beitrag mitgebracht habe. Über das Honorar, teilte ich großzügig mit, könnten wir später reden. Eine der beiden Frauen, eine gut proportionierte Mittvierzigerin, sah mich über ihre randlosen Brillengläser belustigt an. Sie befürchtete offensichtlich, dass ich in Wirklichkeit Vertreter für Schnürsenkel, Kämme und Fingernagelfeilen sei und gleich meinen Bauchladen öffnen werde.

Was auch sofort geschah: »Ich habe eine Kurzgeschichte dabei. Sie heißt *Neintals seltsamer Satz* und handelt davon, dass einem Studenten während der Vorlesung etwas Wichtiges klar wird.«

»Aha«, sagte die Wohlproportionierte, während die Jüngere mit gelangweilter Miene aus dem Zimmer ging, als hätte sie Besseres zu tun.

Ich fand die Äußerung der Chefin enttäuschend: »Wollen Sie nicht mehr wissen?«

»Ich bin sicher, Sie werden mich sofort aufklären.«

»Dem Studenten fällt es wie Schuppen von den Augen. Er sitzt im falschen Studium. Und vielleicht ist das Studieren überhaupt ganz verkehrt.«

»Was denn nun?«, fragte sie.

»Vermutlich beides«, erwiderte ich mit düsterer Stimme.

Die Dame fasste sich an ihr rechtes Ohrläppchen und rieb daran, als wolle sie es zu einer Geheimkonferenz aktivieren. Sie schaute mich dabei an, als überlege sie, ob sie mich dazu einladen solle.

»Na gut«, sagte sie schließlich, »lassen Sie mir die Geschichte mal da.«

Ich breitete vier Schreibmaschinenseiten auf ihrem Schreibtisch wie eine Schatzkarte aus. Sie schob sie achtlos zusammen und fragte: »Was machen Sie denn sonst noch?«

Ich gestand mein BWL-Studium wie ein Verbrechen, und sie nickte zustimmend, als hätte ich die richtige Antwort gegeben. Dann nannte sie ihren Namen, sie hieß Nicole Hüth, lud mich zu einem Kaffee ein und fragte, ob ich nicht Lust hätte, mich um die Anzeigen der Uni-Zeitung zu kümmern.

»Ich soll Anzeigendirektor werden?«

»Warum nicht – wenn Ihnen der Titel gefällt. Wir brauchen Anzeigen, damit finanzieren wir uns zum Teil. Man muss mit den Kunden reden, ein bisschen herumtelefonieren, keine schwere Arbeit.« Sie legte eine Kunstpause ein, dann fragte sie: »Wissen Sie, was acht Prozent sind?«

Ihre plötzliche Eloquenz hatte mich misstrauisch gemacht, doch ihr letzter Satz heiterte mich auf. »Sie haben Recht«, antwortete ich, »was sind schon acht Prozent? Sagen wir zehn Prozent, und ich bin Ihr Mann.«

Ich bekam den Job. Es war ein erster Lichtblick in meiner trüben Studentenkarriere. Anzeigendirektor bei der Uni-Zeitung! Und mir war klar, dass der Grund dafür mit Sicherheit nicht meine Kurzgeschichte war, sondern die Tatsache, BWL-Student zu sein, Frau Hüth wusste ja nichts von meiner Erfolglosigkeit. An diesem Tag begann ich Hoffnung zu schöpfen, doch nicht als Bankbeamter enden zu müssen.

2 Look, Mr. Pig

Ungefähr um diese Zeit muss Erna in mein Leben getreten sein. Sie war meine Tante, wollte aber nicht so angesprochen werden, ich sollte nur ihren Vornamen sagen. Bei einem meiner Wochenendbesuche teilte mir meine Mutter mit, dass Erna und Heine zurückgekommen seien und in Frankfurt eine Wohnung genommen hätten. Heine hieß eigentlich Heinrich, sie nannte ihn aber nur Heine, und er war ihr einziger Bruder, der noch lebte.

Die beiden Zurückkehrer hatten lange in England gewohnt, ich kannte sie eigentlich nicht richtig, erinnerte mich aber an einen lang zurückliegenden Besuch bei ihnen, ich war noch ein Kind … es war ein Weihnachtsbesuch, und Weihnachten war für mich ein einsames Fest. Niemand kam zu Besuch, und wir gingen nirgendwo hin. Papa und ich schmückten stattdessen ein kleines Fichtenbäumchen mit ein paar Kerzen und dem Lametta des Vorjahres. Mama beteiligte sich nicht daran. Wir lebten damals als Flüchtlinge aus der DDR in einer Zwei-Zimmer-Wohnung mit Küche im Wohnzimmer, und ihr konnte nichts entgehen. Sie sah unserer Baumschmückerei zu und bereitete einen Fisch vor; ich glaube, es war Karpfen, den sie mit Kräutern füllte und der mir nie schmeckte.

Ich muss neun oder zehn gewesen sein, als es mich

zum ersten Mal störte, dass ich immer nur allein unter dem Baum saß und ein kleines Geschenk auspackte. »Warum kommen uns eigentlich nie Verwandte besuchen?« Mama warf mir einen strengen Blick zu und sagte kurz angebunden: »Weil wir Weihnachten eigentlich nicht feiern, ich mache es deinem Vater zuliebe, aus Rücksicht.«

Das war sonderbar. Denn Weihnachten war ein Familienfest, das hatte ich inzwischen in der Schule erfahren. Da kamen alle, Onkels und Tanten und Omas und Opas und Brüder und Schwestern und Cousinen und Cousins. Alle saßen unter dem Weihnachtsbaum und freuten sich.

»Und zu uns kommt niemand?«

Sie schaute mich trübsinnig an, schließlich sagte sie: »Die Verwandten sind uns ausgegangen.«

Mehr wollte sie nicht sagen. Aber jetzt fing es in meinem Kopf zu knacken an. Hatten sich denn alle losgesagt von uns? Konnten sie uns nicht leiden, dass sie sich auf keinen Fall unter dem Bäumchen mit uns freuen wollten? Mit uns, den schrecklichen Eltern und diesem furchtbaren Kind? Oder lebten die Verwandten vielleicht nicht mehr? Wuchs ich in einer Familie mit einer seltenen Erbkrankheit auf? Hatte ich nicht kürzlich nach dem Fußballspiel blaue Flecken an meinen Beinen entdeckt? Waren das die ersten Zeichen?

»Ausgegangen – warum?«

Sie machte es kurz mit der Antwort: »Das erklär ich dir, wenn du ein bisschen älter bist.«

Im Frühherbst des nächsten Jahres, ich dachte noch gar nicht an Weihnachten, überraschte meine Mutter mich nach der Schule mit einer ungewöhnlichen Botschaft. Sie hatte uns beiden eine Kartoffelsuppe gemacht, und ich ließ es mir schmecken, als sie plötzlich aufstand, die Arme in die Seiten stützte und mich mit einem Gesicht ansah, das ich nicht kannte. Sie trug eine Kittelschürze, und da sie nicht groß, aber ziemlich stämmig war und weil ihre Miene triumphierend aufblitzte, kam sie mir wie ein kleiner Feldherr vor.

»Du willst deine Verwandten kennenlernen? Ich habe darüber nachgedacht. Wir kriegen das hin.«

»Ich dachte, sie sind uns ausgegangen«, erwiderte ich zaghaft.

Sie holte den Topf vom Herd und schenkte mir eine Kelle nach: »Du hast einen Onkel Heine, der kommt eigentlich aus Breslau, aber jetzt lebt er in England. Wir werden, so Gott will, nach England fahren.«

»Wirklich?«, fragte ich staunend. England kannte ich nur vom Hörensagen, eine Insel sollte das sein, weit weg, fast ein eigener Kontinent, wie sollten wir da hinkommen? Und womöglich war Gott nicht auf unserer Seite?

»Ich habe Onkel Heine einen Brief geschrieben, und er hat mir auch schon geantwortet.«

»Und was?«, fragte ich und ließ den Löffel sinken.

»Wir sollen kommen, er freut sich!«

Es gab also doch Verwandte. Sie freuten sich sogar, uns zu sehen! Verwirrt ließ ich den Löffel wieder kreisen.

»Aber wann? Ich habe doch jetzt noch Schule?«

Meine Mutter strich mir übers Haar: »Den genauen Termin werden wir noch verabreden.«

Von da an fragte ich Mama wenigstens zweimal in der Woche, ob sie unseren England-Termin schon verabredet habe. In der Schule erzählte ich herum, dass ich demnächst nach London fahren müsse, hochgestellte Verwandte hätten uns eingeladen. Ein Mitschüler wusste mehr über die ferne Insel; es gebe da eine Queen, das sei fast so was wie eine Königin. Oh ja, erwiderte ich feierlich, ein Treffen mit der Queen stände auch auf dem Plan.

Es war schon Spätherbst, als Mama in Kittelschürze beim Mittagessen abermals die Arme in die Seite stemmte. Ich war im Zeichendeuten mittlerweile weit vorangeschritten und wusste: Da kam etwas Bedeutendes.

»Ich habe mit deinem Onkel einen Termin gefunden. – Wir werden kurz vor Weihnachten zu ihnen fahren. Anders geht es nicht.«

»Aber das ist doch prima!«, rief ich glücklich, »da können wir Weihnachten endlich zusammen feiern.« Und insgeheim dachte ich: Hoffentlich ist er reich, der Onkel, dass er mir ein großes Weihnachtsgeschenk unter den Baum legen kann oder zwei, und hoffentlich hat er gute Kontakte zu der Queen, dass wir am ersten Feiertag bei ihr eingeladen werden oder am zweiten oder an beiden und noch mal feiern können, damit ich später in der Schule was zu erzählen habe.

Mama schaute mich eine Weile nachdenklich an, dann sagte sie langsam: »Weißt du, Sohnele, er ist ja mein Bruder, und er und seine Frau feiern Weihnachten nicht.« Sie fuhr fort: »Aber so schlimm ist das nicht. Du lernst da was fürs Leben. Man kann nicht alle Wünsche gleichzeitig erfüllt bekommen. Das wäre zu viel verlangt.«

Theoretisch leuchtete mir das ein, praktisch war es keine Hilfe. Gut, ich würde endlich Verwandte kennenlernen, aber offenbar würden wir nicht zusammen feiern, jedenfalls nicht das Rücksichtsfest Weihnachten.

»Ich muss dir noch was sagen«, teilte meine Mutter mir mit. »Wir fahren allein, nur du und ich.«

»Ohne Papa?«, fragte ich.

Sie nickte. »Wir haben nicht genug Geld, um zu dritt zu fahren.«

»Macht euch ein paar schöne Tage«, sagte mein Vater beim Abendessen, »die Queen könnt ihr auch ohne mich bewundern.«

Mitte Dezember stiegen Mama und ich in einen Zug, der uns nach Calais bringen sollte. Die anschließende Schiffsreise nach Dover war prima, so etwas hatte ich noch nie erlebt, ich kam mir vor wie Kolumbus. Unbekannte Erdteile entdecken, wurde mir klar – das war mein Ding. Ich würde den Klassenkameraden erzählen, dass ich mit dem Captain über die Route gefachsimpelt hätte. Ja, Captain würde ich sagen, nicht Kapitän, sie sollten ruhig merken, dass ich ihnen was voraushatte. Mama konnte die Überfahrt nur liegend ertragen, während ich ihr alle zehn Minuten berichtete, wie hoch die Wellen draußen schlugen. Sie murmelte, ich solle bei Onkel Heine und Tante Erna nichts von Weihnachten sagen.

Als wir in Dover ankamen, schleppte sie sich mit mir zum Zug. Wieder festen Boden unter den Füßen zu haben, war eine Erleichterung für sie, und mir wurde zum ersten Mal klar, dass sie die Reise meinetwegen auf sich genommen hatte.

Auf dem Bahnhof St. Pancras in London irrten wir eine Weile herum, doch es blieb wie es war: keine Verwandten in Sicht. Mama trug einen schwarzen Mantel, der zu dünn für die Jahreszeit war. In dem Durcheinander der Menschen, zwischen an- und abfahrenden Zügen, schauten wir uns die Augen wund. Mamas Blick wurde immer trostloser, während ich nach dem englischen Wort für Verwandte grübelte. Vielleicht konnte man sie ausrufen lassen, wenn ich nur die englische Vokabel fand. Ich sagte Mama, was in meinem Kopf vorging, sie sah mich liebevoll an: »Mein Zweistein, wir brauchen kein Wort, wir kennen ihre Namen, die Verwandten heißen Fabisch.«

In jähem Entschluss riss Mama mich mit sich fort. In der einen Hand den Koffer, in der anderen mich, fand sie ein Taxi, hielt dem Fahrer die Adresse hin, und nach längerer Fahrt standen wir vor der Wohnungstür unserer Verwandten. Sie wohnten nicht in einer Villa mit Dienerschaft in einem großen Park, sondern in einem Hochhaus im vierten Stock. Und waren ziemlich überrascht, uns zu sehen. »Wir haben euch erst nächste Woche erwartet!«, sagten sie auf Deutsch.

Von meinem Onkel war ich enttäuscht. Mein sorgfältig präparierter Satz, »Hello, uncle Heine!«, war angesichts seiner Deutschkenntnisse entwertet. Und er sah mir gar nicht ähnlich. Er hatte eine Glatze, und eine knollige Nase ragte aus seinem Gesicht. Nicht mal mit meiner Mutter konnte ich Ähnlichkeit erkennen. Das waren also Verwandte. Sie hatten ein Besucherzimmer, und es gab sogar einen Balkon, von dem aus ich auf die Straße hinabblicken konnte. Auf der fuhren die Autos auf der falschen Seite.

Tante Erna war eine kleine Person, noch kleiner als meine Mutter. Winzig wie eine Spielzeugfrau kam sie mir vor. Wenn sie aus dem Haus ging, musste sie sich einen großen Hut aufsetzen, damit man sie nicht versehentlich überfuhr. In der Wohnung trug sie Turnschuhe, auf denen sie sich sonderbar wirbelnd fortbewegte. Mama erzählte mir, dass sie früher bei einer berühmten Balletttruppe getanzt hatte. Im Unterschied zu Onkel Heine wusste Tante Erna sofort, womit sie mich fördern konnte: Sie sprach mich auf Englisch an. Wenn ich fragend zurückschaute, und das war fast immer der Fall, gab sie Übersetzungshilfen.

Ein erster Lichtblick fiel auf meinen Onkel, als ich mitbekam, dass er ein Auto besaß. Es war ein altmodisches Vehikel, aber immerhin hatte er eines und musste nicht mit Fahrrad und Hosenklammern wie Papa fahren. An einem der folgenden Tage nahm er mich mit. Und als erstes steuerte er ein Spielzeuggeschäft an! Ich war begeistert. Dann musste ich feststellen, dass er mir nichts kaufen, nicht einmal etwas zeigen wollte. Vielmehr redete er im Hinterzimmer ausgiebig mit dem Besitzer des Geschäfts und holte dann zwei Koffer aus seinem Gefährt. Als er sie aufklappte, erstarrte ich: Darin waren ja die schönsten Spielsachen selbst! Er besaß all diese kleinen Autos und Eisenbahnen und Häuschen und Schienen. Wenigstens eines von den kleinen Autos könnte er mir doch schenken! ging es mir durch den Kopf, wir waren schließlich verwandt. Aber er dachte gar nicht daran. Er wollte sie alle verkaufen.

Das Weihnachtsfest näherte sich, aber ich durfte ja nicht davon reden. Wenn wir allein waren, zog meine Mutter mich zu sich und schärfte mir ein, bei Onkel Heine und Tante Erna auf keinen Fall zu erzählen, dass wir daheim ein Bäumchen mit Kerzen und Lametta hatten.

»Die beiden sind strenggläubig, weißt du.«

»Strenggläubig?«

»Ja, strenggläubig. Bei denen gibt es keinen Weihnachtsbaum und keine Krippe. Das ist unkoscher.«

»Unkoscher?«

»Man isst kein Schweinefleisch. Und über Nikolaus und Weihnachtsmann redet man nicht.«

»Und über Geschenke?«, wandte ich leise ein.

»Du bist wohl verrückt!«

Voller Ingrimm saß ich später bei Onkel Heine im Auto. Als er die Koffer mit den Spielsachen in die Geschäfte schleppte, überkam mich Schwermut. Da fährt man extra auf eine ferne Insel, um seine Verwandten kennenzulernen und wird dann daran gehindert, mit ihnen zu feiern. Vor allem bekommt man nichts geschenkt.

Und alles nur, weil Onkel und Tante keine Ahnung von Weihnachten haben, weil sie strenggläubig sind. Die könnten doch Rücksicht auf mich nehmen, so wie Mama das daheim bei Papa tat.

Der 24. Dezember würde also ein ganz normaler Tag werden. Fast so einsam wie daheim, diesmal mit Verwandten, von denen einer mit Spielzeugen handelte, mir aber keins abgab. Am Nachmittag verschwand Onkel Heine in einem Nebenzimmer. Ich saß mit trüber Miene im Wohnzimmer auf dem Sofa. Tante Erna machte sich in der Küche zu schaffen, vielleicht würde sie sich wenigstens zu einer Kartoffelsuppe aufraffen. Mama rief ab und zu hinüber, ob sie nicht helfen könne.

»Nein, nein, Rosa, bleib wo du bist, ihr sollt euch bei uns erholen.«

Wir saßen ziemlich lange auf dem Sofa, doch schließlich öffnete sich die Tür zum Schlafzimmer, und ich hörte eine bekannte Stimme. »Von drauß' vom Walde komm ich her; ich muss euch sagen, es weihnachtet sehr!«

Ein Mann in rotem Umhang erschien, mit einer roten Zipfelmütze auf dem Kopf und einem prächtigen weißen Bart. Mir war sofort klar, dass es sich nur um Onkel Heine handeln konnte, der unkoschere Rituale praktizierte. Was war denn mit dem passiert?

Meine Mutter starrte auf die Gestalt wie auf ein Gespenst. Doch mein Onkel mit der Zipfelmütze ließ sich nicht beirren. Er stapfte zu mir und fragte: »Warst du auch schön brav, mein Junge?«

Na, das kann man wohl sagen, dachte ich. Bei all den Fahrten habe ich dir kein einziges Spielzeugauto stibitzt.

»Ja, Onkel Heine.«

Der Mann mit dem Bart lachte dröhnend los. Er nahm die Zipfelmütze ab und erklärte meiner Mutter: »Weihnachten muss doch anständig gefeiert werden, mit Weihnachtsmann und Tannenbaum.« Er verschwand im Schlafzimmer und kehrte gleich darauf mit einem wunderbar geschmückten Bäumchen zurück, das er neben das Sofa stellte.

»Die Überraschung ist gelungen, was?«, brummte er meiner Mutter zu.

Die erholte sich mühsam: »Ich wusste ja gar nicht …«

»Weihnachten lassen wir uns nicht entgehen«, erklärte Onkel Heine. »Chanukka haben wir natürlich auch gefeiert! Wir sind am Leben, wir müssen feiern, wir müssen dankbar sein.«

An der Tür zur Küche erschien Tante Erna und forderte uns fröhlich auf: »Kommt rüber zum Essen, es gibt Gänsebraten.«

Gänsebraten! dachte ich. Das ist ja mal was Neues nach dem ewigen gefilten Fisch daheim. Und dann wurde es heiter beim Essen. Der Gänsebraten war der beste, den ich bis dahin gegessen hatte und eigentlich auch der erste, die Erwachsenen tranken Wein, und mir wurde eine Cola kredenzt, die ich zu Hause auch nie bekam.

Am besten wurde es, als mich Onkel Heine zum Weihnachtsbaum führte. Da lag doch tatsächlich ein Geschenk für mich! Mein Herz pochte. Wenn es ein Spielzeugauto war, dann ein ganz flaches, also wohl ein Rennwagen. Mein Onkel war doch kein übler Kerl, er hatte die Überraschung bis zum heutigen Abend zurückgehalten, und nun war es soweit! Ach, ist es schön, Verwandte zu besitzen, die unkoscher feiern!

Mit zitternden Fingern packte ich aus, ganz langsam. Selbst für einen Ferrari schien es recht flach zu sein. Aber es war kein Auto. Es war ein Buch. Und trug den Titel »Robinson Crusoe«. Mit dem ging ich lesend auf große Fahrt und war gar nicht enttäuscht. Denn ich entdeckte eine andere Insel, auf der einer strandete und weder Weihnachten noch Chanukka feiern konnte – das ging also auch.

Onkel Heine war in meiner Erinnerung etwas verblasst. Erna dagegen führte ein putzmunteres Leben in meinem Gedächtnis. Schlank und klein war sie und mit lebhafter Mimik. Sie las mir damals aus Kinderbüchern vor, auf Englisch natürlich, und manches ist bis heute hängen geblieben. Look, Mr. Pig! Is it Mr. Pig? Yes, it is Mr. Pig. Mr. Pig is lying on the ground. – Oder sitzt Mr. Pig in Wirklichkeit hinter einem Schreibtisch in der Uni, nennt sich Professor und verweigert die Herausgabe der Klausur?

Erna nahm mich auch zum Rollschuhlaufen mit, sie fuhr mir eine Acht vor. Ich machte es ihr nach und brachte eine wackelige Zahl zustande, die eher wie eine Neun aussah. Zum Abschied schenkte sie mir damals ein paar Rollschuhe, die ich heute noch besitze. Und die Kaugummis, die sie mir zuschickte, werde ich nie vergessen. Man konnte damit toll angeben und Riesenballons blasen, bis sie auf dem Gesicht zerplatzten.

Und nun waren sie also nach Frankfurt gekommen, Erna und Onkel Heine. Ich fragte meine Mutter: »Für immer?« Sie zog die Augenbrauen hoch und breitete die Arme aus: »Wer weiß das? Was ist schon für immer?« Erna habe eine Stelle als Sekretärin gefunden, erzählte sie. Mich interessierte, ob Heine noch Spielzeug verkaufte, viel besser wäre noch eine Anstellung in einem Kaufhaus gewesen, da wäre er bestimmt aufgestiegen, hätte Abteilungsleiter werden können für Brummkreisel und Mini-Ferraris.

Mama enttäuschte mich. Pensioniert sei er! Das bezweifelte ich. Seit wann werden Spielzeugvertreter pensioniert, als seien sie Regierungsbeamte? Ich vermutete, dass Mama lediglich das Wort Pensionierung in den Mund nahm, weil es zu ihren Lieblingsvokabeln gehörte. Bankbeamte werden schließlich auch pensioniert.

Ich hatte fürs Erste genug erfahren. Im Moment ging mir anderes durch den Kopf. Mein Posten als Anzeigendirektor verlangte Einsatz, und außerdem hatte meine Poetenkarriere Fahrt aufgenommen. Denn meine Kurzgeschichten fanden das Interesse von Frau Hüth und rückten nach und nach ins universitäre Blatt. Und ich hörte nicht auf, immer Neues zu schreiben. Ob ich im Begriff war, ein leuchtender Stern am Poetenhimmel zu werden? Daneben brachte mir meine Anzeigendirektion bei der Uni-Zeitung nicht nur eine Stange Geld ein, auch über Betriebswirtschaftslehre lernte ich einiges, viel mehr jedenfalls als in meinem Studium. Ich gewöhnte mir an, meine Großklienten persönlich aufzusuchen und entwickelte eine wahre Genialität im Akquirieren von Annoncen. Ökonomie, stellte ich fest, ist eigentlich eine Art von Psychologie. Wenn man den Kunden nur klarmachen konnte, welch herrliche Auswirkungen eine Anzeige in der von Zehntausenden gelesenen Uni-Zeitung für ihr Geschäft besaß – schon hatte man gewonnen. Allerdings musste ich bei manchen Kunden aufpassen. Denen fehlte der Sinn für meine seriöse Ausstrahlung, und sie wollten mir umgekehrt Betten, Versicherungen, Reifen oder sogar ganze Autos andrehen.

Die Zeitung platzte bald vor Annoncen, und ich bildete mir ein, der Finanzier des Blattes zu sein. Meine Kurzgeschichten wurden mir ebenfalls bezahlt, doch bei ihnen dachte ich eher in ideellen Kategorien. Ich sah sie als Geschenke für das akademische Personal, ja im Grunde für die ganze Menschheit, und ich stolzierte über den Campus im Bewusstsein, meinen Lesern die Ehre zu geben. Man könnte vermuten, dass ich den Realitäten zu entrücken drohte – was nicht ganz verkehrt ist. Mit meinem BWL-Studium hatte ich jedenfalls kaum noch was im Sinn, ich sann manchmal nur darüber nach, ob es härtere Strafen für Professoren gab als meine zornig erdachte Schreibtisch-Pinkelei. Aber wie man Geld verdienen konnte, wusste ich inzwischen, wozu sich noch mit Schneiders Schaubildern und Brutto- und Nettosozialprodukten beschäftigen? Nur eine entfernt gelegene Kammer meines Herzens ahnte, dass ich auf dem Holzweg war. Selbstbefriedigung ist an sich was Feines. Man vergnügt sich mit einer Person, die einem nahe steht. Aber ich trieb eine Art Dauerselbstbefriedigung – mental gesehen. Daran konnte irgendwas nicht stimmen. Ich hegte sogar die Befürchtung, dass ich an einer noch unentdeckten Krankheit litt, an der Sigmund seine Freud gehabt hätte.

Daheim sprach Mama träumerisch von meiner Zukunft als Bankbeamter. Selbst ewige Studenten könnten Bankbeamte werden und so gewissermaßen den Gipfelpunkt des Daseins erreichen. Insgeheim fragte ich mich, ob ein Bankbeamter ein schlichter Kassierer war, der für seine genauen Abrechnungen in den Beamtenstatus gehoben wurde oder ein Mensch, der sein ganzes Leben wie ein Gefangener in einer Bank verbracht hatte und statt Schmerzensgeld Pension zugesprochen bekam oder ob meine Mutter den Ausdruck deshalb liebte, weil er sich so krisenfest anhörte. Ein altes Foto gab mir die Antwort. Darauf war sie zu sehen: mit Regenschirm in der Hand und Sonnenbrille im Gesicht. Also für jede Eventualität gerüstet. Ich sei ein Spätgeborener, erklärte sie mir einmal, und darüber könne ich nur froh sein. In gewissen Zeiten müsse man auf alles vorbereitet sein.

Mein Vater fragte gern nach meinen Fortschritten im Studium, alles Ökonomische hatte es ihm angetan, schon das Wort elektrisierte ihn, und er brütete ständig neue Geschäftsideen aus. So erzählte er mir, dass er sich mit dem Gedanken trage, Bonbonfabrikant zu werden. Er kenne da einen Mann in Offenbach, der in seinem

Hinterhof ausgezeichnete Ware herstelle, er habe alles durchgekostet. Köstliche Kleinode der Süßwarenkunst! So drückte er sich aus. Bislang seien das nur geringe Mengen, aber wenn er die kaufmännische Seite übernehme, würde er die Sache auf größere Füße stellen. Ganze Geldscheingeschwader schwirrten bei seinen Worten durch die Wohnung, und es hatte den Anschein, als brauche Papa nur die Hand auszustrecken, um sie zu sich zu ziehen. Dabei besaß er einen krisenfesten Job, er war Behördenangestellter bei der Stadt Frankfurt im Ausgleichsamt. Irgendetwas musste immer ausgeglichen werden, das konnte noch Jahrzehnte dauern. Aber gerade deshalb, so kam es mir vor, überwältigten ihn immer wieder neue fantastische Pläne.

Ich dagegen grübelte auf der Rückfahrt in meine Uni-Stadt Mainz über der Frage, ob ich der Betriebswirtschaftslehre vielleicht doch noch eine Chance geben oder gleich mit Dorothee auswandern sollte. Ja, mit Dorothee konnte ich mir das gut vorstellen.

3 Vorglühen, heißlaufen

Mein Zimmernachbar Ernesto tanzte wie ein Derwisch um den Herd herum und beachtete mich nicht, als ich in die Küche des Wohnheims kam. Dazu tönte laut ›Susi Q‹ vom Kassettenrecorder. Erst als ich die Lautstärke runter drehte, zuckte er sich aus und sah mich verwundert an.

»Kennst du die nicht?«, fragte er.

»Na klar, das ist *Creedence Clearwater Revival.* Hast ja lange gebraucht, bis du sie entdeckt hast.«

Er ging auf meine Rede nicht ein: »CCR, wie wir Fachleute sagen. Die einzig wahre Musik sag ich dir. Bringt die Moleküle zum Vibrieren.«

Ein Dunst wie in der Sauna hing überm Herd, und es roch furchtbar nach Kohl und Gemüse, als hätte jemand alles Grünzeug, das er finden konnte, in einen Topf geworfen, um damit einen besonders heimtückischen Molotow-Cocktail zu brauen.

»Minestrone!«, erklärte mir Ernesto bedeutungsvoll.

Eigentlich hieß er Ernst, ein Name wie Wasser und Knäcke – deshalb hatte ich ihn auf Ernesto verlängert, damit er wenigstens sprachlich was hermachte und wie ein politisches Fanal wirkte.

»Ich dachte, Minestrone sei essbar«, sagte ich und reckte die Nase demonstrativ in die Luft.

»Erobern Maden die Minestrone, schenk sie dem Freund mit ner Makrone«, erwiderte Ernesto ungerührt, »mach auf die Sinne, weit das Tor, riechst du die Köstlichkeit davor? Probier mal.«

Er deutete auf einen riesigen Kochtopf, aus dem es übel herausdampfte. Ich ging auf sein Angebot nicht ein, sondern öffnete den Kühlschrank, in dem sich ein verschimmelter Käse beleidigt in eine Ecke zurückgezogen hatte.

»Da war übrigens eine Frau da«, brummte er.

»Eine Frau? Drück dich deutlicher aus. War sie neunzig oder neunzehn? Blond oder schwarz? Süß oder sauer?«

»Ah, der Herr Kommilitone hat die Auswahl.«

Ich hätte an dieser Stelle Aufklärung treiben können, aber fühlte nicht die geringste Neigung dazu. Sollte er doch glauben, dass ein Harem mich erwartete, wenn ich diese Küche verließ.

»Etwa zwanzig, blond, ganz nette Figur«, erstattete Ernesto Bericht.

»Du machst dich als Assistent. Aber warum ist der Kühlschrank so leer? Hast du ihn geplündert?«

»Ein geistiger Mensch muss essen. Auch wenn er weiß, dass der Genuss ein ephemer ist. Jeder Bissen bleibt eine Minute im Mund, zwei Stunden im Magen und hängt sich als Fett drei Monate an den Bauch. Ich arbeite daran, die Verweildauer umzukehren. Ein kleiner Schritt für mich, ein großer für die Menschheit.«

Ernesto studierte Chemie, so redete er öfter, ich hätte gern mit irgendeiner BWL-Statistik geantwortet, aber mir fiel keine ein. Und was kann man schon mit Statistiken beweisen – alles und nichts.

»Ich hab die Dame zum Essen eingeladen«, erklärte er.

»Hat sie die Flucht ergriffen?«

»Unverständlicherweise hat sie abgelehnt.«

»Also Flucht. Das spricht eindeutig für sie.«

»Sinkt die Studentin untern Tisch, war's Minestronelein nicht mehr ganz frisch«, rief er mir nach, als ich die Küche verließ und darüber nachdachte, wer die Unbekannte gewesen sein könnte. War es Dorothee? Aber die hatte keine blonden Haare. Sie hatte braune, die ihr auf die Schulter fielen. Und wunderbare Sommersprossen unter den grünen Augen. Es hätte eventuell auch Carola sein können, ein Mädchen aus dem Makroökonomie-Seminar, die mir einen Termin für die Arbeitsgruppe mitteilen wollte. Wenn es aber doch Dorothee gewesen war – mein Herz schlug schneller. Wo war sie jetzt? Vermutlich in der Bibliothek. So wie ich sie einschätzte, arbeitete sie rund um die Uhr. Eigentlich kannten wir uns noch gar nicht richtig, es war eher was Flüchtiges auf einer Party, aber seither war sie mir nicht aus dem Kopf gegangen.

Ich schwang mich aufs Fahrrad, ganz zufällig würde ich sie treffen, das war das Natürlichste der Welt, und dabei könnte ich vielleicht etwas mit ihr ausmachen. In meinen Augen war sie ein bizarrer Typ von Studentin, denn ihr machte das Studieren offenbar Spaß, möglicherweise war sie sogar begeistert – unglaublich. Ich dagegen würde noch in hundert Jahren als Anzeigendirektor auf dem Campus herumlungern, und außerhalb des Semesters musste ich Kurzgeschichten en gros verkaufen. Wenn ich nicht vorher als Terrorist erschossen wurde. Zurzeit konnte ja jeder einer sein oder wenigstens einen im Schrank verstecken. Die RAF-Fahndungsblätter wurden sogar in der Uni ausgehängt. Was studierte Dorothee eigentlich? fiel mir ein. Irgendwas mit Literatur, hatte ich auf der Party mitbekommen. Egal, ich würde sie schon in einer Bibliothek finden.

*

Dorothee saß kerzengerade in der vorletzten Reihe der germanistischen Bibliothek. Mit dem Rücken zum Eingang. Eine Menge Bücher lagen vor ihr auf dem Tisch. Ich ging die Bücherregale entlang, zog aus der Abteilung Klassik zwei Bände Goethe heraus und nahm neben ihr Platz. Sie war so in ihre Arbeit vertieft, dass sie mich gar nicht bemerkte.

Ich blätterte laut raschelnd in den Büchern, bis sie unfreundlich zur Seite schaute, mich erblickte, und ihre Sommersprossen sich aufhellten. So kam es mir jedenfalls vor.

»Vorsicht Bildung!«, flüsterte sie.

»Ich sehne mich nach klassischer Lektüre …«, erwiderte ich in normaler Lautstärke.

»Pscht«, machte sie und schnitt ein grimmiges Gesicht.

»… obwohl sie auf Dauer ermüdet«, fuhr ich ungerührt fort, laut zu sprechen.

Einige Köpfe fuhren hoch, und böse Blicke trafen mich. Das waren hier lauter Menschen mit hohem Arbeitsethos. Dorothee zog die Augenbrauen hoch und deutete mit dem Kopf auf die Tür nach draußen.

»Hat dir schon jemand eine grundlegende Diagnose gestellt?«, zischte sie im Gang vor der Bibliothek, und ihre Augen blitzten gefährlich, »dein Verhältnis zum Studium ist gestört.«

»Ich weiß«, flüsterte ich zurück, »aber ich habe eine Geheimbotschaft bekommen.«

Sie sah mich herausfordernd an: »Von wem, und um was geht es?«

»Eine Person war in meiner Villa, eine weibliche Person. Sie hat meinem Koch eine Nachricht hinterlassen.«

Ihre Stimme klang milder: »Ist ja aufregend. Was für eine Nachricht?«

»Mein Koch war gerade im Begriff, mir eine köstliche Minestrone zuzubereiten. Doch diese Frau muss ihn verwirrt haben. Ich habe aus seinem Gestammel herausgehört, dass sie sich heute Abend mit mir vorm *Prinzeß* treffen will. Was meinst du, soll ich hingehen?«

»Schwere Entscheidung. Was will die Unbekannte von dir?«

»Das weiß ich eben nicht. Vielleicht ist sie eine Terroristin und will mir ein Dossier zustecken?«

»Ein Dossier?«

»Einen geheimen Kassiber zur Befreiung von Baader und Ensslin und anderen Terroristen.«

»Wäre möglich«, grinste sie.

»Vielleicht will sie aber auch mit mir ins Kino. Auch das ist nicht ausgeschlossen.«

Auf Dorothees Nasenwurzel bildete sich eine kleine Falte, die ich gern geküsst hätte.

»Vielleicht ist es eine Falle«, sagte sie feierlich, »vielleicht sollst du entführt werden.«

»Du hast Recht, ich muss mit allem rechnen, die Sache ist nicht ungefährlich.«

Dorothee schaute mich spöttisch an, und ihre Sommersprossen begannen zu leuchten: »Vielleicht sollst du ins richtige Studium entführt werden. Du brauchst auf jeden Fall Mut. Und ich befehle dir hinzugehen.«

»Ich muss mich der Gefahr stellen, stimmt. Ich werde dieser Person zeigen, was es heißt, sich mit mir einzulassen.«

»Aber vergiss nicht, es ist eine Frau. Vielleicht zeigt sie dir noch ganz andere Seiten.«

»Könnte sein«, murmelte ich nachdenklich, »aber sie hat dem Dienstpersonal unklare Botschaften hinterlassen. Welche Unkultur. Du hättest meinen Koch sehen sollen. Er wollte vor Verzweiflung seine Minestrone selbst essen.«

Sie lächelte meine gespielte Empörung weg: »Du könntest die Unbekannte zum Essen einladen. Wenn schon die Minestrone an dir vorbeigegangen ist.«

»Du glaubst also, sie kommt?«

»Warum nicht?«

»Ob sie mir ein bisschen sympathisch ist?«

»Verlang nicht zu viel. Vielleicht bist du ihr ja gar nicht sympathisch. Vielleicht hält sie dich nur für ein gutes Opfer. Welche Uhrzeit übrigens?«

»Halbacht meine ich gehört zu haben.« Ich schaute sie fragend an.

»Eine ordentliche Zeit«, erwiderte sie, »ich wünsch dir viel Glück bei dem Treffen.«

Damit drehte sie sich auf ihren College-Schuhen herum und verschwand wieder in der Bibliothek. Ich guckte noch eine Weile auf die geschlossene Tür, als sei es der Eingang zu einer Schatzkammer, machte dann einen Luftsprung und hüpfte nach der anderen Seite davon. Heute Abend Dorothee, echote es in meinem Kopf, heute Abend Dorothee! Und als ich an der Cafeteria vorbeikam, strich ich mein dunkles Haar aus der Stirn, als müsse ich es auf eine gediegene Zusammenkunft einstimmen. Zwei Uralt-Semester in zotteligem Langhaar-Look schauten mich grimmig an, als hätte ich versucht, sie vom Wert einer seriösen Frisur zu überzeugen. Ich schwang mich draußen aufs Fahrrad und fuhr gutgelaunt zur Uni-Pressestelle. Den Abend im Blick und Frau Hüth im Sinn, überlegte ich, ob mir zehn Prozent in Zukunft reichen würden.

*

Einige Stunden später hastete ich auf die Langgasse. Dort befand sich das Kino *Prinzeß*, und kaum angelangt, drehte ich mich wie ein Brummkreisel. Wo war sie? Vielleicht eben noch da gewesen, vor einer Minute, einer halben Minute – ich verfluchte mein Zuspätkommen. Sie war wieder gegangen, sie war fort. Oder war sie nie da gewesen? Wollte überhaupt nie kommen? Alles nur ein Irrtum? Ich betrat die dunkle Kinopassage, und gerade, als ich die Glastür zum Kino öffnete, hörte ich eine Stimme hinter mir: »Was machst du denn hier?«

Ich fuhr herum. Sie war es, es war Dorothee, sie war da! Ich versuchte, sehr gelassen zu klingen: »Ich bin … einer Fährte auf der Spur …«

»Hast du die Unbekannte schon getroffen?«, unterbrach sie mich.

»Im Grunde noch nicht. Aber ich gebe die Hoffnung nicht auf.«

Sie lächelte mich an, als hätte ich eine treffende Antwort gegeben. Dann warf sie theatralische Blicke um sich: »Wenn man bloß wüsste, wie sie aussieht.«

Dorothee sah wunderbar aus, sie trug ausgewaschene Bluejeans und ein rotes T-Shirt. Sie musterte mich und strich mit einer lässigen Bewegung ihr Haar aus der Stirn. Sie tat ganz ernst, nur an einem kurzen Blick merkte ich, wie sie das Spiel genoss.

»Was wirst du jetzt tun?«, fragte sie.

»Ich ignoriere diese Person, für die Pünktlichkeit offenbar ein Fremdwort ist.«

»Aber vielleicht wollte sie dir etwas Wichtiges mitteilen, ein Geheimnis oder so.«

»Was denn für ein Geheimnis?«

»Es gibt Menschen, die ein Geheimnis mit sich herumtragen und auf die Gelegenheit warten, dass man es ihnen entreißt.«

»Entreißt?« Ich schüttelte verwundert den Kopf. Zu diesem Zeitpunkt ahnte ich nicht, dass ich mich bald selbst mit einem unglaublichen Geheimnis auseinandersetzen müsste. Ich verspürte vielmehr in diesem Moment ein gewisses Unbehagen. Sie und ich – wir kamen aus verschiedenen Welten. Sie dachte in Geheimnissen und Wahrheiten, ich stocherte in Tabellen und Bruttosozialprodukten herum, für sie war die Welt ein Code, den sie dechiffrierte, mir erschien die Welt wie ödes Land, in dem ich bestenfalls eine Wasserstelle finden konnte. Ich beneidete sie.

»Was hältst du davon«, sagte ich ablenkend, »wenn wir erst mal das Geheimnis des *Pizza-Pepe* enträtseln? Seit heute Morgen bin ich ohne Nahrung.«

Sie sah mich einen Augenblick spöttisch an. Ich tat so, als merke ich nichts. In Wirklichkeit fühlte ich mich ihr unterlegen und hatte keine Lust, bei ihrem Thema zu verweilen. Und jetzt, wo ihr Ausdruck in ein Lächeln umschlug, kam ich mir wie befreit vor. Es war ein Lächeln der Intensitätsstufe zehn und zauberte jeden Zweifel weg. Eine Art Paradies-Versprechen. Am liebsten hätte ich sie in die Arme genommen und wäre mit ihr über die Straße getanzt, hinein zum *Pepe*.

Sie aß Lasagne, ich Pizza Diavolo, wir tranken Chianti und waren ausgelassen wie Kinder, und es kam mir vor, als würde ich von Minute zu Minute lebendiger, als wäre die Welt auf einmal bunt und belebt, als hätte mich eine

Zauberin mit ihrem Zauberstab berührt und befohlen *Werde wach und lebe!* Und nun schwebte ich leicht und unmerklich über dem Stuhl, und die Trattoria hallte nicht von Alltagsgeschwätz wider, sondern löste sich unter prickelnden Geigenklängen langsam auf. Es war Musik in der Luft, jedenfalls für mich. Unser Gespräch floss wie ein Quellbach dahin, ab und zu benetzten die Gläser unsere Lippen, doch wenn ich trank, kam mir das nicht wie Wein vor – es war flüssiges Manna. So jedenfalls muss es schmecken, wenn der Himmel so attraktiv ist wie wir glauben. Dorothee sagte zu mir: »Du bekommst jetzt einen Happen von meiner köstlichen Lasagne, das ist eine ganz besondere Auszeichnung, die du hoffentlich zu würdigen weißt.« Ich naschte von ihrer Lasagne, überlegte, wofür sie mich auszeichnete und schalt mich eine Sekunde später einen Trottel.

Ich hatte das *Prinzeß* auf der anderen Straßenseite fast schon vergessen, als sie einen Blick hinüber zum Kinoeingang warf. Sie sagte kein Wort, sondern strahlte mich bloß an. Eine Cineastin ist sie auch noch! frohlockte ich still vor mich hin. Als wir ins Dunkel des Filmsaals eintraten, lief bereits der Vorspann, man sah auf der Leinwand Wolkenkratzer, den Central Park und das Empire State Building. Eine Frau eilte über die Fifth Avenue, man hörte Gershwins *Rhapsodie in Blue*, und eine Stimme sagte: »Er hatte zu romantische Ansichten über Manhattan wie auch über alles andere.«

Dem geht's wie mir, dachte ich, ich hab auch zu romantische Ansichten über mein Studium. Wir sanken in die Sitze, und die Stimme vorn teilte mit: »Hinter seiner schwarzgeränderten Brille lauerte die mühsam gebändigte sexuelle Kraft einer Dschungelkatze.« Zustimmend nickte ich. Nicht schlecht gesagt, gar nicht schlecht gesagt.

Ich verknallte mich gleich in den Film, und irgendwie muss ich mich auch in Dorothee verknallt haben, obwohl sie die ganze Zeit nur neben mir saß und kein Wort sagte. Einmal berührten wir uns kurz, aber mehr aus Versehen. Dabei hatte mir mein alter Freund Jürgen noch vor Kurzem das todsichere Rezept offenbart: *Geh mit nem Mädchen ins Kino, du musst teure Karten kaufen und sie in die letzte Reihe schleppen. Wenn das Licht ausgeht, geht's bei euch los. Vorglühen, heißlaufen und – action.* Doch ich bewegte mich nicht, guckte nur auf die Leinwand, als dürfte ich keine Szene, kein Wort verpassen. Schon die Anfangssätze hatten es mir angetan, ich sah da klare Ähnlichkeiten zu mir. Der Typ war orientierungslos, fühlte sich überflüssig, hatte seinen Beruf satt – man redete von mir, das war offensichtlich. Und deshalb durfte ich nichts vom Film verpassen.

Als wir danach draußen vorm Glaskasten mit den Fotos und dem Plakat standen, sagte Dorothee: »Schade. Aus seiner Liebe ist nichts geworden, und den Roman hat er auch nicht geschrieben.«

»Das ist noch längst nicht raus«, erwiderte ich, »und vielleicht sehen sich die beiden wieder.«

Sie schüttelte den Kopf und wirkte betrübt, als hätte sie keine Hoffnung, und ich lernte bei dieser Gelegenheit: Offene Schlüsse im Film sind Mist. Der Autor hat nicht gewusst, wie er die Geschichte zu Ende bringen sollte, und nun muss sich Dorothee den Kopf zerbrechen und ein happy-end herbei denken. Dann besann ich mich auf die Gegenwart. Ich stand hier mit der wunderbarsten Frau der Uni, der Stadt, ja des ganzen Universums, und mir fiel nichts Besseres ein, als mit ihr auf Filmbilder zu glotzen.

»Trinken wir noch einen Schluck beim Pepe?«, fragte ich.

Sie zwinkerte mir zu: »Nur einen Schluck gönnst du mir?«

Der Chianti, den wir bestellten, machte uns übermütig, und sie erzählte schwärmerisch von ihrem Studium, sie beschäftige sich gerade mit einem Liebesroman, der Tristan und Isolde hieß – ich berichtete von meiner kleinen Anzeigendirektion und den Kurzgeschichten, von denen sie eine sogar gelesen hatte. Ich lobte sie dafür überschwänglich, sie stieß mit mir an und erklärte feierlich, dass sie mein erstes Buch natürlich rezensieren werde, und selbst bei einem Verriss würde sie kleine Botschaften an mich einbauen: »Nur du wirst sie verstehen!« Sie schaute mir dabei in die Augen, und ich glaubte ihr jedes Wort. Und schwor mir dabei, auf keinen Fall ein Bankbeamter zu werden.

Es war noch wunderbar warm, als wir aus der Trattoria kamen. Die Luft fühlte sich seidig an, der Himmel hatte alle Wolken aus seinem Herrschaftsgebiet verbannt, und die Sterne schauten neugierig auf uns herab. Ich erklärte, dass ich sie natürlich heimfahren würde, mein Rolls-Royce warte an der Ecke, dem Fahrer hätte ich heute freigegeben. Als wir bei meinem Luxusgefährt ankamen, deutete ich auf ein altersschwaches Fahrrad an einer Laterne, das sie neugierig inspizierte, mich aber dann zweifelnd anschaute. Ich fuhr zum Beweis meiner Fahrtüchtigkeit eine Acht für sie, die wie damals bei Erna in eine Neun auszuarten drohte. Dorothee lachte, und ich wusste, dass ich sie überzeugt hatte.

Sie setzte sich auf den Gepäckträger und hielt sich an meinen Hüften fest. Ich trat in die Pedale, der Alkohol kreiste in meinen Adern, ich war berauscht, und das klapprige Tourenrad verwandelte sich in ein Sportgerät, mit dem ich die Anziehungskraft überwand und durch die Lüfte fortflog. Sie rief von hinten: »Nicht so schnell, ich will den Abend überleben.« Ich rauschte mit ihr durch schmale Gassen, am Volkspark vorbei, an den Kliniken und jubelte vor mich hin. Natürlich nur nach innen, aber selbst das kam mir so laut vor, dass ich fürchtete, sie könne es hören. Auf dem Pfad nach Zahlbach hinunter lag plötzlich ein Gezwitscher und Gezirp in der Luft, als hätten sich alle Vögel mitten in der Nacht zu einer Musikprobe verabredet. Dorothee rief, ich solle anhalten, und da ich nicht sofort ihrem Befehl nachkam, stieß sie mir in die Seite. Ich bremste, sie sprang ab und ging ein paar Schritte zurück: »Hörst du das?« Ich nickte, hob einen Stein auf, drehte ihn um und las vor: »Für Dorothee und Mischa habe ich alle Kanarienvögel, Wellensittiche und sonstige Nachtigallen auf den Baum befohlen, damit sie ihnen ein Ständchen bringen. Gott.«

Sie lachte, nahm mir den Stein ab und deutete auf eine Linde.

»Holzgewächs mit Talent zum Gesang«, erklärte ich.

»Ein magischer Baum«, flüsterte sie, »hör doch«.

Sie stand ergriffen vor ihm. Der Baum besaß eine buschige Krone, sah aber sonst nicht ungewöhnlich aus. Doch es war ein Trällern in ihm, ein Summen, Pfeifen und Tirilieren, geradeso, als hätte er eben seine Stimme gefunden. Die Linde wollte vermutlich gleichzeitig in verschiedenen Sprachen singen. Und ein Flattern war in ihr, als wolle sie gleich abheben und davonfliegen in ferne Kontinente. Auf diesem Baum mussten wenigstens zehntausend Vögel sitzen. Dorothee lauschte ergriffen, als versuchte sie herauszuhören, was der singende Baum ihr mitteilen wollte. Ich stellte mich neben sie und tat wie ein gelehriger Schüler. Jedes übersetzte Wort würde ich sogleich aufpicken und schriftlich festhalten. So standen wir eine Weile, bis ich sie an den Hüften fasste. Sie drehte sich zu mir, und ich fühlte mein Blut heiß durch die Adern strömen. Unsere Gesichter näherten sich einander, und unsere Lippen zogen sich an, als wären sie magnetisch. Wir hielten uns umschlungen, als wollten wir uns nie wieder loslassen. Und dann küssten wir uns. Wir küssten uns wie Verdurstende. Wir küssten uns, als wäre das Küssen das einzig wahre Lebenselixier. Und die Vögel im Baum begannen noch intensiver zu trällern, zu flöten, zu pfeifen, als hätten sie nur auf diesen Moment gewartet, um ein großes Konzert für uns zu geben, das immer heftiger, machtvoller, leidenschaftlicher wurde, bis auf einmal die Baumkrone sich auflöste, himmelwärts abhob, ein Schwarm von Vögeln sich aus den Blättern wie aus einem Gefängnis befreite und davonflatterte. Das war der Moment, in dem wir uns voneinander trennten und nach oben schauten, in einen schwarz gesprenkelten Himmel voller Unruhe.

4 Ich Zweistein

Als wir vor ihrem Haus ankamen, stellte ich das Fahrrad vorsichtshalber am Rand der Straße ab. Ich hätte es auch an den Obstbaum im Vorgarten lehnen können, aber das wäre zu auffällig gewesen, ihre Vermieterin hätte am nächsten Morgen Lunte gerochen. Ich war natürlich davon überzeugt, dass Dorothee mich ins Haus ziehen würde, wo wir auf quietschenden Stufen nach oben in ihr Zimmer schleichen und in ihrem Bett landen würden. Ein zwangloses Beisammensein gewissermaßen, wo ich ihr *die mühsam gebändigte sexuelle Kraft einer Dschungelkatze* vorführen könnte, bis wir vor Müdigkeit einschliefen. Stattdessen schloss sie auf und verabschiedete sich förmlich wie eine Fremde. Ich wies darauf hin, dass sie einen falschen Abschied wähle. So was mache man eher bei einer Kündigung. Sie lächelte mich an und gab mir einen verfliegenden Kuss auf die Wange. An der offenen Tür blies sie mir auf ihrem Handteller einen weiteren banalen Kuss zu. Was sollte das bedeuten? Wollte sie das Jahrhundert der Galanterie wieder einführen? Wir hatten doch gerade die repressive Sexualerziehung überwunden und die echte Erotik wieder eingeführt. Und die galt vor allem für solche Situationen. Mir fiel das todsichere Rezept meines Freundes Jürgen ein. Vorglühen, heißlaufen und – action. Vorgeglüht hatte ich, aber so richtig heißgelaufen waren wir nicht, und die action fiel offenbar aus. Sie schickte mir noch einen Blick, der alles Mögliche bedeuten konnte und hauchte »Bis auf bald«, dann schloss sie die Tür. Dummerweise von innen. Und ich stand mit meiner ungebändigten Kraft einer Dschungelkatze draußen und musste durch die Nacht heim radeln. Unterwegs kam mir der Gedanke, dass ich vielleicht seelisch mehr auf sie hätte einschwingen sollen – so was hatte ich mal in einer Zeitschrift gelesen. Bei Frauen, hieß es, soll das sehr beliebt sein. Der action-Tipp meines Freundes Jürgen kam mir jedenfalls auf einmal völlig überholt vor.

Am nächsten Morgen fand ich einen Zettel von Ernesto an meinem Spind in der Küche: Ich solle meinen Vater anrufen.

»Ja, du musst wirklich kommen«, erklärte Papa, als ich zurückrief, »es ist wichtig für sie, dass du bei ihr bist.« Natürlich merkte er meinen Widerwillen. Ich verspürte im Allgemeinen wenig Lust, in die Welt meiner Eltern einzutauchen. Sie war in meinen Augen überschattet, und ich fühlte diesen Schatten auch auf mich fallen, wenn ich bei ihnen saß. Auf der anderen Seite quälte mich das Gefühl, sie im Stich zu lassen, wenn ich mich nicht auf den Weg machte.

Als ich zwölf war, und Mama wieder einmal für drei oder vier Wochen verschwand, erklärte mir mein Vater, dass sie in einer Klinik sei, sie müsse sich erholen, sie sei sehr erschöpft. Das kapierte ich, aber ich fragte mich doch, wer sie so erschöpft hatte. Waren Papa und ich an ihrem Zustand schuld? Aber mein Vater war ja tagsüber gar nicht da. Ich musste sie also ganz allein erschöpft haben. Vielleicht war ich zu laut oder zu hungrig oder nicht gut genug in der Schule. Eine Weile glaubte ich, dass meine schlechten Noten sie erschöpften. Ich begann, eifrig zu lernen und wurde tatsächlich besser, ich wurde so gut, dass ich fast nur noch Zweien heimbrachte und manchmal sogar eine Eins. Mein Vater belohnte mich dafür und gab mir für jede Zwei fünfzig Pfennig und für jede Eins eine Mark. Mama jedoch registrierte meinen schulischen Aufstieg eher beiläufig, doch einmal hörte ich, wie sie gegenüber meinem Vater von »ihrem Zweistein« sprach. Das konnte nur ich sein, und obwohl ich keine Ahnung hatte, dass es sich bei Zweistein um eine Steigerung von Einstein handelte, glomm ein wenig Stolz in mir auf.

Und doch konnten meine guten Noten und mein zweisteinhaftes Schülerleben nicht verhindern, dass sie wieder zusammenbrach. Mit vierzehn nahm mich Papa zu einem Gespräch beiseite, gewissermaßen von Mann zu Mann. Er erklärte: »Mama hat Depressionen. Sie kommen immer mal wieder, und wir müssen damit leben.« Ich wollte wissen, was Depressionen sind, und mein Vater erklärte mir etwas von trüben Stimmungen. So ganz genau wusste er es offenbar auch nicht, aber er wirkte selbst ziemlich betrübt dabei. Ich fragte Mama in einer ihrer guten Phasen einmal danach, und sie antwortete: »Manchmal geht eine dunkle Wolke auf mir nieder, dann ist es so, als ob die Welt untergeht.« Sie legte sich dann am helllichten Tag ins Bett, zog die Vorhänge zu und trank Eusedon aus der Flasche. Das war ein Schlafmittel und löffelweise einzunehmen. Sie aber wollte sich in den Schlaf trinken, ganz schnell sollte es gehen. Ich glaube, sie wollte für eine Weile einfach mal die Welt wechseln. Manchmal auch wälzte sie sich im Bett und rief Namen, die ich nicht kannte, Jakob und Josef und Minna. Ich stand im Flur der Wohnung und getraute mich nicht, zum Spielen hinunterzulaufen, sie hätte ja jeden Moment auch meinen Namen rufen können. Ich ahnte aber, dass ich mich besser nicht nach Jakob, Josef oder Minna erkundigen sollte.

Doch als ich sechzehn war, fragte ich meinen Vater nach den Namen. »Es sind Personen aus der Vergangenheit«, erklärte er mir, »die Vergangenheit steht manchmal auf und wird lebendig in ihr.«

»Was sieht sie dann?«

»Ihre Geschwister«.

»Die nicht mehr leben?«

Papa nickte und wurde immer wortkarger. Ich hatte den Eindruck, dass auch er nicht darüber sprechen wollte. Das Sprechen schien eine Art Beschwörung zu sein. Man rief die Vergangenheit durch bloßes Reden herbei. Und das wollte mein Vater unbedingt vermeiden. In der Schule bestand das Fach Geschichte nur aus der jüngsten Vergangenheit, wie es hieß. Wir nahmen immer wieder die Zeit ab 1933 durch. Manchmal war ein Lehrer ganz mutig und redete auch über die Zwanziger Jahre. Die Weimarer Republik, hob er dann an, sei die Keimzelle für all das, was später geschah, und wir müssten uns dringend mit ihr beschäftigen. Irgendwann schaltete jeder von uns in der Klasse ab, wir waren überfüttert und wollten nichts von der Weimarer Republik und schon gar nichts mehr von der Hitlerzeit hören.

Als ich an jenem Tag mitten in der Woche daheim ankam, lag Mama im Bett und starrte mit offenen Augen an die Decke, als würde dort ein bizarrer Film ablaufen, von dem sie nichts versäumen durfte. Ich setzte mich an den Bettrand und nahm ihre linke Hand in meine. Mein Vater stand an der Tür. Keiner von uns sprach ein Wort. So vergingen die Minuten, die mir endlos vorkamen. Es war, als seien wir alle drei aus der Zeit gefallen und eingefroren. Bis Mama langsam den Kopf zu mir drehte. »Sohnele«, sagte sie schwach, »du bist da.« Sie wählte nach wie vor diese Anrede, als ob ich immer noch ein kleiner Bub sei, der gerade vom Spielen hochgekommen war. Mit der Zeit hatte ich mich nicht nur daran gewöhnt, sondern mochte es. Ich hatte verstanden, dass es eine besondere Form der Zärtlichkeit war. Mein Vater räusperte sich und fragte: »Soll ich dir ein Glas Wasser bringen, Rosa?« Sie bewegte leicht den Kopf hin und her, und es wurde wieder still. Ich wusste, dass sie das Schlimmste überstanden hatte. Wenn sie etwas sagte, und sei es nur das Wort Sohnele, war sie über den Berg. Sie schaute mich aus ihren grüngrauen Augen glasig an: »Versäumst du eine Vorlesung?«

Ich schüttelte den Kopf. Sollte ich ihr etwa erzählen, dass das Fach Statistik, das ich gerade schwänzte, sowieso ein böhmisches Dorf für mich war. Und dass ich es eigentlich hasste. Damit würde ich sie erschrecken und noch tiefer ins Kissen drücken. So erklärte ich: »Ich komme gut voran.« Ich dachte mir, dass das nicht unbedingt eine Lüge war, ich hatte ja nicht gesagt, auf welchem Gebiet ich vorankomme. Auf jeden Fall würde es Mama guttun, so etwas zu hören. Prompt schloss sie die Augen, aber ganz sicher war ich mir nicht, ob es ein Zeichen ihrer Zufriedenheit war, oder ob sie einfach ihrer Erschöpfung nachgab. Ich löste meine Hand aus ihrer und sagte leise: »Ich bin mit Papa in der Küche.« Doch sie gab keine Antwort, lag völlig bewegungslos da, und wäre der Tod zu diesem Zeitpunkt schon eine Realität für mich gewesen, hätte ich auf den Gedanken kommen können, dass sie gestorben sei. Meine Antwort hatte sie so zufriedengestellt, dass sie dem Ruf des Todesengels gefolgt war.

»Willst du auch einen Kaffee?«, fragte mein Vater in der Küche, während er Wasser aufsetzte. Die Tür zum Schlafzimmer hatte er offen gelassen und die Küchentür nicht zugezogen.

»Lieber Apfelsaft«.

Papa nickte, holte aus dem Küchenschrank eines der Gläser mit den farbigen Linien und stellte es auf den Tisch. Es gehörte zur ersten Garnitur. Wir hatten noch eine zweite. Das waren ehemalige Senfgläser, die meine Mutter gesammelt hatte und als Trinkgläser weiterverwendete. Sparsamkeit war eines ihrer obersten Prinzipien. Man müsse für alles gerüstet sein, pflegte sie zu sagen, wenn ich über die Senfgläser spottete. Sie meint die Flucht aus der Ostzone in den Fünfzigern, dachte ich mir dabei. Dass mir Papa jetzt ein Glas der ersten Garnitur gab, war ein gutes Zeichen. Es bedeutete, dass die Situation sich entspannt hatte. Sich selbst stellte er eine Tasse hin, nahm einen Löffel Kaffeemehl aus der Dose, und goss das heiße Wasser einfach darüber. Für nur eine Tasse wollte er kein Filterpapier verschwenden.

»Gestern Abend hat sich ihr Zustand verschlechtert, und heute Nacht war es ganz schlimm«, sagte er, »ein regelrechter Zusammenbruch.«

»Aber nichts Körperliches …«

»Nein, du weißt ja.«

Es war jetzt zwei Jahre her, dass Mama zuletzt in einer Nervenklinik gewesen war, seitdem schien es bergauf zu gehen. Und die Rückkehr von ihrem Bruder Heine und seiner Frau Erna hatte sie fast glücklich gemacht. Dieser Zusammenbruch war eigentlich nicht zu verstehen. Mein Vater sagte: »Ich glaube fast, dass Freude sie genauso aufregt.« Genauso wie die Erinnerung, meinte er. Und bestimmt hatte er Recht damit. Man kann vor Freude Herzklopfen bekommen und sogar außer Rand und Band geraten. Ich hatte es doch selbst gerade bei Dorothee erlebt.

Papa nippte am Kaffee: »Normalerweise hat sie Angst«, murmelte er, »die Angst kommt vor der Depression.«

Ich dachte an die Makroökonomie. Da stand die Vokabel Depression für wirtschaftlichen Tiefstand. Wenn aber ein Einzelner in eine Depression geriet, dann überfielen ihn Bilder seiner Vergangenheit, Bilder wie scharfe Messer, die diese Person attackieren. Und eine schwarze Wolke senkte sich auf sie und schnitt sie von der Gegenwart und dem Leben ab. Ich erschrak, es kam mir für einen Moment vor, als würde ich den Schatten der Wolke selber spüren.

»Dr. Moog war schon da«, erklärte mein Vater, »er hat ihr Limbatril gegeben.«

Limbatril und Laroxyl und Eusedon – die Namen waren mir geläufig. Alles Beruhigungsmittel. Als wäre meine Mutter eine Tobende, die man ruhigstellen musste. Ich spürte, wie Zorn in mir aufstieg.

»Die schwarze Wolke über ihr muss man behandeln, nicht Mama!«, sagte ich heftig.

»Du hast Recht«, erwiderte Papa ruhig, »aber das Wichtigste ist, dass du hier bist, das hilft ihr am meisten.« Er nahm einen Schluck vom Kaffee und fragte: »Was verpasst du denn jetzt? Ist es was Wichtiges?«

Ich schüttelte den Kopf. Mir kam überhaupt nichts wichtig vor an meinem Studium, und ich überlegte, ob ich ihm beichten sollte, dass es eigentlich an mir vorbeilief. Aber ich würde ihn damit schwer enttäuschen und seinen ganzen ökonomischen Ideen die wissenschaftliche Grundlage entziehen. Auf einmal hätte er dann nicht mehr den Mut, Bonbonfabrikant zu werden. Andererseits hatte er immer Verständnis für mich, war sowohl meinen Plänen gegenüber aufgeschlossen, wie er meine Schwächen nachsichtig behandelte. Jedes Mal drückte er mir beiläufig einen 20-Mark-Schein in die Hand, und als ich ihm von meiner Mitarbeit bei der Uni-Zeitung erzählte und dass ich den Schein nicht brauche, leuchtete sein Gesicht auf. Ich ließ das Wort Anzeigendirektor fallen – er lächelte wegen des Ausdrucks kein bisschen und wollte mehr vom Anzeigengeschäft wissen, aber bestand auf der Annahme seines Geldscheins.

Meine Mutter war ganz anders. Eine Szene stieg vor meinen Augen auf. Es war noch gar nicht so lange her, als ihr auffiel, dass ich ganze Nachmittage und halbe Abende kaum noch daheim war. Ich war noch Schüler und gerade vom Unterricht heimgekommen, saß hungrig am Tisch und wollte bald wieder weg. Ein Eierkuchen dampfte in der Pfanne vor sich hin, und sie wollte wissen, wo ich mich so herumtreibe.

»Heute Nachmittag habe ich Anti-Atomgruppe.«

Sie sah mich missbilligend an: »Mit Atomgruppen hat noch niemand Abitur gemacht.«

»Anti-Atomgruppe«, korrigierte ich.

»Ganz egal, wer mit Blödsinn seine Zeit vergeudet, wird es später mal schwer haben.«

»Es ist kein Blödsinn!«

»Willst du etwa in die Politik gehen?«, fragte sie, als hätte ich gerade meinen Berufswunsch mitgeteilt, und fügte hinzu: »Politiker sind unfähig und korrupt, manchmal beides am selben Tag.«

Vom Herd roch es verbrannt. Aber das kümmerte sie nicht, stattdessen wiederholte sie fordernd ihre Frage und erklärte: »Du musst einen anständigen Beruf erlernen. Und Politik ist das Gegenteil von Anstand.«

Ich stand mit einem Ruck auf: »Ich gehe in die Politik und werde der schwärzeste Abgeordnete im Bundestag.«

Ich wusste, dass meine Eltern seit jeher auf Sozialdemokratie abfuhren, alles andere war für sie unwählbar. Also tat ich so, als wollte ich mit dem Teufel Walzer tanzen – irgendwie muss man sich schließlich Respekt verschaffen. Als ich die Haustür hinter mir zuschlug, hörte ich noch, wie sie rief: »Ich habe keinen Sohn mehr!« Erst später kapierte ich, dass sie überhaupt nicht über Politik geredet hatte. Sie war gekränkt und enttäuscht, weil sie an meiner Sohnesliebe zweifelte, und die war ihr das Wichtigste überhaupt. Ich aber fühlte mich von ihr zur Liebe erpresst, und das kam mir ziemlich ungesund vor.

All das ging mir durch den Kopf, als ich mit meinem Vater in der Küche saß und Mama krank im Bett lag. Papa schaute mich neugierig an und fragte: »Du erzählst gar nichts vom Studium. Da muss es doch eine Menge zu erzählen geben.«

»Es gibt nichts zu erzählen. Ich bin auch nicht gerade verliebt in mein Fach.«

»Verliebt muss man nicht sein«, entgegnete Papa ernst, »aber eine Zuneigung solltest du schon verspüren. Das ist besser als Verliebtsein.«

5 Seltsames Pärchen

Als ich in die Mensa kam, sah ich sie sofort. Ihr braunes Haar fiel ihr auf die Schulter, und sie stocherte wie nebenbei auf ihrem Teller herum. Dorothee saß an einem der langen Tische und las in einem Buch. Als ich vor ihr stand, schaute sie auf und redete mich in einer seltsamen Sprache an: »Diu gewaltaerinne Minne, diu was ouch in ir sinne, ein teil ze sturmeliche komen und haete ir mit gewalte genomen den besten teil ir maze.«

Ich ließ mich ihr gegenüber nieder: »Ist das gotisch?«

»Gar nicht so verkehrt. Du darfst noch mal raten.«

»Wenn es nicht gotisch ist, kann es nur gälisch sein«, erklärte ich mit der Miene eines Mannes, der sich in alten Sprachen auskennt, »auf jeden Fall ist es etwas mit G.«

Dorothee lächelte: »Leider daneben, Herr Kandidat. Ich kann Ihnen den Schein nicht ausstellen.«

»Immer nur Scheine. Ein einziges Scheinstudium, das wir betreiben.«

»Mein Herr«, erwiderte sie gravitätisch, »an den Schein muss man sich gewöhnen. Das Leben ist nun mal ein Schein.« Sie funkelte mich an: »Aber ich gebe dir eine weitere Chance. Wenn du es herausfindest, darfst du mich noch mal zum Essen einladen. Und hier kommt mein Tipp für dich: Es ist eine Sprache, die mit M anfängt.«

»Mit M fängt keine ordentliche Sprache an. Oder lernst du mesopotamisch oder misanthropisch oder metamorphosisch?«

Sie grinste mich an: »Alles verkehrt. Mittelhochdeutsch, so nennt sich diese Sprache.«

»Sag ich doch. Gotisch.«

»Gotisch war viel früher.«

»Wirst du damit Oberlehrerin?«

»Es ist eine tolle Sprache«, antwortete sie unbeirrt, »die Gewaltaerinne Minne! Verstehst du, das ist die Gewalthaberin Liebe. Sie ist so stark, dass sie Isolde das Beste genommen hat, ihre Maze.«

»Ihre Maze?«

»Das bedeutet Ausgeglichenheit. Leben aus einer Mitte.«

»Wirklich interessant. Aber worum geht es eigentlich?«

»Ich schreibe eine Arbeit über Tristan und Isolt, das berühmte Liebespaar.«

»Das ist doch eine Oper von Richard Wagner.«

»Vorher war es ein Roman, und es geht darin um den Minnetrank.«

»Über einen Drink schreibst du?«

Dorothee sah mich nachsichtig an, sie stellte offenbar gerade fest, dass ich aus einer anderen Welt kam.

»Auf der Überfahrt von Irland nach Cornwall«, begann sie zu erklären, »reicht Tristan der Isolde einen Trank, und nachdem sie getrunken hat, nimmt auch er einen Schluck davon. Beide glauben, es sei Wein. Es ist jedoch ein von Isoldes Mutter gebrauter Minnetrank, und König Marke sollte ihn trinken, damit er sich in Isolde verliebt.«

»Na gut«, sagte ich, »ein Zaubertrank, der aus ihr eine Hexe macht und aus ihm einen Drachentöter.«

Sie blitzte mich an: »Kein banaler Zaubertrank! Ein Liebestrank! Kaum haben die beiden von ihm gekostet, schleicht sich die Liebe in ihre Herzen.«

»Warum schleicht sie sich?«

»Weil sie es zuerst gar nicht merken. Es ist wie ein schleichendes Gift. Später heißt es sogar, dass die Liebe sie in ihre Gewalt nimmt.«

»Gift, Gewalt ... also ich weiß nicht. Was liest du für Schundromane? Oder ist es ein Thriller?«

Sie lachte auf, aber dieses Auflachen kam mir ziemlich unecht, wenn nicht sogar gefährlich vor.

»Ich liebe solche Schundromane«, sagte sie brüsk, »vielleicht erzählen sie uns mehr von der Welt als wir ahnen.«

Sollte ich mich vielleicht auch dafür erwärmen, ging es mir durch den Kopf, doch ich wollte ein bisschen widersprechen und teilte ihr mit: »Warum soll man sich für so eine uralte Geschichte interessieren? Die noch dazu ganz unrealistisch ist. Wo die Liebe durch einen komischen Trank ausgelöst wird.«

»Genau. Das ist ja das Seltsame!«

Ich sah sie zweifelnd an. Sie erinnerte mich gerade an meinen alten Deutschlehrer, der uns immer mit der Frage piesackte, was der Dichter eigentlich sagen wollte. Dorothee aber sprach begeistert weiter: »Weißt du, vorher hasst Isolde den Tristan, denn er hat ihren Onkel umgebracht. Sie will überhaupt nichts mit ihm zu tun haben. Aber plötzlich spürt sie so etwas wie Zuneigung zu ihm, ganz grundlos, und diese Zuneigung geht in Liebe über und befreit sie von ihrem Hass.«

»Der Minnetrank macht sie also unfähig, die wahren Verhältnisse zu erkennen«, kommentierte ich trocken, »sie verknallt sich in einen Kriminellen.«

Dorothee ließ sich nicht beirren: »Es kommt noch doller. Isolde und Tristan dürfen sich auf keinen Fall ineinander verlieben. Denn sie ist König Marke versprochen.«

»Was issen das für ne Marke?«, brummte ich immer noch auf dem Widerspruchstrip, aber mir wurde sofort klar, dass meine Frage sehr infantil war. Sie sah mich böse an, und ich wollte meine Albernheit schnell wieder gutmachen: »König Marke ist sie also versprochen …, aber was wäre eigentlich, wenn Tristan einen Buckel hätte oder Isolde eine krumme Nase? Würde der Minnetrank dann auch wirken?«

Ihre Miene verfinsterte sich: »Es geht um die Minne, und ich merke, dass du dem Thema nicht gewachsen bist. Außerdem muss ich in die Vorlesung.«

Sie stand auf. Ich merkte, dass ich mit meiner tief schürfenden Interpretation zu weit gegangen war.

»Hast du morgen Zeit?«, fragte ich schnell, »wir könnten zur Beckmann-Ausstellung nach Eltville fahren.«

»Max Beckmann?«, fragte sie.

Ich nickte, und sie sah mich forschend an.

»Wieso eigentlich fahren? Hast du ein Auto?«

»Kann den Rolls-Royce von einem Freund bekommen«, erklärte ich mit weltmännischer Miene.

»Deine Rolls-Royce kenne ich. Aber die Sache hört sich nicht schlecht an.«

In mir jubilierte es, ich hatte gerade noch mal die Kurve gekriegt.

»Wann soll ich dich abholen?«, fragte ich schnell.

»Um sechs«, entschied sie, »da bin ich in der Uni fertig.«

Sie nahm ihr Tablett und balancierte es durch die Menge, während ich ihr nachstarrte. Von hinten gefiel sie mir auch, eigentlich gefiel sie mir von jeder Seite, und ich dachte, sie könnte sich wirklich wenigstens einmal umdrehen und mir einen isoldehaften Blick zuwerfen. Ich legte meine ganze Suggestivkraft auf ihren Hinterkopf – dreh dich, dreh dich, dreh dich! Doch mein Blick zeigte keine Wirkung, und schon war sie verschwunden. Ich überlegte, ob ich mir auch etwas zu essen holen sollte, doch der Appetit war mir vergangen. Dem Thema nicht gewachsen! Ärgerlich so was. Eigentlich bisschen unverschämt. Meine kindische Unreife hatte ich doch sofort korrigiert, und meine sensible Frage war doch nicht ganz verkehrt. Wenn ich weiter mit ihr über solche Sachen reden wollte, musste ich mich jedenfalls auf ihren Stand bringen. Gewissermaßen mein Niveau anheben. Diesen verschimmelten Roman eventuell lesen. Oder wenigstens jemanden fragen, der sich auskannte. Erna vielleicht, sie war gebildet, sie könnte über diese Isolde Bescheid wissen. Dann wurde mir klar, dass ich mir gerade ein Problem geschaffen hatte. Wie kam ich zu einem Rolls-Royce?

Oder wenigstens etwas Ähnlichem. Natürlich hatte mir niemand ein Auto angeboten. Ernesto würde seinen klapprigen Käfer niemals aus der Hand geben … Frau Hüth von der Pressestelle hasste Automobile jeder Art … Zimmernachbar Christian fuhr Moped – aber mit einem knatternden Zweirad zur Beckmann-Ausstellung? Das war unwürdig.

Als ich dem Mensa-Ausgang zustrebte, fiel mir die Lösung ein. Aber vorher wollte ich noch etwas anderes erledigen. Ich trabte zur Uni-Bibliothek, und dort suchte ich mir einige dicke Wälzer zusammen, die ich vor mir aufreihte. Alles Literaturgeschichten. Ich würde doch wohl etwas über dieses seltsame Pärchen aus der Vorzeit herausfinden, mit dem ich vor Dorothee glänzen konnte. Tristan und Isolde, fangt an zu reden! Nach einer halben Stunde schon brummte mir der Schädel und fühlte sich sehr schwer an. Mit beiden Händen musste ich ihn stützen, damit er nicht auf den Tisch fiel. Von dialektischer Identität hatte ich gelesen, von ethischen und artistischen Werten, vom eskapistischen Zielpunkt und von mythisch-liturgischer Auferstehung. Ich verstand kein Wort und begann ernsthaft an meiner Intelligenz zu zweifeln. Nach einer weiteren halben Stunde kam es mir vor, als würde ich in einem dunklen Schacht Steine klopfen. Erschöpft schleppte ich die Bücher zurück und verfluchte den Autor dieses elenden Romans, einen gewissen Gottfried von Straßburg. Bis mir einfiel, dass er ja gar nichts dafür konnte, was andere über sein Buch pinselten. Der Mann war im Grunde unschuldig, ihm war höchstens vorzuwerfen, dass er die Deutung seines Romans nicht selbst in die Hand genommen hatte. Und wenn er an meiner Stelle wäre und lesen müsste, was man über ihn und sein Werk schrieb, wäre ihm vermutlich auch speiübel. Dieser Gedanke richtete mich einigermaßen auf.

*

Ich erkannte gleich, wo er saß, obwohl er eine Bücherburg um sich herum aufgebaut hatte. Mein alter Freund Jürgen, auch Buddy genannt, hatte sich mal wieder verschanzt. Als er Schritte hörte, hob er dankbar den Kopf, endlich störte ihn jemand: »Was machst'n du hier? Willste dich auf Statistik vorbereiten?«

»Muss ich doch«, bestätigte ich und kam gleich zur Sache, »kannst du mir mal dein Auto leihen?«

»Wieso? Willst du im Auto lernen?«

»Statistik im Grünen«, nickte ich, »funktioniert bei mir am besten, ich brauch einfach Ruhe.«

»Hier ist doch Ruhe.«

»Eine angespannte Ruhe. Ich hör die Gehirne knacken, die Schaltkreise surren. Nichts für mich.«

»Ich komm eigentlich auch nicht gut voran«, stimmte er mir sofort zu.

»Na ja«, sagte ich vorbeugend, um ihn nicht etwa auf die Idee zu bringen, mit mir im Auto zu lernen, »du bist eher der Typ, der so eine Umgebung hier braucht. Kann ja auch anregend sein. Hier herrscht gesunde Arbeitsatmosphäre.«

Ich beugte mich über seine aufgeschlagenen Bücher, sah Zahlenreihen, Formeln und Kurven und nickte ahnungsvoll. Das ganze Ausmaß meines Unwissens wurde mir klar. Buddy deutete meinen Blick falsch und erläuterte mir flüsternd, was ich sah. Ich tat so, als würde mich das interessieren, doch nach einer Schamfrist fragte ich unvermittelt: »Was ist, leihst du mir dein Auto?«

»Ich hab ein Neues«, flüsterte er, »ein Wahnsinnsgefährt. Für alle Lebenslagen.«

»Ich brauch's morgen kurz vor sechs, da komm ich zu dir.«

Er wackelte unschlüssig mit dem Kopf, und ich sagte schnell »Danke«. Auf Zehenspitzen und im Storchenschritt verließ ich die Bibliothek. Am Eingang schaute mich die Bibliothekarin müde aus ihrer Glasvitrine an. Ich blickte streng zurück und flüsterte durch die halb geöffnete Tür: »Aus Ihrer Vitrine muss ein Aquarium werden. Dann könnten Sie als Fisch herumschwimmen. Erquickung und Labsal den ganzen Tag.«

Am späten Nachmittag kreuzte ich bei Jürgen auf, der in einer Dachmansarde im Vorort Bretzenheim hauste. An warmen Tagen herrschte eine Bullenhitze bei ihm. Heute wehte ein laues Lüftchen draußen. Am Himmel hatten sich einige Wolken zu einem Stelldichein versammelt und tuschelten gerade darüber, ob sie weiterziehen oder sich erleichtern sollten. Ich kam gleich zur Sache: »Einen neuen Wagen hast du? Wo steht dein Wahnsinnsgefährt?«

»Neben dem Eingang.«

Mir war nichts aufgefallen, was entfernte Ähnlichkeit mit einem Automobil besaß. Eine böse Vorahnung beschlich mich, als wir nach unten gingen. Was mir mein Freund auf der Straße zeigte, war eine Art Kübelwagen, grau, uralt und voller Rostflecken. Ein schäbiges Ungetüm, eventuell dazu geeignet, einen Flohzirkus zu transportieren, aber nur, wenn die Flöhe nicht anspruchsvoll waren. Das Gefährt trug noch dazu eine Art Haube, ein runzliges dunkelgrünes Dach.

»Auch als Cabrio geeignet«, teilte Jürgen stolz mit und begann, an dem primitiven Gestänge herumzuhantieren. Viel wichtiger war, dachte ich, dass die Karre auch einen Motor besitzt. Er demonstrierte es mir sogleich. Der Uralt-Kübelwagen sprang mit einem Höllenlärm an, es war, als habe Buddy einen Drachen zum Leben erweckt, der gleich Feuer speien wollte. Hier werkelte ein Diesel von anno dazumal ungeniert vor sich hin.

»Damit kommst du sehr weit!«, brüllte Jürgen mir ins Ohr und deutete auf eine Art Schätzeisen, das sich als Tankuhr herausstellte.

»Ich will ja nur mal ins Grüne«, beruhigte ich ihn.

Dann fuhr ich holprig davon, jeden Augenblick auf einen Bocksprung des Kübelwagens gefasst. Als ich ihn um die nächste Kurve gewuchtet hatte, wurde mir klar, dass ich diesen Drachen einreiten musste, bevor ich bei Dorothee auftauchten konnte. Ich drehte eine Proberunde mit dem störrischen Gefährt, doch pünktlich zur verabredeten Zeit bog ich in Dorothees Straße ein und parkte den Kübelwagendrachen etwas entfernt von ihrem Domizil. Jetzt bei Tageslicht erkannte ich, wie hutzelig das Haus eigentlich war, in dem sie wohnte. Ich drückte auf die Klingel neben ihrem Namen, und sogleich ertönte ein durchdringendes Läuten. Oben öffnete sich ein Fenster, Dorothee schaute heraus und nickte mir zu. Ich trat einen Schritt zurück, und nun öffnete sich auch unten ein Fenster. Eine Frau um die sechzig mit Wischmopp-Frisur sah heraus und musterte mich: »Habbe Sie geschellt?« Ich gestand sofort per Kopfnicken, als sei ich auf frischer Tat ertappt worden und ergänzte mit hartem Akzent: »Ich auf Frau Stein warten. Wir tüff, tüff.« Dazu machte ich eine Miene wie Mussolini während einer seiner Balkonreden. Die Frau nickte düster, als habe sie nichts anderes als einen radebrechenden Ausländer erwartet und zog sich resigniert zurück.

Dorothee trat unternehmungslustig aus der Tür. Sie trug eine rote Windjacke über Jeans, und ein blauer Seidenschal hing lässig um ihren Hals.

»Gehen wir. Wo steht dein Rolls-Royce?«

Ich deutete unbestimmt in die Ferne, sie ging voran und ließ mich stehen. Ich muss sie auf das Ungetüm einstimmen, dachte ich, und hechtete hinterher. Doch sie war schon neben dem Kübelwagen angelangt. Schnell sagte ich: »Nehmen wir doch den.« Dorothee warf einen verwunderten Blick auf das Gefährt: »Genau richtig für die Oper. Wusste gar nicht, dass du ein antiautoritärer Typ bist.«

»Luxusschlitten sind mir eigentlich zuwider«, erklärte ich, »man will doch Individualist bleiben.«

Unser Drache sprang mit einem Protestgeheul an, als wolle er mitteilen, dass man ihn besser in Ruhe ließ. Bei dem Geheul blieb er, sodass die Verständigung während der Fahrt ein wenig gestört war. Als wir auf der Schiersteiner Brücke über den Rhein fuhren, wollte ich meine Ortskenntnis demonstrieren, deutete aus dem Fenster und rief: »Schiersteiner Hafen!« Sie schrie zurück: »Schalt das Radio ein!«

Gab es in diesem Auto ein Radio? Ich drehte an einem rostigen Knopf, und wahrhaftig, da rauschte was auf. Ein Song schallte gegen das Lärmen des Motors an. Es war »Halleluja«, ein Titel, der gerade die Musikprogramme der Sender beherrschte, und Dorothee rief begeistert den Namen der Gruppe *Milk and Honey.*

Als wir nach Eltville hineinknatterten, waberte schwüle Luft ins Wageninnere, und die Wolken hatten sich ins Dunkelgraue verfärbt. Kaum hatte ich einen Parkplatz gefunden, fing es zu nieseln an. Einen Moment lang schien es ein leichter Landregen zu sein, dann brachen alle Dämme. Dorothee wähnte sich im Wagen in Sicherheit, eine Hoffnung, die furchtbar trog. Denn das runzlige Faltdach entpuppte sich als stark undicht, und an den Seitenfenstern sprühte es wie Gischt herein. Wir verließen das Gefährt, als sei es ein sinkendes Schiff und rannten über den Platz von Montrichard, um uns unter eine Linde zu retten. Doch auch mächtige Bäume können undicht sein. Immerhin hatte die Situation etwas ausgesprochen Positives. Ich legte meinen Arm um Dorothees Schultern und tat so, als würde sie das schützen. Sie drückte sich an mich wie eine nasse Katze. Ich war sehr zufrieden mit dem Regen und dachte: Der Wettergott ist auf meiner Seite, hier ist mehr drin. Ich zog sie noch näher und wandte mich unverbindlich ihrem Mund zu. Auch ihre Lippen kamen mir entgegen, und so standen wir unter der Linde und küssten uns, während der Baum uns unentwegt besprühte und der Regen an unseren Gesichtern hinablief.

Dorothees Haar schlängelte sich bald ins Gesicht, ihre Jacke klebte an ihr, das Halstuch war nur noch ein feuchter Lappen. Ich schaute in ihre Augen, die wunderbar grün leuchteten, als wären sie nur für mich eingeschaltet. Sie war wahnsinnig schön und begehrenswert, jetzt unter dem Baum und im Sprühregen erkannte ich es so richtig, und einen Moment lang spürte ich mich gar nicht mehr, es war, als wäre nur sie da. Aber dann stieg ein leidenschaftliches Gefühl in mir auf, das ich später als eine Art Durst verspürte, als trockenes Schlucken, das den Wüstenwanderer befällt, wenn ihm klar wird, dass die Oase eine Fata Morgana ist.

Sie sagte: »Wir sind pitschnass. Die werden uns nicht reinlassen.«

Dann nahm sie mich an der Hand, und wir rannten los. Kaum in der Ausstellungs-Villa angekommen, erhellte ein riesiger Blitz die finster gewordene Rhein-Promenade. Ein Donnerschlag folgte und lief in dumpfem Grollen aus. Die Dame an der Kasse schaute zuerst ängstlich nach draußen, dann genauso ängstlich auf uns. Wir würden doch nicht länger hier stehen bleiben? Es könnte sich eine Wasserlache bilden, die am Ende die ganze schöne Ausstellung wegschwemmte. Dorothee machte eine herrliche kleine Geste, die eine Entschuldigung andeuten sollte. Ich fragte die Kunstdame, wo ich mich auswringen könne. Sie schickte mir einen Blick, der verriet, dass sie mit Wilden aus dem Regenwald nichts zu tun haben wolle und wies in Richtung Ausgang. Dort fand ich eine Toilette und verbrauchte eine Menge Klopapier für meine Trockenlegung. Als ich Dorothee wieder traf, sah sie wie frisch gewaschen aus und strahlte mich an. Sie hatte wenigstens ein Handtuch gefunden.

Es liefen nicht viele Besucher in der Ausstellung herum, und ich selbst stand eigentlich nur deshalb hier, weil ich dachte, dass es Dorothee gefallen würde. Ich kannte außer dem Namen nichts von Max Beckmann, aber seine Gemälde gefielen mir sofort. Vor dem Bild *Frauenbad* blieb ich stehen. In einem engen Raum ohne Fenster saßen mehrere Frauen und schauten selbstverloren vor sich hin. Wie Eingesperrte, die sich mit ihrem Schicksal abgefunden hatten. Doch das Groteske der Szene bestand darin, dass eine Frau auf einer Schaukel oben durchs Bild wippt mit einem Blick voll irrer Freude. Ich fühlte mich auf merkwürdige Weise an meine Mutter erinnert. Hatte dieser Beckmann nicht ein Doppelporträt von ihr gemalt? Sie war sowohl die Wippende wie auch eine der stumpf Dasitzenden. Dorothee sagte: »Komisch. Man denkt, dass er das erst nach 1933 gemalt hat. Dabei ist es schon 1919 entstanden.«

Sie zog mich zu einem anderen Bild. Da stürzte jemand kopfüber zwischen Häuserwänden ab, ein Haus stand in Flammen, im Hintergrund schwebende Boote in der Luft. *Abstürzender* stand auf dem Schildchen neben dem Bild. »Warum stürzt er ab?«, murmelte ich, »sind die geflügelten Figuren in den Booten vielleicht Engel?« Dorothee wies auf ein großes schwarzes Rad am linken Bildrand, das die Figur zu zermalmen droht. Nur der Absturz rettet sie. Aber er stürzt vielleicht gar nicht, dachte ich, er fliegt davon und ist dann in Sicherheit. Man muss das Bild nur kippen, dann bekommt es einen richtig guten Sinn.

In dem Moment ließ ein gewaltiger Donnerschlag die ganze Villa erbeben. Wir gingen zu einem Fenster und schauten hinaus. Draußen war es finster geworden, der Himmel ein einziger Granitstein, der Regen schnitt schräg herunter, die Bäume duckten sich wie unter Peitschenhieben. Jetzt flackerten die Lampen in den Ausstellungsräumen, einmal, noch einmal, dann war es dunkel. Im Freien aber erhellte ein Blitz das Rheinufer und tauchte es für einen Moment in ein Licht, das die Bäume, Bänke und den Fluss ganz unwirklich erscheinen ließ. Vielleicht existiert diese Situation, die wir eben noch als Idylle erlebt haben, nur in unserer Einbildung und kann jederzeit gelöscht werden, ging es mir durch den Kopf. Unsere Arme berührten sich, und ich spürte kleine Höcker auf ihrer Haut. Es fröstelte sie genauso wie mich, und im selben Augenblick spürte ich eine tiefe Verbundenheit mit ihr. Dorothee und ich, uns verband etwas –

etwas, das ich nicht wusste, das vielleicht nicht in Worte zu fassen ist, das ich aber unbedingt ergründen wollte. Mir fiel ein, was ich sie die ganze Zeit schon fragen wollte, was mir seit dem Mensa-Treffen durch den Kopf ging – wie es mit Tristan und Isolde nach dem Minnetrank weiterging? Aber ich brachte kein einziges Wort heraus. Auch sie sagte nichts, wir beide schauten nach draußen, als liefe dort ein schrecklich spannender Film, von dem wir nicht einen Moment versäumen durften.

6 Der Russe in Berlin

Als wir schon wieder auf der anderen Seite des Rheins waren, in Mainz, hielt ich in der Nähe von Dorothees kleinem Häuschen und gab mir innerlich den Befehl, seelisch auf sie einzuschwingen. Eigentlich schwang ich schon, mit Beckmann im Rücken schwang ich wunderbar – aber wie war es bei ihr? An der Tür verharrte ich diskret, doch mit maßvoll schmachtendem Blick. Aber ich ging wieder leer aus. Sie warf mir lediglich einen platonischen Kuss zu, der sich irgendwo in der Luft verlor, dann schloss sie die Haustür.

Ich war ziemlich frustriert, als ich mich hinters Steuer setzte und davonknatterte. Irgendetwas machte ich falsch, bloß was? Dabei hatte ich das deutliche Gefühl, dass sie was für mich übrig hatte, nur was? Vielleicht nur einen Luftkuss. Und im Rückspiegel stellte ich auf einmal fest, dass jemand mir hinterherfuhr. An jeder Biegung blieb er an mir hängen, in jede Seitenstraße fuhr er auch. Jetzt erkannte ich einen grünen Streifen am Auto. Das war Polizei! Ich wurde sofort langsamer, ein Knöllchen hatte mir gerade noch gefehlt. Aber der Polypenwagen machte gar keine Anstalten, mich zu stoppen. Vielleicht hielten die meinen Kübelwagen für einen getarnten Ferrari und konnten sich nicht satt sehen. Also fuhr ich weiter bis nahe zu meinem Wohnheim. Das Polizeigefährt hielt in einigem Abstand hinter mir. Ich stieg aus, und kaum war ich draußen, sprangen zwei Bullen aus dem grünen Wagen. Einer zog seine Pistole und rief »Hände hoch.«

Jetzt bloß nicht falsch reagieren und in der Hosentasche nach einem Kaugummi suchen. Ich tat wie befohlen und dachte, das hat man davon, wenn einen die Liebste nicht mit aufs Zimmer nimmt. Die beiden Uniformierten näherten sich vorsichtig, und ich wagte die Frage: »War ich zu schnell?« Statt einer Antwort hörte ich: »Wo wohnen Sie?« Ich deutete mit dem Zeigefinger des hocherhobenen Arms auf das Haus vor uns und sagte: »In diesem preiswerten Studentenwohnheim.« Der grüne Beamte gab sich damit nicht zufrieden: »Wo kommen Sie her?« Ich hätte am liebsten geantwortet, dass ich gerade mein Waffendepot besichtigt und die Molotow-Cocktails gezählt habe, hielt mich aber zurück und erklärte, dass ich mit Isolde von einer Ausstellung in Eltville käme. Ich selber sei Tristan. Und ob sie Max Beckmann kennen würden? Ein wunderbarer Maler sei das, und die Ausstellung sollten sie sich unbedingt ansehen …

»Schon gut«, brummte der eine Pistolero und steckte seine Waffe ins Halfter zurück, während der andere sich herumdrehte und zurückstapfte. Sein Kollege musterte mich noch einmal von oben bis unten und erklärte dann: »Einsatzbefehl. Hier sollen sich Terroristen rumtreiben. Vorsicht!« Ich ließ die Arme sinken, er tippte mit dem Finger an seine Mütze und stapfte zum Einsatzfahrzeug.

Ich war ganz sicher, dass mein Name sie beruhigt hatte. Tristan, das klingt einfach nicht nach Terrorismus, sondern nach Liebe.

*

Erna war nicht gekommen. Meine Mutter sagte es mir am Telefon und hörte sich enttäuscht an. Sie sei plötzlich zur Gemeinde nach Berlin geflogen. »Bist du sicher?«, fragte ich.

»Sicher bin ich sicher!«

Was sie dort mache, wollte ich wissen.

»Vielleicht wollen die Berliner von den Frankfurtern Geld. Die haben doch immer Schulden. Da hätte man mit einem Telegramm und drei Worten absagen können: *Seid ihr meschugge*?«

Das waren so die Scherze meiner Mutter. Tatsächlich aber vermisste sie die Gesellschaft Ernas. Mein Onkel hatte Mama zu einer Ausfahrt allein abgeholt, und die Stimmung war weniger lebhaft als sonst gewesen.

»Vielleicht ist Onkel Heine extra allein gekommen, vielleicht hat er sich über Erna geärgert …?«

»Quatsch«, unterbrach mich Mama, »ohne sie könnte er gar nicht Autofahren.«

»Den Weg zu euch hat er aber auch ohne sie gefunden.«

Ich dachte, sie würde vor meiner herausragenden Logik kapitulieren, stattdessen hörte ich: »Ein blindes Huhn findet auch mal ein Korn.« Mama machte eine kleine Pause, dann sagte sie mit Nachdruck: »Sohnele, du musst studieren! Erna ist schon immer komisch gewesen. Wann kommst du am Wochenende?«

Als ich den Gang im Wohnheim zurückwanderte, traf ich auf Ernesto.

»Na, Statistik-Klausur schon geschmissen?«, fragte er.

»Ich werd kein Bankbeamter«, erwiderte ich, »ich erzähl lieber von Tristan und Isolde …«

»Tristan und Isolde … Wagner, richtig? Was sind das noch mal für Gestalten?«

»Wunderbare aus einem alten Poem! Sie sprechen mittelhochdeutsch – eine Art mesopotamisch.«

»Verstehst du das?«, fragte Ernesto erstaunt.

Ich machte eine Geste, die ihm klarmachen sollte, dass ich Fachmann bin.

Ernesto sah mich nachdenklich an: »Du willst doch nicht etwa Schriftsteller werden?«

»Warum nicht. Hast du meine letzte Geschichte in der Uni-Zeitung gelesen?«

Er wusste davon, aber natürlich hatte er sie nicht gelesen, stattdessen fragte er: »Freier Schriftsteller?«

»Frei passt zu Schriftsteller.«

Er schüttelte den Kopf: »Was nützt dir das Freie, wenn du dabei verhungerst?«

»Ohne Risiko kein Leben«, erwiderte ich und ging in Richtung meines Zimmers.

»Statistik ist was Handfestes«, rief er mir hinterher, »der Hungertod bleibt dir da erspart.«

*

Am folgenden Sonntag fuhr ich nach Hause. Mein Vater stand an der Tür zu meinem Kinderzimmer und winkte mich mit einem Blick zu sich. Er war frisch rasiert, trug Hosenträger über einem weißen Hemd und roch leicht nach Rasierwasser. Er sah jünger aus als ein Mann, der zweiundsechzig war. Leise fragte er: »Was machen die Finanzen?«

»Du weißt doch, ich bin Anzeigendirektor.«

»Schöner Job«, lächelte er, »übrigens hab ich eine neue Idee. Was hältst du von Pappeln?«

»Das sind Bäume, die hoch wachsen.«

»Hohe Holzgewächse – und sie wachsen sehr schnell.« Geheimnisvoll senkte er die Stimme: »Ich trage mich mit dem Gedanken einer Pappelzucht.«

Er machte eine Kunstpause, um mir Gelegenheit zum Beifall zu geben. Da dieser ausblieb, und ich ihn nur fragend anschaute, fuhr er verschwörerisch fort: »Da ist ein Vermögen zu verdienen. Stell dir nur vor, wer heute alles Holz braucht. Da hängen ganze Industrien dran.«

Meine Mutter rief: »Was flüstert ihr da? Ich höre euch.«

»Wir reden über das Studium!«, rief mein Vater zurück.

»Weiß Mama schon von deinem Plan?«, fragte ich ihn.

»Noch nicht«, erwiderte er leise, »ich will sie überraschen.«

Und dabei sirrten wieder ganze Geldscheingeschwader durchs Zimmer.

»Was macht dein Studium?«, fuhr mein Vater mit seriöser Stimme fort, als hätte er mir gerade von seinem erzählt.

»Geht so. Statistik-Klausur steht an.«

Er ballte seine rechte Hand zu einer Faust und schlug sie in die flache linke Hand: »Ich wünschte, ich könnte auch studieren! Statistik, herrlich!«

»Alles nicht so doll, wie man denkt.«

»Einmal würde ich gern mitkommen in eine Vorlesung.«

»Mit mir?«, fragte ich entsetzt.

»Ich möchte mal sehen, wie das so abläuft. Kann ich für meine Projekte gut gebrauchen.«

»Das ist … nicht üblich. Es würde mich ganz schön nervös machen.«

»Ich könnte mich weit nach hinten setzen.«

»Ach, Papa, es kommen keine Eltern in die Vorlesung.«

Mein Vater seufzte, griff dann in die Seitentasche seiner hellgrauen Hose und drückte mir einen Zwanzig-Mark-Schein in die Hand. Er hatte ihn vorher aus dem Portemonnaie genommen, nie würde er Geld lose in der Hosentasche tragen. Seinen Blick kannte ich schon: Steck es ein und sag nichts.

»Weißt du, warum Erna nach Berlin gefahren ist?«, fragte ich.

»Weiß es deine Mutter nicht?«

»Wo hat Erna eigentlich gelebt, bevor sie nach England ging?«

»In Leipzig. Sie ist eine echte Kaffee-Sächsin, merkt man ihr aber nicht an.«

»Von Leipzig nach London also.«

»Soviel ich weiß, ist sie vorher nach Berlin gezogen.«

»Was wollte sie denn da?«

»Keine Ahnung, wir hatten andere Sorgen. Frag sie doch selbst. Die beiden kommen gleich. Wir wollen nach Bad Homburg fahren.«

Mamas Stimme ertönte aus der Küche: »Ich höre nichts. Sprecht lauter. Sonst komm ich rüber.«

Ich rief zurück: »Ihr wollt nach Bad Homburg. In die Spielbank? Ich komm mit. Höchste Zeit, dass ich auch Millionär werde.«

Heine und Erna erschienen eine halbe Stunde später. Sie wirkten wie ein sportliches Pensionärs-Paar, das die Absicht hat, eine Rallye zu fahren. Mein Onkel musste mittlerweile um die siebzig sein. Sein Resthaar war weiß geworden, er hatte es mit Brillantine nach hinten frisiert, und seine dunklen, fast schwarzen Augenbrauen bildeten einen interessanten Kontrast dazu. Er trug gelochte braune Lederhandschuhe und einen beigen Anzug mit offenem gelbem Hemd. Erna kam zu mir und umarmte mich. Sie musste sich dabei auf die Zehen stellen. Mehr als zehn Jahre waren seit unserer letzten Begegnung vergangen. Sie schien sich richtig zu freuen, mich wieder zu sehen. Ihre Stupsnase gab ihr etwas mädchenhaftes, und ihre Gesichtshaut war ohne Altersflecken. Sie wirkte irgendwie keck, was vermutlich an der hellbraunen Baskenmütze lag, die etwas schräg auf ihrem Kopf saß. Ob ich inzwischen eine Acht mit Rollschuhen fahren könne, wollte sie wissen. Ich musste passen, erklärte ihr aber, dass ich Riesenballons mit Kaugummis blasen könne, in dieser Disziplin sei ich Klassenbester geworden. Wie damals in London war sie mir sofort vertraut und sympathisch, als wäre es erst gestern gewesen, dass wir uns das letzte Mal sahen.

Auf der Straße stand ein unscheinbarer Wagen, ein Renault Dauphine. Erna setzte sich auf den Beifahrersitz mit einer Straßenkarte auf dem Schoß, meine Eltern und ich quetschten uns auf die Rückbank. Auf dem Fahrersitz thronte mein Onkel, drückte sich eine karierte Schiebermütze aufs Haupt und startete den Wagen. Er drehte sich zu uns um, als wolle er uns einen Abschiedsblick spendieren. Von Bequemlichkeit zu sprechen, wäre übertrieben. Der kleine Renault ächzte wie ein überladener Lastesel, und Heine fuhr wahrhaftig wie ein verhinderter Rallye-Pilot. Erna an seiner Seite wies ihm den Weg in knapper Form. Rechts, links, geradeaus lauteten ihre Anweisungen. Manchmal hieß es auch »Vorsicht, Kurve« oder »Lastwagen hinter uns.« Wenn es ihm zu viel wurde, knurrte er »Halt den Schnabel.« Meine Eltern reagierten ziemlich souverän auf die wilde Fahrt, allerdings mit gewissen Unterschieden. Mein Vater zog eine Zigarre aus seinem Etui, rauchte kalt, ächzte leise, schien aber die sich mitunter ins Rasende steigernde Tour zu genießen; meine Mutter dagegen wirkte etwas besorgt und spendete dem Piloten abwechselnd Lob und Tadel. Sie arbeitete mit Zuckerbrot und Peitsche und dachte wohl, so das Schlimmste zu verhindern. »Heine, die Kurve hast du zu schnell genommen!«, mahnte sie, um an der nächsten Ecke lobend mitzuteilen:

»Heine fährt wie eine Eins. Mit ihm kommt man überall gut an.«

Tatsächlich erreichten wir unbeschadet und bei strahlendem Sonnenschein Bad Homburg, wo es zu Fuß in den Kurpark ging. Hier wartete ich auf meine Chance. Ich wollte mit Erna allein ein Stück des Weges gehen, was sich als schwierig herausstellte. Denn meine Oldies hielten es wie beim Militär. Sie gingen entweder nebeneinander wie in einem Kordon oder eng hintereinander wie eine römische Patrouille, als müssten sie jederzeit auf einen Übergriff gefasst sein. Dummerweise gesellte sich nach einer Weile mein rennfahrender Onkel zu mir und zog mich in ein Gespräch. Er wollte mich Jungspund lockermachen, hatte ich das Gefühl, denn er erzählte mir einen Witz: »Zwei Männer stehen beisammen, und der eine sagt: *Meine Frau ist ein Engel.* Der andere schaut ihn neidisch an und erwidert: *Hast du ein Glück, meine lebt noch.*«

Ich lachte, aber nun wurde er ernst: »Mischa, mein Junge«, hob er an, »du bist jetzt erwachsen, jedenfalls beinahe, das ist so eine Phase im Leben, also, da muss man aufpassen ...«

Ich wusste nicht, was er wollte.

»Also, sag mal ... nimmst du Haschisch?«

Ich schüttelte den Kopf. Er sah mich von der Seite streng an, als würde ihm das nicht genügen.

»Nein«, beteuerte ich, »weshalb sollte ich so was nehmen?«

»Man liest fortwährend davon, das ist die Droge der

Zeit, und diese Terroristen von der RAF kommen wohl ohne nicht aus. Ist doch so?«

»Ich hab keine Ahnung.«

»Aber Partys feiert ihr doch … da wird doch was genommen?«

»Schon mal ein Bier oder Cola-Bier, so was in der Art.«

»Und Demonstrationen? Überall wird doch von Revolution gesprochen. Machst du bei dem Protestgeheul mit?«

Jetzt sah ich ihn von der Seite an: »Ja, manchmal heule ich schon mit.«

»Mein Junge«, sagte er, »du weißt doch, dass der Russe in Berlin steht. Der Russe reibt sich die Hände bei dem, was er hier so sieht. Diese Wühlmäuse auf unserer Seite arbeiten dem Russen in die Hand, das ist doch klar. Und ich bin felsenfest davon überzeugt, dass die Terrorgruppen von drüben bezahlt werden. Die holen sich regelmäßig in Ostberlin ihren Scheck ab.«

Ich brummelte etwas, was man als Zustimmung auslegen konnte – ich wollte ihn möglichst schnell loswerden. Aber er wich nicht von meiner Seite, setzte ein Schmunzeln auf und fragte: »Sag mal, unter Männern, hast du ne Freundin?«

Das geht ihn einen feuchten Dreck an, dachte ich und suchte nach einer passenden Antwort. Schließlich sagte ich: »Mein Studium ist so happig, da passt nix anderes rein.«

Er wirkte entsetzt: »Aber mit Frauen hast du es doch! – Meide das andere Ufer, mein Junge.«

Das andere Ufer? Ich tat so, als würde ich überhaupt nicht kapieren, was er meinte. Er sah es mit Befriedigung: »Na ja, was anderes als ne Schickse ist in diesem Land nicht drin für dich.« Ich nickte ergeben und überlegte, ob ich ihn mit Fachvokabeln in die Flucht schlagen könnte, vielleicht würde er aufhören mich zu belästigen, wenn ich ihm Begriffe an den Kopf werfen würde wie Korrelationen und Konstanten, Hyperbeldarstellungen im dreidimensionalen Raum und ähnlichem Kram, den ich selber nicht verstand. Meine halbgaren Statistik-Kenntnisse mussten doch zu etwas gut sein. Doch Onkel Heine läutete selbst das Ende seiner Befragung ein und kam zum Höhepunkt unseres Gesprächs unter Männern: »Weißt du, was Moses gesagt hat, als er vom Berg Sinai mit den Gesetzestafeln zurückkam?« Ich schnitt ein ratloses Gesicht, und er antwortete schmunzelnd: »Er rief seinen Leuten zu: Hab ihn auf zehn runtergehandelt – aber der Ehebruch ist immer noch dabei.«

Er zwinkerte mir zu und trabte nach vorn zu meiner Mutter und Erna. Ich gesellte mich zu meinem Vater und flüsterte: »Kannst du Mama und Heine für eine Weile beschäftigen. Ich will ungestört mit Erna reden.«

Papa nickte: »In Ordnung. Aber denk dran, ich will mal zu einer Vorlesung mitkommen.«

Ohne eine Antwort abzuwarten, ging er einige Schritte voraus, wies nach vorn und erklärte im Stil eines Fremdenführers: »Kennt ihr eigentlich die Homburger Tennisanlage? Hier werden internationale Turniere ausgetragen.« Meine Mutter fragte: »Seit wann verstehst du was von

Tennis?« Doch Papa machte unbeirrt eine weit ausgreifende Armbewegung, ging einige Schritte voran und erklärte, dass er, wenn die Zeit nur danach gewesen wäre, in seinen jungen Jahren hier gespielt hätte, Tennis sei schließlich ein Bombengeschäft. Onkel Heine und meine Mutter folgten ihm an den Zaun, und ich hörte Heine laut sagen: »Wimbledon wäre wahrscheinlich auch nicht sicher vor dir gewesen.«

Erna war etwas zurück geblieben, und ich schloss zu ihr auf: »Wusste gar nicht, dass der Kurpark so schön ist bei dem Wetter.«

»Fahr öfter mit. Dann können wir immer übers Wetter reden«, erwiderte sie, und ich hörte Ironie in ihren Worten.

Ich fühlte mich ertappt, dabei wollte ich doch nur eine harmlose Einleitung hinkriegen – das Wetter hielt sie jedenfalls für kein Gesprächsthema. Sie lächelte mich auffordernd an.

»Na ja«, sagte ich, »ich wollte eigentlich nicht mit der Tür ins Haus fallen … also ganz direkt gefragt, kennst du Tristan und Isolde?«

»Nicht persönlich. Was hast du mit ihnen zu tun? Beschäftigen sich auch Wirtschaftswissenschaftler mit diesem Thema? Gibt es vielleicht eine tristanische Geldtheorie?«

»Nein, nein«, lachte ich, »es ist mehr privat, weißt du. Eine Freundin ist begeistert von den beiden … und ich finde, es wäre nicht schlecht, wenn ich auch begeistert sein könnte.«

Sie sah mich scharf an, und ich fühlte mich vollkommen durchschaut.

»Das Tristan-Epos ist eine Liebesgeschichte, aber eine ganz besondere«, sagte sie.

»Was ist das Besondere?«

»Der Roman stellt die Frage, warum überhaupt so etwas wie Liebe zwischen zwei Menschen entsteht. Und er beantwortet diese Frage sogar.«

Ich sah Erna staunend an, so klar hatte ich das nirgendwo gelesen.

»Die Liebe wird als eine Art Fluch dargestellt …,« fuhr sie fort, »aber wieso kommt die Liebe überhaupt, vielleicht interessiert dich das mehr?«

Ich nickte stumm.

»Es gibt in diesem Roman die Episode mit dem Minnetrank. Isolde und Tristan trinken eine Art Wein. Nachdem sie getrunken haben, ändert sich ihr Verhalten zueinander. Isolde hat Tristan vorher gehasst, er hat ihren Onkel getötet, jetzt aber fühlt sie sich zu ihm hingezogen. Und Tristan, der sie lediglich zu ihrem Bräutigam bringen soll, sucht auch ihre Nähe.«

»Der Wein hat das bewirkt?«, fragte ich staunend.

»Sehr seltsam, ja. Der Minnetrank hat sie von ihrem Hass befreit und befähigt ihn zu einem Gefühl, das er bis dahin nicht kannte.«

»Aber … das ist … ich kann das nicht glauben«, stotterte ich.

»Du musst es nicht glauben, du musst dich nur fragen, wie du das verstehst.«

Sie sah mich aufmunternd an. Ich schwieg und grübelte. Wie soll man so einen Zaubertrank-Unsinn verstehen? Irgendeiner hat das vor Urzeiten geschrieben, und ich soll mir heute den Kopf zerbrechen, was es damit auf sich hat. Im selben Moment wurde mir klar, wie infantil ich dachte.

»Es ist doch alles ein Zufall«, sagte ich ernsthaft, »hätten die beiden nicht von dem Wein getrunken, wäre gar nichts passiert, und jeder wäre seiner Wege gegangen.«

»Du hast vollkommen Recht«, antwortete Erna zu meiner Überraschung, »du bist der Lösung ganz nah.«

Ich sah sie an und kam mir wie ein Trottel vor – mir fiel nichts mehr ein. Sie sprach weiter: »Die ganze Zufälligkeit drückt doch aus, dass Liebe nicht voraussehbar und schon gar nicht planbar ist. Es gibt keinen Vorsatz zur Liebe. Sie hat keine Ursache und ist unbegreiflich. Ich glaube jedenfalls, dass der Minnetrank dafür ein Bild ist.«

Ich nickte nachdenklich, mir kam auf einmal ganz plausibel vor, was sie sagte, und eine weitere Frage ging mir durch den Kopf, aber da ertönte die Stimme meines Onkels von vorn: »Wo bleibt ihr denn? Habt ihr euch abgesondert? Führt ihr Geheimgespräche?«

»Die werden schon ungeduldig«, sagte Erna zu mir.

»Ich hab Kaffeedurst!«, rief Onkel Heine, während mein Vater versuchte, Zeit für mich herauszuschlagen und ihn auf Wimbledon zurückzubringen. Doch Heine wies schon auf ein Café mit Gartenanlage, winkte uns und ging voran.

»Komm, lass uns zu ihnen gehen«, teilte mir Erna mit, »Tristan und Isolde müssen warten.«

Aber meine Liebe kann doch nicht warten? dachte ich und folgte ihr.

7 Lübe oder Liebä

Schon während der Statistik-Klausur wusste ich, dass es aus war. Die Aufgaben starrten mich wie Hieroglyphen an, und ich starrte hilflos zurück. Ich hätte mir an ihnen die Zähne ausbeißen müssen, aber ich fühlte mich zahnlos. Freund Jürgen war überhaupt nicht erschienen, der schwänzte die Klausur. Aber er hätte mir wenigstens auf dem Klo ein paar Lösungen unter der Zwischenwand durchschieben können. Stattdessen hatte er offenbar mit seinem Kübelwagen knatternd das Weite gesucht.

Ich schmiss hin, und als ich draußen stand, überkam mich ein jammriger Zustand. Mein Hemd war unter den Achseln durchgeschwitzt, und mein Mund kam mir wie die Wüste Gobi vor. Versagt hatte ich, schändlich versagt. Mir war noch nicht klar, dass das ein schicksalhafter Tag für mich war. Im Moment fühlte ich mich nur elend. Meine Eltern fielen mir ein. Wie konnte ich ihnen nur so etwas antun? Sie glaubten an mich. Mein Vater wäre glücklich, wenn er in die Vorlesungen könnte, die ich ignorierte, er hätte den Stoff solange gebüffelt, bis er ihn gekonnt hätte. Und mit diesem Wissen hätte er ein neues Geschäft ausgebrütet, ganze Geldscheingeschwader wären durch mein Kinderzimmer geflogen, die wir mit den Händen hätten pflücken können. Und was hatte ich erst meiner Mutter angetan! Sie würde mich nicht als Bankbeamten erleben, geachtet und geehrt von der Mitwelt. Und ein sicheres Gehalt würde ich auch nie verzehren. Bitter enttäuscht hatte ich sie. Und mein Versagen würde sie in eine tiefe Depression stoßen. Kindheitserinnerungen stiegen in mir auf, wie sie Eusedon aus der Flasche trank, im Bett an die Decke starrte, nach mir rief, und ich mich nicht getraute, zum Spielen hinunter zu laufen.

Auf einmal schämte ich mich, als hätte ich gute Menschen grundlos verletzt, und eine nicht gekannte Traurigkeit legte sich auf mich. Ich ging ein paar Schritte, und es kam mir vor, als würde ich auf unsicherem Boden tappen und bei jedem Schritt tiefer versinken. Ich ließ mich auf einer Bank nieder, mein Kopf brummte und wurde immer leerer. Bis mir Dorothee einfiel. Ihr könnte ich mich vielleicht anvertrauen, sie würde Verständnis haben und mich trösten. Ich riss mich hoch von der Bank und lenkte meine Schritte zur Bibliothek der Germanisten. Dort sah ich sie auf ihrem Stammplatz sitzen. Ich ging zu ihr und fragte leise, ob sie ein wenig Zeit habe. Draußen auf dem Gang erzählte ich von meiner verpatzten Klausur. Sie legte ihre Hand auf meinen Arm, was mir wahnsinnig guttat. Dann aber fragte sie: »Na und?«

Ich sah sie erstaunt an.

»Willst du jetzt flennend durch die Gegend laufen?«

»Nein, aber …«

»Du wirst die Klausur wiederholen und bestehen, ganz einfach.«

»Aber …«

»Manchmal braucht man zwei Anläufe, das ist doch nicht schlimm.«

»Aber der Stoff interessiert mich gar nicht.«

»Bist du sicher? Also … wenn das so ist, musst du überlegen, ob du im richtigen Studium bist.«

»Ich bin nicht sicher«, murmelte ich unsicher.

»Hör mal, du musst doch wissen, was du willst«, sagte sie energisch.

»Ich will niemanden enttäuschen, verstehst du.«

»Wen willst du nicht enttäuschen?«

»Meine Eltern«, sagte ich kleinlaut.

»Du enttäuschst sie mehr, wenn du so weitermachst und zum Schluss durchs Examen fällst. Aber jemand anderen enttäuschst du noch viel mehr.«

»Wen denn?«

»Dich selbst«.

Sie sagte das mit solcher Entschiedenheit, dass ich wie geplättet war und stumm blieb.

»Weißt du, man macht nicht die Erfahrungen, die man machen will, sondern die man braucht.«

Warum sprach sie denn wie ein Buddha zu mir? So was konnte ich im Moment nicht gebrauchen. Ich senkte den Kopf.

»Am besten ist es, du sagst deinen Eltern die Wahrheit. Und dann musst du überlegen, welches Studium zu dir passt. Du musst dich entscheiden.«

»Aber … das kann ich nicht.«

»Was kannst du nicht?«

»Ihnen die Wahrheit sagen.«

Dorothee streifte mit ihrer Hand sanft meinen Arm und erklärte: »Manchmal muss man etwas können.« Sie machte eine kleine Pause und sah mich ernst an: »Ich muss gerade auch etwas entscheiden, und es fällt mir sehr schwer. Aber ich muss es tun.«

Ich kam in dem Moment gar nicht auf die Idee zu fragen, um was es ging. Erst später sollte ich erfahren, dass es mich betraf. Hätte ich es geahnt, ich hätte ihr von meiner Mutter und Erna erzählt … Aber sie fuhr schon fort, und ihr Tonfall war kühl geworden: »Du musst herausfinden, woran dein Herz hängt, was du wirklich gern studierst. Und ich muss jetzt weiterarbeiten.«

Ich sah ihr nach, wie sie in der Bibliothek verschwand, und mir ging der Gedanke durch den Kopf: Jetzt einen Minnetrank schnell hervorziehen und ihn ihr einflößen! Für mich selbst war er überflüssig. Ich stand noch eine Weile wie angewurzelt da und starrte auf die zugefallene Tür. Verbarg sich dahinter das Paradies? Oder eher die Hölle? Ich löste mich aus meiner Erstarrung und schlurfte dem Ausgang zu. Sie hatte mir doch geholfen, ich sollte Freudensprünge machen, aber ich war niedergeschlagen, als schwebte eine dunkle Wolke über mir. Und jetzt auf einmal ahnte ich, wie meine Mutter sich bei einer Depression fühlen musste.

Hatte Dorothee etwas für mich übrig? War die Minne in ihr Herz geschlichen wie bei mir? Oder war das alles nur Erfindung? Graue Erzähltheorie einer Geschichte aus steinalter Zeit, nichts als Lug und Trug. Vielleicht hätte ich mit meinem neuen Wissen protzen sollen, dass der Minnetrank ein Bild für die nicht voraussehbare und planbare Liebe ist. Ja, ich habe mich mit Tristan und Isolde beschäftigt, ich weiß Bescheid! Dabei wusste ich gar nichts. Vielleicht sind all die Sachen, von denen am meisten geredet wird, ganz unwahrscheinlich. Existieren gar nicht. Liebe und Minne gehören vermutlich dazu. Knutschen, vögeln, bumsen – das ist was Sicheres. Was Unwiderlegbares. Was Tatsächliches. Aber Liebe? Ein irrlichterndes Gefühl, das nicht erwidert wird. Eine Einbildung, die sich am Horizont verflüchtigt. Dorothee war zuletzt so kühl zu mir. War das Liebe? Führt so was wie Liebe in Schwermut und Depression? Schon das Wort ist blöd, dachte ich plötzlich. Lirbe sollte es heißen oder Lübe oder Liebä. Ich habe mich verlirbt – aber weiß nicht, was es bedeutet.

Mein Gang wurde schleppend, ich sah eine offene Tür, ging in den Hörsaal hinein und setzte mich in eine Stuhlreihe, um meinen Gedanken nachzuhängen. Schnell füllte sich der Raum, und ein vollbärtiger Graukopf trat vorn ans Pult. Er redete vom menschlichen Bewusstsein, das nirgends so deutlich werde wie in der Liebe. Neben mir rasten die Kugelschreiber übers Papier. Ich lauschte. Der Graukopf redete von Eros, einem Wesen, wie er sagte, das Göttern wie Menschen den Verstand raube und uns vor Augen führe, dass die Liebe eine Eigenschaft im Menschen hervorrufe, die seine Intelligenz weit überschreite … Da sprang ich auf und sagte laut: »Dieser Eros ist nichts als eine Horrorfigur. Aus purer Not herbeifantasiert. Seine Pfeile sind vergiftet. Wie der Minnetrank auch. Aber wir haben nichts Besseres verdient.«

Ich wandte mich zum Gehen, die ganze Reihe musste sich erheben, und während ich mich an den anderen vorbeischob, wurde es unruhig im Hörsaal. Der Vollbärtige schaute ängstlich auf. Er gehörte offenbar zur Fraktion der Scheißliberalen und beeilte sich, auf meine Bemerkung einzugehen, plapperte etwas von Paradoxie und Verdrängung und Angst erzeugenden Elementen und anderem hochgestochenen Zeug, doch das interessierte mich nicht mehr. Ich riss die Tür auf und warf sie von draußen zu.

*

Weder Frau Hüth war da noch ihre Sekretärin. Ich saß allein in der Pressestelle der Uni und hielt den Telefonhörer in der Hand. Ich wollte daheim anrufen und von meinem Versagen erzählen, aber es ging nicht. Die Drehscheibe spielte verrückt. Mein Finger blieb stecken. Ich schaffte es nicht, eine einfache Nummer zu wählen, die Nummer meiner Eltern. Schließlich probierte ich es bei einem Anzeigenkunden. Das funktionierte, und nach wenigen Minuten hatte ich eine Annonce für die nächste Nummer der Uni-Zeitung in der Tasche.

Aber ich musste ein richtiges Gespräch führen. Mit jemandem, der mich verstand und nicht in meinem Alter war. Dafür kam eigentlich nur Erna in Frage. Ich wählte ihre Nummer, meine Finger zitterten etwas, doch als sie am Apparat war, erklärte ich mit fester Stimme, dass ich unbedingt mit ihr reden müsse. Ich müsse sie über den Minnetrank befragen und diesen alten Roman. Sie schwieg einen Moment, und ich stellte fest, dass Schweigen beredt sein kann, denn ich hörte ihre stumme Verwunderung. Dann fragte sie, ob ich sie besuchen wolle. Ja, antwortete ich, aber ich musste auf jeden Fall verhindern, dass Onkel Heine dabei war und mir eine weitere Lektion über den Russen in Berlin gab. Also sagte ich, ich würde sie abholen, wir könnten vielleicht einen Spaziergang machen.

Wieder einmal brauchte ich ein Auto, denn sie und Heine wohnten in einem Frankfurter Vorort – mit dem Zug wäre ich einen halben Tag unterwegs. Ich schwang mich aufs Fahrrad, fuhr zu Jürgen und eilte hinauf in seine Dachwohnung. Sein Zimmer sah aus, als wäre es von einem Hurrikan verwüstet worden. Auf dem Boden lagen Bücher und Vorlesungsmitschriften verstreut herum, auf dem Schreibtisch herrschte ein einziges Durcheinander, und er selbst wankte nach dem Öffnen zum Bett, legte sich starr darauf, als sei er gerade mit Ach und Krach aus dem Jenseits zurückgekehrt. Ich wusste schon, was mit ihm los war. Die Prüfungsangst hielt ihn in ihren Krallen.

Aber ich fragte, als hätte ich keine Ahnung: »Was ist mit dir?«

»Ich fühle mich elend.«

»*Du* fühlst dich elend?«

»Ich fühle mich elend, seit ich den Klausurtermin weiß.«

»*Ich* bin es, der sich elend fühlen darf. Du bist überhaupt nicht erschienen.«

»Wie war die Klausur?«, fragte er schwach.

Ich hob die Schulter und machte auf lässig: »Keine Chance.«

Er stöhnte auf, als hätte ich ihm den Gnadenstoß verpasst und starrte zur Decke, als würde er dort seine schauderhafte Zukunft erkennen.

»Du hättest die Klausur bestanden!«, herrschte ich ihn an. »Und mir helfen können, aber du gibst dich lieber deinen Ängsten hin und suhlst dich im Bett.«

Er reagierte nicht auf meine Worte.

»Ich hätte dich dringend gebraucht«, fuhr ich fort, »du hättest mir auf dem Klo ein paar Lösungen durchschieben können.«

»Ich … konnte nicht … es ging einfach nicht … schon die Nähe zum Klausurraum …«

»Und an mich denkst du überhaupt nicht! Du kannst Statistik! Ich nicht!«

»Ich war mir nicht sicher …«

»Du bist der einzige, der's kann. Aber eine Hilfe bist du nicht.«

»Ja, ja«, ächzte der Bettlägerige. Ein pfeifender Atemstoß verließ seinen Mund, als hätte jemand einen Stöpsel aus ihm gezogen. Schwach drehte er den Kopf zu mir: »Tut mir leid.«

Ich kannte ihn und seine verdammten Versagensängste, ich musste jetzt energisch werden: »Willst du weiter Prüfungen vor dir her schieben?«

»Lass mich doch«, winselte er, »mir ist alles zu viel.«

»Willst du weiter Freunde ins Unglück stoßen?«

Er stöhnte leise auf: »Ich mach ja schon was.«

»Du liegst auf dem Bett und glotzt an die Decke.«

»Meine rechte Hand wird warm, mein rechter Arm wird warm«, sagte er langsam.

»Was soll das?«

»Ich hab mich für autogenes Training eingeschrieben. Soll wirken bei Prüfungsangst.«

»Du brauchst erstmal frische Luft«, sagte ich und öffnete das Fenster, »hoch mit dir, atme tief ein, und schon geht's dir besser.«

Tatsächlich richtete er sich auf und trottete zum Fenster.

»Man macht nicht die Erfahrungen, die man machen will, sondern die man braucht«, erklärte ich und fühlte mich mit Dorothees Satz sehr weise.

»Klugscheißer«, brummte er.

»Na endlich. Das erste vernünftige Wort von dir.«

Er warf mir einen Blick zu, der zeigte, dass er auf dem Weg der Besserung war.

»Du musst lediglich deine Prüfungsangst überwinden«, sagte ich, »bei mir ist die Situation viel schwieriger. Ich muss mich neu orientieren.«

»Neue Freundin?«, fragte er und grinste schwach.

Ich merkte, dass seine Genesung voranschritt: »Ach, alles ist kompliziert. Alles ist unsicher bei mir. Ich stecke in einem Dilemma. Ich bin in einer schweren Krise. Und durchgefallen bin ich auch.«

Ich sank auf seinen Schreibtischstuhl. Buddy sah mich voller Mitgefühl an. Zu sehen, dass es einem anderen schlecht geht, mindert immer das eigene Leid. Ohne zu zögern, gab er mir kurz darauf den Schlüssel für seinen Kübelwagen, und ich fragte ihn zum Abschied, ob sein rechter Arm noch warm sei.

»Wieder kalt«, erwiderte er, »man kann ja nicht ununterbrochen autogenes Training machen.« Und er murmelte: »Kannst du mir nicht ein Fach empfehlen, wo's ohne Klausuren abgeht?«

»Ich denk drüber nach, versprochen. Aber vielleicht sollten wir die Minne studieren.«

Zu diesem Zeitpunkt hatte ich noch keine Ahnung, dass die Prüfungen im Fach Minne gewaltig sind, kein Vergleich zu jenen im Fach Statistik. Und mein Freund Jürgen wusste nicht, dass es Prüfungen gab, die man weder mit warmen Armen noch im Bett überstehen konnte.

8 Frauen haben einen klaren Blick

Diesmal regnete es nicht, und ich kam trocken mit dem Kübelwagen in Frankfurt an. Die Koselstraße fand ich schneller, als ich dachte, und als ich am Haus unten klingelte, grübelte ich, wie ich meinen Besuch gegenüber Onkel Heine begründen könnte, wenn der anwesend war. Doch da ging schon die Haustür auf, und Erna stand vor mir.

»Lass uns irgendwohin fahren«, sagte sie und zog den Renault-Schlüssel aus der Handtasche.

Ich wusste, dass ihr Mann sie nie an sein Auto ließ, obwohl sie den Führerschein besaß. Mir war schleierhaft, wie sie an den Schlüssel gekommen war. Sie durfte immer nur Beifahrerin spielen, selbst war sie noch nie gefahren. Auf jeden Fall schien es mir ratsam, sie auf eine andere Idee zu bringen.

»Ich bin mit dem Auto da«, sagte ich.

»Du besitzt ein Auto?«

»Ausgeliehen. Von einem Freund.«

Sie atmete erleichtert auf, ihr Vorhaben, mit dem Auto ihres Mannes zu fahren, kam ihr wohl doch etwas illegal vor. Wo mein Fahrzeug denn stehe? Ich wies auf Jürgens Kübelwagen, und ihr Blick zeigte leichte Verwirrung: Ob ich eine Geländetour machen und ihre Bandscheiben testen wolle? Als sie sich auf den knarrenden Sitz hochgezogen hatte und wir krachend losfuhren, rief sie mir zu: »Eiserner Steg. Weißt du, wo das ist?« Ich nickte und steuerte das Gefährt durch den Frankfurter Nachmittagsverkehr. Viel zu reden, hatte keinen Sinn, und zum Glück fand ich am Unteren Mainkai einen Parkplatz. Hier in der Nähe kenne sie ein schönes Café, sagte sie. Wir überquerten den Eisernen Steg, und ich überlegte, wie ich das Gespräch eröffnen solle, als sie fragte: »Was macht deine Betriebswirtschaftslehre? Kommst du gut voran?«

»Ich bin gerade durch eine Klausur gefallen.«

Sie hielt in ihrem Schritt inne: »Herzlichen Glückwunsch!«

»Wie bitte?«

»Ich sagte herzlichen Glückwunsch«, wiederholte sie gelassen.

»Ich versteh nicht.«

»Na, durchzufallen ist was Besonderes, die meisten fallen vermutlich nicht durch.«

»Scherzt du mit mir?«

»Überhaupt nicht. Es zeigt mir, dass du kein normaler Student bist. Du interessierst dich für andere Dinge.«

Sie setzte sich wieder in Bewegung, ich tapste neben ihr her wie ein begossener Pudel.

»Glaubst du, dass Menschen später erfolgreich werden, weil sie gute Noten hatten?«, fragte sie.

»Ja«, antwortete ich ohne zu zögern.

»Glaubst du, dass Menschen die Stürme des Lebens

gut bestehen, weil sie ihre Klausuren immer bestanden haben?«

»Eher ja«, sagte ich schon etwas vorsichtiger.

»Glaubst du, dass man glücklich wird, wenn man nie versagt?«

»Na ja, also … ich weiß nicht.«

»Durchzufallen ist eine prima Sache. Eine gute Ausgangsposition für etwas Neues. Außerdem kannst du doch wiederholen.«

»Ich weiß nicht, ob ich das will.«

»Was soll das heißen?«

»Ich … ich frage mich, ob ich geeignet bin.«

»Na sicher bist du geeignet für ein Studium.«

Schönes Kompliment, dachte ich und schwieg.

»Guck nicht so, ich mein es ernst. Du wirst auf keinen Fall das Studium aufgeben.«

»Aber ich interessiere mich nicht für diesen BWL-Kram.«

Sie blieb stehen: »Wer zwingt dich denn zu diesem Studium? Lass dich nicht so gehen! Du musst herausfinden, woran dein Herz hängt.«

Sie schritt weiter über den Eisernen Steg, ich grübelte neben ihr, woran mein Herz hing. Aber auf die Schnelle konnte ich da nichts finden, nur Dorothee fiel mir ein.

Als wir auf der anderen Mainseite angelangt waren, deutete Erna auf ein Café: »Der Käsekuchen dort ist wunderbar.«

»Woran mein Herz hängt, weiß ich nicht«, murmelte ich.

Sie hielt inne: »Dann musst du lernen, besser auf es zu achten, das Herz ist das entscheidende Organ. Im Übrigen ist ein Studium auch dafür da, die eigenen Stärken und Schwächen kennenzulernen.«

Vielleicht hat sie Recht, dachte ich – ich war zu feig für eine Entscheidung und stocherte lieber mit einer Stange im Nebel herum. Wir erreichten die Terrasse des Cafés und suchten uns einen Tisch, vom Main her flog uns eine leichte Brise an. Ein Kellner kam, sie bestellte den gepriesenen Käsekuchen und eine Tasse Kaffee, ich nahm dasselbe.

»Wissen deine Eltern von deinen Zweifeln?«, fragte sie.

»Nein, nein, für meine Mutter würde eine Welt zusammenbrechen. Und mein Vater wäre unglücklich, wenn ich das Wirtschaftsstudium aufgäbe. Du darfst ihnen nichts erzählen.«

»Versprochen«, murmelte sie, um dann spitz zu fragen: »Studierst du eigentlich für sie?« Nach einer Pause fügte sie hinzu: »Sie sind stolz auf dich, so oder so.«

Ich machte ein nachdenkliches Gesicht, blieb aber stumm.

»Sei nicht so ein Zweifler. Ein Studium braucht Leidenschaft. Sonst bleibst du unzufrieden und erfolglos. Du musst das studieren, was dir am Herzen liegt. Auch wenn andere es für falsch halten. Hast du mit deiner Freundin schon darüber gesprochen?«

Ich nickte.

»Und? Was meint sie?«

»Sie sieht die Sache so ähnlich wie du.«

Erna lehnte sich zurück: »Frauen haben meist einen klaren Blick für solche Dinge.«

»Ich weiß nicht … sie war so abrupt.«

»Das ist gut, das gefällt mir. Eine entschiedene Frau offenbar. Ich vermute, sie will dich auf den richtigen Weg bringen. Ist sie ein eigenwilliger Typ?«

Was für ein Typ war Dorothee eigentlich? Darüber hatte ich bisher nicht nachgedacht. Eigentlich hatte ich mich bisher nur um meine eigenen Gefühle gekümmert und nicht um ihre. Erna musterte mich und schien meine Gedanken zu erraten.

»Deine Freundin spürt, dass du auf der Suche nach neuen Ufern bist. Sie will dir dabei helfen. Du musst dich mit ihr treffen.«

»Hmm«, brummte ich, »du hast wahrscheinlich Recht.«

Der Kellner kam und stellte unsere Bestellung mit den Worten »Zweimal Käse, zweimal Kaffee« auf den Tisch und nickte dazu, als habe er seine Sache prima gemacht. Erna widmete sich sofort ihrem Kaffee, goss etwas Milch hinein und zuckerte ihn.

»Sag mal, du hattest doch eine Frage. Worum geht es?«

»Der Minnetrank, also … der hat mich beschäftigt. Du sagtest doch, dass er ein Bild ist für die Unplanbarkeit der Liebe. Woran erkennt Tristan eigentlich, dass Isolde in ihn verliebt ist?«

Ich dachte bei dieser Frage mal wieder vollkommen an mich, denn längst schon sah ich mich als Tristan und Dorothee als Isolde und hing dem Glauben an, dass diese alte Geschichte etwas mit uns zu hatte. Erna nahm einen Schluck vom Kaffee, und als sie die Tasse absetzte, schmunzelte sie: »Das merkt er gar nicht. Tristan merkt nur, dass er selbst verliebt ist.«

Wie bei mir, ging es mir durch den Kopf, ich merk auch nur was an mir selbst, dieser Tristan wird mir immer sympathischer. Und ich dachte: Diese alten Sachen haben's wirklich in sich.

»Aber wäre es nicht viel besser«, fragte ich, »wenn es umgekehrt wäre, wenn er feststellt, dass sie ihn liebt?«

Erna sah mich ernst an: »Das ist ein altes Thema. Was ist wichtiger, selbst zu lieben oder geliebt zu werden? Was meinst du?«

»Na ja … also angenehmer fände ich es, geliebt zu werden.«

»Das ist auf jeden Fall einfacher. Man hat dann weniger Probleme. Aber weißt du, was der Pferdefuß dabei ist?«

»Der Pferdefuß …?«

»Du lernst dein eigenes Gefühl nicht kennen. Wenn du nur darauf aus bist, geliebt zu werden, wirst du weder das Himmelhochjauchzen erleben noch das Todbetrübte. Selber zu lieben, kann wunderbar sein und gleichzeitig auch sehr schmerzhaft.«

Jetzt wurde mir klar, warum ich mich nach dem Gespräch mit Dorothee so niedergeschlagen und fast verzweifelt fühlte. Das war das Todbetrübte. Und es würde bedeuten, dass ich mich ernsthaft in sie verliebt hatte. Furchtbar – bei der Liebe geht es offenbar gleich um

Kopf und Kragen. Das kann einem die Liebe direkt madig machen.

»Was … kann man denn tun, um festzustellen, ob man auch geliebt wird?«, fragte ich.

»Wie heißt deine Freundin eigentlich?«

»Dorothee.«

»Du musst dich mit Dorothee treffen, dann wirst du schon etwas herausfinden.«

Erna trank vom Kaffee und aß mit Appetit vom Käsekuchen, ich nahm ebenfalls einen Schluck und stocherte unschlüssig im Kuchen herum.

»Darf ich dich mal was Persönliches fragen?«, sagte ich nach einer Weile.

Sie nickte.

»Warum seid ihr eigentlich zurückgekommen? Ich meine aus London.«

»Heine wollte zurück. Zu seiner Schwester, deiner Mutter.«

»Du nicht?«

Sie schüttelte unmerklich den Kopf: »Ich habe hier eigentlich nichts verloren.«

»In Frankfurt?«

»In Deutschland«.

»Du bist aber doch mitgekommen.«

»Wir haben lange darüber diskutiert«, erwiderte sie gequält.

»Wann habt ihr eigentlich geheiratet?«

»Was für eine Rolle spielt das? Willst du Detektiv werden?«

»Nein … ich möchte nur mehr von der Vergangenheit meiner Familie wissen.«

»Mehr Wissen tut meist weh«, entgegnete sie kurz angebunden.

»Meine Eltern erzählen ja nichts, und du bist meine einzige Tante. Soll ich ahnungslos ins Grab fallen?«

Meine Worte klangen etwas pathetisch, ich kam mir für einen Moment wie ein Schauspieler auf der Bühne vor. Sie aber sah mich erstaunt an, als hätte ich ein Hamlet-Solo gut hingekriegt. Und als müsse sie mich über meine Rolle besser informieren, erwiderte sie: »Wenn im Dritten Reich polnisch oder mosaisch im Pass stand, ist man abgeholt worden. Übel war, wenn beides zusammentraf, das war das doppelte Kainsmal. Ich bin am 19. August 1939 weg aus Deutschland, das war höchste Eisenbahn, der Krieg begann am 1. September, ich war einundzwanzig, hab in einem Berliner Kinderheim gearbeitet und galt nach deutschem Recht als Polin, weil meine Eltern aus Polen stammten. Außerdem war ich Jüdin, wie du weißt.«

Sie sagte das alles ganz sachlich, als würde sie eine Regieanweisung geben, doch ich war mir auf einmal nicht mehr sicher, ob ich weiterfragen durfte. Eine unangenehme Pause entstand, bis ich meine Stimme hörte: »Und deine Eltern?«

Sie schaute auf ihre Tasse: »Meine Eltern sind ein Jahr vorher abgeholt worden. Das war noch in Leipzig. Ich weiß es von meinem Bruder Leo, der sich retten konnte.«

»Retten konnte …?«

»Leo war ein Jahr jünger als ich und flüchtete nach Genua. Von dort nach Paris, wo er sich zur französischen Armee meldete. In Nordafrika hat eine deutsche Kugel sein Herz zerfetzt.«

Vom Main her schallten fröhliche Stimmen zu uns, Boote paddelten um die Wette, Kinder kreischten vor Freude. Erna nahm ihre Tasse und trank einen Schluck. Ich wollte weiter fragen, brachte aber nichts heraus.

»Ich habe nachgeforscht«, sagte sie emotionslos, »ich weiß das von einem seiner Kameraden, der überlebte.«

»Und … deine Eltern?«

»Iss!«, entgegnete sie barsch, »iss den Kuchen und trink deinen Kaffee.«

Ich tat wie geheißen, als wäre es ihre endgültige Regieanweisung, und als dürfe ich auf keinen Fall etwas falsch machen. Ich sah, dass sich über ihrer Stupsnase eine Schweißperle gebildet hatte, die sie schnell mit einem Taschentuch wegtupfte. An dieser Schweißperle war ich schuld, und dass es nicht mehr wurde, war nur ihrer Beherrschtheit zu verdanken. Ich hatte sie in diese Situation gebracht, aus der sie sich nur mit barschen Sätzen retten konnte. Und mir wurde klar, warum meine Eltern solche Gespräche mieden. Mich überkam das Gefühl, fort zu müssen, ich hätte vielleicht gar nicht kommen dürfen. Nur wegen dieses minnebesoffenen Tristans saß ich hier, einer steinalten Figur, die noch dazu erfunden war. Während das, was sie mir nicht erzählen wollte, mit Sicherheit nicht erfunden war.

Wir wechselten das Thema, sprachen über anderes, und als ich nach Mainz zurückfuhr, ging mir durch den Kopf, wie Erna beim letzten Schluck Kaffee von ihrer Schulzeit geschwärmt hatte. Humanistisches Gymnasium, die Lehrer hatten sie gefördert, da wäre nur einer gewesen, der sie wegen ihrer Religion ignorierte. Latein sei ihr Lieblingsfach neben Deutsch gewesen, 1935 bestand sie das Abitur und hätte gern Germanistik studiert, aber das ging nicht mehr, sie war ja eine Polin und noch dazu Jüdin. Bei einer Bank fand sie eine Anstellung, doch die Arbeit langweilte sie, zwischen Kontoauszügen und Zahlenkolonnen könne man leicht vertrocknen. Ich strahlte sie bei diesen Worten wie ein Geistesverwandter an. Ihre Abneigung gleicht meiner, dachte ich. Sie nahm mein Strahlen wortlos hin und klärte mich nicht über den Unterschied auf.

Auf der Autobahn drehte ich im Kübelwagen am rostigen Knopf des Autoradios, und mir schallte »Born to be wild« entgegen, einer meiner Lieblingssongs. Leider kam danach nichts mehr von *Steppenwolf*, stattdessen wurden die Nachrichten verlesen. In Düsseldorf hatte das Landgericht einen SS-Hauptsturmführer freigesprochen. Er war der Beihilfe zum Mord im Konzentrationslager Majdanek in wenigstens tausend Fällen angeklagt, aber man konnte ihm nicht nachweisen, dass er die Leute mit eigener Hand umgebracht hatte.

9 Gut miaut, Löwe!

Ich parkte den Kübelwagen vor Jürgens Haus, warf den Schlüssel in seinen Briefkasten, und während ich mich aufs Fahrrad schwang, fiel mir Leo ein, der Bruder Ernas. Er war damals etwa genauso alt wie ich jetzt. Was würde ich machen, wenn ich in seiner Zeit gelebt hätte? Mich auch nach Genua durchschlagen? Oder käme ich nur bis zu einem Vorort meiner kleinen Stadt? Würde ich dann grübelnd stehen bleiben, verfangen in meinen Gedanken und voller Selbstmitleid? Ich war ja nicht mal imstande, mich jetzt zu entscheiden, in einer völlig normalen Lebenssituation, wo mir niemand an den Kragen wollte, wo ich lediglich meine Unfähigkeit in einer Klausur bewiesen hatte.

Ich hätte diesen Leo gern kennengelernt. Was trieb er so im Jenseits? Stürzte er sich auf uniformierte Deutsche? Verprügelte er sie, oder schoss er ihnen ein Loch ins Herz? Vielleicht war das in Ausnahmefällen in der anderen Welt gestattet. Das Jenseits muss kein Paradies sein. Als ich meine Mutter einmal nach dem Paradies fragte, erwiderte sie: »Du musst dich hier entscheiden, wo du später hin willst. Im Paradies hat man das bessere Klima, in der Hölle die interessantere Gesellschaft.« Auf einmal überkam mich Zorn, kein Gott konnte Vergebung und Vergessen verlangen: Ich würde Leo aus dem Paradies holen, dann mit ihm in die Hölle fahren und ihm dort beim Erschießen der SS-Leute helfen.

Ein leiser Nieselregen hatte eingesetzt, und mit ihm tröpfelte ein Gefühl in meine Gedanken. Es war eine vage Traurigkeit, die sich lastend auf mich legte, während ich die Saarstraße entlangradelte. Dorothees Gesicht tauchte vor mir auf, sie sprach zu mir, aber ich hörte nichts, es war wie in einem Stummfilm. Mir wurde auf einmal klar, dass ich sie unbedingt sehen musste. Ich war zur falschen Zeit in ihrer Bibliothek aufgetaucht, ich hatte sie auf dem falschen Fuß erwischt, nur deshalb war sie so barsch gewesen. Aber ziemlich sicher war, dass Amors Pfeil mich getroffen hatte, waidwund war ich geschossen, und dieser Pfeil war mit Sicherheit vergiftet – sonst könnte ich überhaupt nicht auf solche Gedanken kommen.

Im Wohnheim angekommen, stürzte ich in die Telefonzelle und rief ihre Vermieterin an. »Hier ist Frau Schuster«, meldete sie sich müde. Ich sagte artig meinen Namen und bat darum, mit Dorothee sprechen zu können. Die Stimme Frau Schusters erwachte zum Leben und plärrte: »Iss net da!« Ich fragte, ob sie ganz sicher sei, doch das kam ihr wie eine ungehörige Frechheit vor: »Horche Se, wann dess Mädsche net da iss, dann isse aach net da.« Ich murmelte einen widerwilligen Dank in die Muschel und legte auf. Sie hat mich angelogen, dachte ich. Es war früher Abend, und Dorothee musste daheim sein. Oder war sie mit einem anderen unterwegs? Einem, von dem ich nichts wusste? Dem wahren Tristan? Und trank mit ihm gerade den Minnetrank?

Ich schlurfte den dunklen Gang entlang, mir war elend zumute, ich brummelte wie ein alter Mann vor mich hin, als ich eine Stimme hörte.

»Führst du Selbstgespräche? Bist du Schlafwandler geworden?«

Vorn stand Ernesto, der das Licht einschaltete.

»Ich hab nur nachgedacht«, erwiderte ich.

»Warum nicht. Es soll Vorteile haben.«

Er verschwand in der Küche und erschien wieder mit einer Flasche Wein in der Hand.

»Trinkst du ein Glas mit mir?«

Ich machte ein ratloses Gesicht.

»Ach komm! Rotwein ist für junge Knaben eine von den besten Gaben.«

Ernesto winkte mich mit der Flasche in sein Zimmer, entkorkte sie und erklärte dumpf: »Meine Doktorarbeit ist geplatzt.«

»Abgelehnt?«

»Tragischer. Mir ist jemand zuvorgekommen. In den USA hat einer mit meinem Thema promoviert. Mit meinem Thema!«

Ich nickte düster. Das Schicksal schlug unerbittlich zu. Gerade hatte es ein weiteres Opfer gefunden.

»Fertig. Aus. Vorbei«, sagte Ernesto und füllte zwei Wassergläser bis zum Rand mit Wein. Er nickte mir zu und trank sein Glas leer.

»Dreieinhalb Jahre Arbeit für'n Arsch«, erklärte er mit steinerner Miene.

Ich nahm auch einen Schluck. Ich wusste, dass er eine Arbeit über Polymere schrieb, geheimnisvolle Molekülverbindungen, von denen nur Eingeweihte Ahnung hatten. Gern foppte ich ihn damit, indem ich nach seinen Polypen fragte. Aber jetzt sah ich ihn nur ratlos an.

»Was machst du nun?«, fragte ich schließlich.

»Trinken, du siehst ja.«

»Die ganze Zeit umsonst geforscht?«

»Umsonst kann man nicht sagen. Es war nur für die Katz.«

Ich überlegte, wie ich ihn aufheitern könnte und sagte: »Ich bin in Statistik durchgefallen.«

»Ein Unglück kommt selten allein«, erwiderte er, »aber du kannst wiederholen.«

Ich schüttelte den Kopf, und Ernesto fing zu lachen an, dass man glauben konnte, er plane eine Karriere als Verrückter. Schließlich sagte er: »Verlierer unter sich. Uns hat das Schicksal abgehängt.«

Ich trank mein Glas leer: »Schicksal! Das ist nichts als die Erfindung von Angsthasen. Ich lass mich nicht abhängen.« Kaum ausgesprochen, war ich selbst von meinem Protest überrascht.

»Gut miaut, Löwe! Darauf trinken wir.«

Er goss neu ein, wir tranken.

»Hör mal«, sagte er, »ich hab eine Geschichte von dir in der Uni-Zeitung gelesen, gar nicht übel.«

Ich stimmte wortlos zu.

»Weißt du, was du brauchst, wenn du Schriftsteller werden willst, noch dazu freier?«

»Sag schon.«

»Du brauchst ein wahnsinniges Durchhaltevermögen. Eisern durchhalten ist die Devise.«

»Da kannst du Recht haben.«

»Ich les ja sonst nur Amerikaner. Sind einfach besser. Ginsberg, Solomon und so Leute. Alles East Village. Der Ginsberg ist so um die sechzig, keine Haare mehr, keine Zähne mehr, der existiert nur mit Bruchbändern, Rheumasocken und Klistieren – feilt aber unbeirrt an einem Gedicht. Der glaubt nach wie vor felsenfest an die Literatur.«

»Mach ich doch auch. Soll ich vielleicht auch Bruchbänder und Rheumasocken tragen?«

»Nee, du musst glauben. Daran hapert's bei dir. Du glaubst nicht an das, was du machst.«

Er goss nach, ich begann zu grübeln, es kam mir nicht verkehrt vor, was er sagte. Vielleicht glaubte ich auch nicht an die Liebe. Vielleicht musste ich mein Gefühl irgendwie auf Dorothee übertragen. Wir tranken wieder, und wortlos wurden wir zu Leidvereinten, bis die Flasche leer war. Ernesto tapste in die Küche und kam mit einer neuen, abnorm bauchigen Flasche zurück: »Lambrusco, eine ruhmreiche Marke.« Er schenkte ein, eine rote Flüssigkeit perlte auf, und auch dieser Wein hatte was, fand ich, obwohl der Verdacht in mir aufkeimte, dass wir in der Talsohle angekommen waren, beim Studentenverschnitt.

»Aber Dorothee?«, lallte ich plötzlich auf, »was soll ich bloß machen?«

»Dorothee?«, fragte er streng, »ist das die Frau, die meine Minestrone verschmähte?«

Ich nickte.

Er kicherte: »Das hat sie nun davon. Einmal dem Läuten des Kochs nicht gefolgt, schon ist der Freund im Eimer!«

»Das ist ja völlig reimlos«, sagte ich vorwurfsvoll, »der Wein ist nichts für dich, der macht dich stinknormal.«

»Manchmal muss man stinknormal sein, das Schicksal ist nicht ideal«, tönte er, »doch wenn es ruft, musst du folgen!«

Was redete Ernesto für unlogischen Kram? dachte ich. Er aber griff zur Flasche, goss wackelig ein und suckelte sein Glas leer. Ich tat dasselbe, aber als er mir den letzten Rest vom Lambrusco einschenken wollte, fiel mir der Minnetrank ein, und ich zog schnell mein Glas zurück.

»Genug vom Trank«, erklärte ich mit unsicherer Stimme, »weißt du … sie ist nicht da … hat mir Frau Schuster gesagt.«

»Welche Frau Schuster?«

»Na, eben Frau Schuster … Dorothee ist nicht da … beim nächsten Mal sagt sie, sie war nie da … verstehst du?«, lallte ich.

»Wie?«

»Vielleicht jage ich einer Einbildung hinterher … am Ende gibt es sie gar nicht, meine Doro…thee.«

»Quatsch! Du bi-bist ein Spinner, aber nicht völlig ple-plem. Ich kenn dich doch.«

Er schenkte sich den Rest der Flasche selbst ein und erklärte mit schwerer Zunge: »Es gibt hier zwei Möglichkeiten. Entweder … oder. – Entweder diese Dorothee ist mit einem anderen Prinzen unterwegs. Oder … sie lässt sich, ääh, wie soll ich sagen … ver-verleugnen. Da ist was passiert … du, du hast was Blödes gesagt … Ich kenn doch die Weiber.«

»Ich hab was Blödes gesagt …?«, fragte ich, auf einmal wieder hellwach.

»Ja, ja … genauso ist es. An hellen Abenden im Mai lausch auf der Knechte Brunstgeschrei …« Er setzte sein Glas abrupt ab: »Ich spü-spüre, dass ich bettschwer werde.«

Die Flasche Lambrusco sah enorm leer aus. Ich erhob mich, meine Knie fühlten sich weich an, und Ernesto kam mir wie ein Feuerdrache vor, der eine Fahne aus Alkohol spie, die jeden Moment in Flammen aufgehen konnte. Auf dem Weg in mein Zimmer senkte sich eine dunkle Wolke aus Ängsten und Befürchtungen auf mich, der ich nur entrinnen konnte durch einen tiefen Plumps in mein Bett …

Quer durchs Münchfeld radelte ich, die Dijonstraße entlang, über die Allee hinweg in ein Sträßchen hinein, in dem die Autos am Straßenrand vor sich hin schnarchten, wie überhaupt alles jetzt schnarchte. »Faules Pack!«, rief ich, »liegt ihr in euren Betten und schnarcht euch durch die Nacht? Kennt ihr nicht die Minne, wisst ihr nicht, dass sie Ungeheures verlangt!« Natürlich antwortete niemand, nur die Sterne am Himmel taten Dienst und leuchteten verwundert mir den Weg. Schon kam das Ziel meiner Sehnsucht in Sicht: das Schloss der Frau Schuster und die Gemächer der Prinzessin Dorothee. Mit einem Tourenrad war ich losgefahren, auf einem Hochrad rollte ich aus, sprang ab, und das Rad verlor sich in der Dunkelheit. Ich atmete kühle Nachtluft und strich mein weißes T-Shirt glatt, das mich zum überdimensionalen Glühwürmchen machte. Oben schimmerte Licht, es war ihr Fenster, ja, sie erwartete mich. Doch unten lag der Schwellenwächter auf der Lauer – ein Drache mit Namen Frau Schuster würde mich verschlingen, setzte ich nur einen Fuß auf seine Schwelle. Vorsichtig beugte ich mein Ohr zur Tür und hörte ein grässliches Sägen, ein kakophonisches Rasseln. Mit meinen Röntgenaugen sah ich, dass Frau Schuster vorm Fernseher saß, ihr Kopf war auf die Brust gesunken, und die ganze Person gab röchelnd ein schauderhaftes Schnarchkonzert – doch jetzt öffnete der Drache Schuster seine Augen, sie leuchteten furchtbar rot und schickten giftige Pfeile. Gleich würde der Drache aufstehen und vor die Haustür treten, um mich zu verspeisen. Ich aber zog meinen Miniatur-Hubschrauber aus der Gesäßtasche. Welch ein Segen mein Maschinchen doch sein könnte für die Tristane dieser Stadt, ja der ganzen Welt!

Ich surrte nach oben zu Dorothees Fenster, wisperte ihren Namen, und schon öffnete sich die Gardine. Sie war es, ihr Blick ruhte liebevoll auf mir, ihre Augen strahlten mich an, und sie dirigierte mich ins Zimmer hinein. Ich sprang ab, verstaute den Mini-Hubi in der Hosentasche und herzte sie. Wir standen am offenen Fenster, schauten hinauf in den Sternenhimmel und sprachen kein Wort, nur ein schnelles Schlagen an meiner linken Seite sagte mir, dass ich am Leben war. Ich lebte und mein Herz jubelte. Und jetzt hörte ich ein anderes Geräusch im Hintergrund, ich drehte mich um, und da kam Erna ins Zimmer, meine Tante Erna! Ihre braune Baskenmütze auf dem Kopf war keck zur Seite gerutscht, und sie trug ein langes Kleid, als wären wir auf einem Empfang. Dorothee wandte sich ihr zu, und die beiden sprachen wie Freundinnen miteinander. Ich verstand nichts von ihrer Unterhaltung, sie redeten in einer alten Sprache, es war offenbar Mittelhochdeutsch, nur einen Satzfetzen hörte ich heraus »... verlorn ist das slüzzelin.« Ich wollte danach fragen, aber die beiden beachteten mich nicht, und als ich schließlich Dorothee zu mir zog, hatte sie eine herrlich warme und weiche Haut, die ich unbedingt streicheln wollte ...

Da wachte ich auf – nichts anderes als mein Kissen hielt ich in den Händen und streichelte es.

10 Ein Buch, das lebt

Ich sah eine Fliege auf dem Boden. Ihre Flügel bewegten sich zitternd, sie fiel um, drehte sich im Kreis, blieb erschöpft liegen. Mein Kopf hing über der Bettkante, das Kissen fiel mir aus den Händen, mein Unterhemd klebte am Hals, und meine Stirn fühlte sich an, als hätte sie die ganze Nacht als Startrampe für Fliegen-Geschwader gedient. Ich sortierte meine Beine und hievte sie aus dem Bett. Die Fliege unten nahm einen neuen Anlauf, erhob sich surrend vom Boden, um kurz darauf wieder abzustürzen. Sie rotierte um sich selbst.

Ich stand auf, ging zum Waschbecken und hielt meinen Kopf unter den Wasserstrahl. Ich schaute in den Spiegel, sprach aber kein einziges Wort mit mir. Dann bückte ich mich zu der Fliege, nahm sie vorsichtig mit einem Papierchen hoch, öffnete das Fenster und legte sie in die Sonne aufs Fensterbrett. Kurz darauf ging ich in die Küche, wo aus dem Kassettenrecorder »My Baby left me« schallte.

»Hörst du? – CCR! Die Frühstücksmusik«, erklärte Ernesto mit Kennermiene.

»Für mich ist das nichts«, brummte ich.

Auf dem Herd blubberte ein Topf, und aus der Kaffeemaschine strömte ein wunderbares Aroma. Ob er eine Tasse für mich übrighabe? Nach diesem Rotgetränk namens Lambrusco letzte Nacht sei er mir das schuldig. Ernesto machte eine großzügige Handbewegung und deutete auf den Geschirrschrank. Ich holte Becher und Teller heraus und stellte sie auf den Tisch, um im Kühlschrank nach Butter, Marmelade und Käse zu suchen. Von meinen Köstlichkeiten war nichts zu erblicken.

»Guck nicht so erstaunt«, sagte Ernesto, »du hast doch nie was.«

Ich fühlte mich zu schwach für einen Protest und schwieg. Er zog Brot, Butter und Nutella aus seinem Fach, kredenzte mir ein gekochtes Ei und stellte alles auf den Tisch. Dann goss er Kaffee in die Becher und setzte sich zu mir.

»Kommen nach trüben Tagen klare, verlierst du nichts als deine Haare.« Er nahm mich in den Blick: »Schlecht geträumt?«

Ernesto wirkte ziemlich aufgeräumt, gar nicht so, als hätte er seine Doktorarbeit in den Sand gesetzt. Ich schüttelte den Kopf: »Eigentlich nicht. Ich hab von ihr geträumt.«

»Du bist im Begriff, süchtig zu werden. Sucht und Husten lassen sich nicht verbergen.«

»Und du?«, fragte ich, »hast du nichts geträumt?«

»Doch, doch. Man vergisst das ja leider so schnell. Ich weiß noch, dass ich auf einen Berg geklettert bin … und als ich oben ankam, war es auf einmal ein mickriges Bäumchen.«

»Ein simpler Traum«, sagte ich, »ich wünschte, ich hätte auch solche Träume.«

»Ah, der Herr Kollege träumt kompliziert«, stellte er spöttisch fest.

»Hast du schon mal vom verlorenen slüzzelin geträumt?«

Er sah mich an: »Was soll das sein – Slüzzelin? Schlüsselchen?«

»Kann sein«, sagte ich und dachte: und noch dazu ist es verloren.

»Mir ist übrigens noch was eingefallen für dich, wenn du freier Schriftsteller werden willst. Damit du nicht verhungerst, meine ich. Hab gerade vorhin den Landfunk gehört, die brauchen sicher Leute, die ihnen mal paar flotte Sätze zur Situation der Rübenernte schreiben. Was meinst du?«

Ich sah ihn beleidigt an: »Woher kommt eigentlich deine gute Laune?«

»Ich habe einen Entschluss gefasst«, sprach er majestätisch und schwieg.

»Sag schon. Willst du deinen Doktor-Konkurrenten in den USA umbringen?«

»Das wäre auch ne Idee. – Aber ich mach es einfacher. Ich bin mehr so'n schlichter Typ, weißte ja.«

»Und was? Was machst du!«

»Ich werd mit meinem Prof ein neues Thema aushandeln. Der wird Mitleid mit mir haben und mir eins geben, was nah am bisherigen ist. Und außerdem will ich ihn dazu bringen, dass er mir ein Stipendium verschafft.« Ich nickte anerkennend und aß mein Nutella-Brot auf.

»Und du, mein Lieber, musst klar Schiff machen

mit dieser … Dorothee. Sonst biste blockiert auf alle Ewigkeit.«

»Danke, du machst mir Mut.«

Ernesto fing an, den Tisch abzuräumen, ich konnte gerade noch meinen Kaffeebecher retten. Mitten in die Aufräumarbeit, fing er an zu dozieren: »Liebe ist nichts anderes als eine Geisteskrankheit, aber von allen Krankheiten noch die gesündeste, deshalb gibt es auch keine Medizin dagegen. Und meist will man ja doch nur geliebt werden und ist enttäuscht, wenn es nicht der Fall ist. Es handelt sich hier um Enttäuschungsschmerz, wie wir Fachleute sagen. Ergo: Liebeskummer ist Enttäuschungsschmerz, also müssen wir die Täuschung einsehen, die Enttäuschung überwinden und uns einem neuen Projekt zuwenden. Haste alles verstanden?«

»Nicht ganz, Herr Professor, will aber eifrig darüber nachdenken.«

»Das wird nächstens schon besser gehen. Merk dir: Wenn deine Freundin Knochen häckselt, hat sie dich mit Holz verwechselt.«

Er verließ die Küche mit den Worten: »Glückauf! Muss meine steckengebliebene Karriere aus dem Dreck ziehen.«

Kurze Zeit später war ich auch auf Achse. Mein erster Weg führte ins Studentensekretariat, wo ich mich umschreiben ließ, nichts Besonderes, nur ein Verwaltungsakt. Aber ich hatte ebenfalls einen Entschluss gefasst. Bisher hatte ich Unzucht getrieben mit Bilanzen, Konjunkturen und Sozialprodukten, diesem ganzen Plunder aus Formeln, Tabellen und Zahlen, der bestenfalls zu einem unbequemen Sessel hinter einem dicken Schreibtisch führte. Nicht länger das Horrorfach BWL wollte ich studieren, sondern die Minne, wenigstens anhand von Literatur. Dachte ich dabei an Dorothee? Natürlich, es wäre blöd, mir das nicht einzugestehen. Vielleicht konnte ich mit ihr im gleichen Seminar sitzen. Aber ich spürte auch ein Kribbeln in mir, eine unbekannte Neugier auf ein fremdes Fach.

Danach suchte ich das Prüfungsamt der Germanisten auf, ich wollte ins »Tristan«-Seminar rein. Die Sekretärin klärte mich mit spitzem Mund auf, dass ich erstmal Latein nachweisen müsse, außerdem sei die Hälfte des Semesters schon vorüber, und obendrein wäre die Veranstaltung Fortgeschrittenen vorbehalten. Sie behandelte mich wie einen schwierigen Patienten, dabei fühlte ich mich so gesund wie noch nie. Ihre Auskunft verdross mich überhaupt nicht, ich eilte in die Unibibliothek, suchte mir den *Tristan* heraus und begann zu lesen. Der Text war in einem Deutsch geschrieben, das ich nur mühselig entziffern konnte. Aber immerhin las ich dasselbe Buch wie Dorothee. Ein Satz sprang mir gleich in die Augen, der Verfasser, ein gewisser Gottfried von Straßburg, teilte mit, dass er für diejenigen schrieb, die mit ihrem sehnsüchtigen Schmerz allein seien. Damit meinte er mich! Ein uraltes Buch sprach von mir. Sehr seltsam. Ich legte eine Übersetzung neben das Original und verlor mich in der Lektüre. Wer seine Zeit unnütz verbringt, lebt nicht so, wie es ihm bestimmt ist, entzifferte ich und verglich mit der Übersetzung. Wahrhaftig, von mir sprach dieser Gottfried – dabei hatte er das schon vor achthundert Jahren zu Papier gebracht. Untätigkeit vermehrt den sehnsuchtsvollen Kummer, hieß es an einer anderen Stelle, deshalb solle man sich einen Gegenstand der Beschäftigung wählen, den man liebe.

Genau! Das war es! durchfuhr es mich, und mein Bleistift knallte auf die Tischplatte. Köpfe zuckten hoch, böse Blicke trafen mich. Dieser Gottfried! Er hatte mich offenbar im Visier gehabt, als er das schrieb. Und konnte ganze Jahrhunderte überblicken. Dieser scheinbar verschimmelte Roman war absolut genießbar und öffnete mir die Augen. Bei ihm fand ich die Begründung für alles. Meine Umschreibung war total in Ordnung, Gottfried erklärte mir den tieferen Sinn. Mir ging durch den Kopf, ob ich nicht meinen Eltern von dieser Lektüre erzählen sollte, aber im selben Moment sah ich meine Mutter vor mir, wie sie die Hände über dem Kopf zusammenschlug: *Jetzt liest er alte Ritterromane – was soll bloß aus dem Jungen werden?*

Am anderen Ende des Lesesaals erkannte ich eine Gestalt, die mein Herz schneller schlagen ließ. Dorothee. Ohne zu zögern, stand ich auf und ging ihr entgegen, obwohl sich meine linke Seite anfühlte, als würde dort ein Blasebalg immer wilder arbeiten. Sie sah anders aus als sonst, trug einen Rock und ein rotes T-Shirt. Ihr offenes Haar hatte sie zu einem Zopf geflochten, was ihr etwas Mädchenhaftes gab. Ich war ziemlich verwirrt, als ich vor ihr stand und brachte gerade ein Wort heraus: »Hallo«.

»Hallo«, antwortete sie.

Hörte sich das nicht etwas kühl an? Ich räusperte mich: »Ich hab angefangen, den *Tristan* zu lesen.«

»Wunderbar«, sagte sie und strahlte mich mit ihren grünen Augen an.

Mein Blasebalg erholte sich. Ich hätte mich am liebsten in ihr Lächeln hineingestürzt.

»Wo bist du?«, fragte sie.

»Noch am Anfang.«

»Aber du liest weiter?«

»Na klar. Ich hab da gewisse Parallelen entdeckt.«

»Parallelen zu dir?«

Ich nickte und dachte, jetzt müsste sie Genaueres wissen wollen. Stattdessen sagte sie: »Wir fügen der Lektüre immer etwas hinzu – weißt du was?«

Sie wartete meine Antwort nicht ab und fuhr fort: »Uns selbst. Es ist oft so, dass man Parallelen zu sich entdeckt, wenn man Literatur liest.«

»Ach so, ja. Aber ich hab auch einen Entschluss gefasst …«, redete ich weiter und ließ das Ende offen.

»Ja?«

Sie sah mich an, als sei ich ein Bankbeamter, der ihr gleich eine gute Verzinsung mitteilen will. Ihre Augen waren erkaltet, sie wirkte auf einmal furchtbar geschäftsmäßig. Mein Blasebalg arbeitete nur noch unregelmäßig. In dem Moment kam eine Bibliothekarin zu uns und flüsterte mit ernstem Gesicht: »Bitte hier keine Gespräche führen.«

Dorothee schickte sich an zu gehen. Ich hielt sie am

Arm fest: »Ich studier jetzt Minnetrank. Wollen wir in die Cafeteria?«

Ihre Sommersprossen funkelten, dass ich dachte, gleich gibt sie dir einen Kuss und fällt dir um den Hals, nimmt keine Rücksicht auf die Bibliothekarin, keine Rücksicht auf die vor sich hinbrütenden Leser, nimmt auf niemanden und nichts Rücksicht, sieht nur mich, der eine Liebkosung erhofft. Ich war so hingerissen von ihrem Blick, dass dieser Moment mir wie eine Ewigkeit vorkam.

Da sagte Dorothee kühl: »Ich kann nicht. Ich muss arbeiten.«

Sie streifte meinen Arm ab, drehte sich um und ging zur Glastür, die nach draußen führte. Ihr Zopf wippte über ihre Schulter, als wollte er mir einen Abschiedsgruß schicken.

Ich starrte ihr wie einer himmlischen Erscheinung nach, die man nur einmal im Leben hat. Und als die Tür längst wieder stillstand, und sie schon am anderen Ende des Gangs angekommen war, murmelte ich: »Ich hab von dir geträumt heut Nacht.«

Mein Blasebalg hatte aufgehört zu schlagen, wie ein Roboter stakste ich zu meinem Platz zurück und sank nieder. Mein Blick klebte an der aufgeschlagenen Tristan-Seite und versuchte, sich an den Worten festzuhalten, doch die Buchstaben krochen durcheinander, manche flogen auf und umschwirrten mich, andere fielen am Rand herunter und krabbelten wieder auf die Seite hinauf. Das waren gar keine Buchstaben, das waren Schmeißfliegen und Kakerlaken. Das hier war keine Lektüre für mich, überhaupt keine Lektüre. Ich saß vor einem Buch, das lebte und von mir sprach, einem Buch des Wahnsinns, des puren Horrors, und wenn ich mich retten wollte, musste ich es sofort zuklappen und weglaufen.

11 A wie Amor

Ich rannte. Ich rannte bis mir der Atem ausging und blieb schließlich erschöpft stehen. Meine linke Seite schmerzte. Das war gut, das brachte mich zur Besinnung. Nach wenigen Sekunden rannte ich weiter, rannte bis zur Uni-Pressestelle, wo ich hechelnd vor der Tür stehen blieb. Ich brauchte jetzt das Gefühl, etwas zu machen, das zu irgendetwas führte, wenn auch nur zu bedrucktem Papier. Ich konnte Dorothees Verhalten nicht verstehen, es wäre doch so einfach gewesen, mit mir in die Cafeteria zu gehen. Was war los mit ihr? Hatte ich mich in ein Ungeheuer verwandelt? Ich war doch nach wie vor Tristan … oder vielmehr Mischa.

Frau Hüth begrüßte mich wie einen Entflohenen, der in die Anstalt zurückgefunden hat, zeigte mir eilig die Fahnen der neuen Ausgabe unserer Uni-Zeitung und bat mich, einige Artikel gegenzulesen und die Anzeigen zu überprüfen. Als sie das Zimmer verließ, atmete ich eine Weile bei offenem Fenster vor mich hin, dann griff ich zum Telefon. Ich rief daheim an. Meine Mutter erzählte mir von einem herrlichen Nachmittag in Bad Vilbel, schade sei nur gewesen, dass Erna gefehlt habe. »Hatte ich eben zwei Männer für mich allein! Auch kein Weltuntergang!«, rief sie. Es ging ihr gut, merkte ich, sie fühlte sich wohl, und ich brachte kein Wort von meinem Studienwechsel über die Lippen. Ich wäre mir wie ein Schuft vorgekommen, der sie in den Abgrund stürzt. Später, dachte ich, später einmal werde ich es ihr schonend beibringen, dass ich mit der Bankbeamten-Laufbahn Schluss gemacht hatte.

Dann rief ich Erna an, ich wusste nicht warum, aber ich hatte das Gefühl, mit ihr reden zu müssen. Am anderen Ende meldete sich die Stimme meines Onkels: »Der Herr Studiosus! Was verschafft mir die Ehre?«

»Ich wollte mich nach Tante Erna erkundigen – ist sie noch weg?«

»Ach, sie ist längst wieder da«, erwiderte er jovial, »woher weißt du denn, dass sie weg war?«

»Mama hat es mir erzählt.«

»Deine Mutter macht sich immer gleich Sorgen, wenn jemand mal verschwindet. Die Vergangenheit lebt, das ist nicht mehr aus ihr rauszukriegen. Übrigens, was sagt man denn in deinen Kreisen zu diesen RAF-Genossen, die sich in Stammheim umgebracht haben?«

»Ich hab ganz andere Probleme«, erwiderte ich, »ich muss Latein nachholen und deshalb wollte ich …«

»Latein!«, fiel er mir ins Wort und lachte, »die späte Rache der Römer an deutschen Scholaren. Aber wozu eigentlich Latein? Willst du Altertumsforscher werden?«

»Man muss es neuerdings in jedem Studium nachweisen«, log ich, »ich wollte deine Frau deshalb was fragen.«

»Hab ihr schon gewunken, sie kommt gleich aus der

Küche … also ich bin sicher, dass diese RAF am Ende ist, der Russe in Berlin hat sein Ziel nicht erreicht.«

»Glaub ich auch, der Russe ist am Ende«, stimmte ich zu.

»Kennst du den?«, senkte er seine Stimme, »ein Sohn fragt seinen Vater *Ist es wahr, dass in manchen Teilen Afrikas der Mann seine Frau gar nicht kennt, wenn er sie heiratet?* – Der Vater antwortet *Das geschieht in jedem Land der Erde, mein Junge, die Afrikaner machen sich nur nichts vor.*«

Ich lachte zustimmend, als ich Ernas Stimme hörte: »Was lachst du denn?«

Ich atmete auf, sie hatte ihm endlich den Hörer aus der Hand genommen.

»Ich lache nur ein bisschen dumm vor mich hin, ich wollte dich etwas Wichtiges fragen … du warst doch von Latein begeistert?«

»Du hast das Studium gewechselt?«, fragte sie, ohne zu zögern.

»Sprich leise«, bat ich, »Heine könnte dich hören, und er würde es meinen Eltern sagen. Es soll vorerst niemand erfahren.«

»Er ist in die Küche verschwunden«, erklärte sie, »und natürlich werde ich es ihm nicht sagen. Wofür hast du dich entschieden?«

»Für die Minne. Ich meine … ich will Literatur studieren.«

»Du hast also dein Herz erhört.«

»Ja … könnte man sagen.«

»Wunderbar. Gratuliere.«

»Aber ich muss Latein nachweisen. Das war doch dein Lieblingsfach.«

»Das ist schon lange her.«

»Wer einmal Latein gelernt hat, vergisst es nie – stimmt doch?«, fragte ich.

Sie schwieg, als würde sie überlegen, was ich wirklich im Schilde führte.

»Kannst du mir nicht ein paar Tipps geben?«

»Ein paar Tipps …«, hörte ich ihre Stimme, »bist du sicher, dass ich dafür die Richtige bin?«

»Ja«, sagte ich mit Überzeugung, »du bist genau die Richtige. Aber ich möchte es nicht am Telefon besprechen … könnten wir nicht einen Kaffee trinken gehen?«

»Du willst mich doch nicht etwa wieder mit diesem Kübelwagen abholen? Nein, nein. Bitte keine Ochsentour durch Frankfurt. Ich hab eine bessere Idee. Es gibt eine direkte Verbindung nach Wiesbaden mit dem Zug. Du holst mich am Hauptbahnhof ab, einverstanden?«

Natürlich war ich einverstanden, ich fühlte mich sogar fast etwas glücklich nach ihrer Zusage und eilte in die Uni-Buchhandlung, wo ich ein lateinisches Lehr- und Wörterbuch kaufte. In Letzterem schaute ich unter Amor nach und fand mehrere Bedeutungen, Liebe, Lust, Begierde, Leidenschaft. Schließlich entdeckte ich einen Spruch, den ich mit Bleistift unterstrich: *Omnia vincit amor.*

*

Nach Wiesbaden zu kommen, ist nicht einfach. Jedenfalls von Mainz aus. Die beiden Städte eint gegenseitige Abneigung. Hier die Alltagsfrau, dort die Feiertagsdiva, hier der Dom, dort der Kurpark, hier die blecherne Fanfare *Mainz bleibt Mainz*, dort der samtene Tusch *Wiesbaden wunderbar*. Ich hatte in den dreieinhalb Semestern schon gelernt, dass es kaum Unterschiedlicheres geben konnte als diese rivalisierenden Nachbarstädte. In Mainz wurden wegweisende Musikstücke erfunden wie ›Rucki-Zucki‹ oder ›Do wackelt de Dom‹, in Wiesbaden dagegen konnte man russische Kapellen und indische Maharadschas bestaunen. Jedenfalls erzählten das jene Kommilitonen, die von der anderen Seite des Rheins kamen. In Mainz nahm man weder Maharadschas noch Kapellen zur Kenntnis, nicht nur, weil es Wiesbadener Ereignisse waren, sondern aus Grundsatz. Für Extravaganzen hatte man wenig übrig. Ob ein russischer Fürst oder ein kolumbianischer Poet durch den Kurpark wandelte – wen interessierte das schon im goldenen Mainz? Hier polierte man lieber am fidelen Ansehen der Stadt herum und wünschte sich *Schöne Feiertage*, wenn die Fastnacht nahte. Und sie warf schon im Spätsommer ihren Schatten fürs nächste Jahr.

Auch Päpste besuchten Mainz, jedenfalls in früheren Jahrhunderten. Vor Kurzem hatte ich davon gelesen, dass einem solchen Besucher aus Rom aufgefallen war, dass der Rhein bei Mainz langsamer fließe. Die Mainzer deuteten seine Beobachtung unverzüglich zu ihren Gunsten: Der Fluss bewundere die Schönheit ihrer Stadt, sei aufs

Höchste beeindruckt und fließe deshalb nur ungern weiter. In Wiesbaden sah man die Sache ganz anders: Der Rhein sei von der Trägheit der Stadt infiziert und komme deshalb nicht voran. Im Allgemeinen allerdings mischten sich die Wiesbadener nicht in derlei Erklärungen ein, sie hielten auf Abstand – das bäurische Wesen, das rüpelhafte Gemenge war in Mainz zuhause, doch nicht in ihrer Stadt. Der homo wiesbadiensis lustwandelte lieber in seinen Parks oder hielt Hof in der Spielbank, und der Wiesbadener Geldadel ließ regelmäßig sein Blut untersuchen, um sich anschließend zu wundern, dass es immer noch nicht in fürstlichem Blau erstrahlte.

Ich war pünktlich am vereinbarten Treffpunkt im Wiesbadener Hauptbahnhof und trug eine Kollegtasche unter dem Arm. Ich wollte den richtigen Eindruck erwecken – um meine Arbeit sollte es gehen. Den Zügen entstiegen eine Menge Leute, aber Erna war nicht darunter. Ich versuchte zu flanieren, tatsächlich aber trieb es mich durch den Bahnhof, als sei eine Windmaschine in meinem Rücken installiert. Hier sah es ganz anders aus als auf der Seite, von der ich abgefahren war. Dort ein heimeliges kleines Rondell mit einem Brezelstand, hier ein hohes Kirchenschiff, in dem Schwalben wie unter freiem Himmel herumflogen und Besuchern aus Mainz ein Präsent auf die Schulter kackten. Kein Durchgangsbahnhof war das, sondern ein Endbahnhof, und ich konnte mir gut vorstellen, wie einst der deutsche Kaiser aus Berlin hier empfangen worden war. Große Kapelle, Menschenauflauf, Pomp und Prunk, Hipp, Hipp, Hurra. Drüben auf der anderen Rheinseite undenkbar, es war viel zu eng dafür, nur der Kaiser selbst hätte einen Stehplatz gefunden.

Ich guckte mir am Kiosk gerade die Schlagzeile einer Zeitung an, *Ist der Terrorismus jetzt am Ende?*, als ich neben mir eine bekannte Stimme hörte, die von Erna. Sie trug ihre schöne braune Baskenmütze und dazu ein hellgrünes Kostüm. Über ihrer Schulter hing eine zierliche Handtasche.

»Die Bahn ist nicht mehr das, was sie mal war«, sagte sie, »es tut mir leid wegen der Verspätung. Aber du weißt ja, mein Mann ist der festen Überzeugung, dass Autos sich Frauen widersetzen, vor allem seiner Frau. Es ist mir zu anstrengend, ihm solche Dummheiten auszutreiben.«

»Ich würde dich jederzeit meinen Rolls-Royce fahren lassen«, versuchte ich es mit einem unbeholfenen Kompliment.

Sie lächelte, und wir schlenderten zum Ausgang. Es war ein sonniger Tag, der vor Beschaulichkeit auf der Stelle trabte, so dass die Luftgeister hin und wieder etwas Tempo machten und kleine Brisen schickten. Wir überquerten die breite Straße vorm Bahnhof, auf der anderen Seite erstreckte sich eine Grünanlage, und auf einem Fußweg kamen wir zu schattigen Bäumen an der Querseite.

»Für Germanistik hast du dich entschieden«, stellte sie fest.

Ich nickte: »Muss leider Latein nachholen. Wie lange hast du eigentlich Latein gelernt?«

»Bis zum Abitur. Auf dem König-Albert-Gymnasium in Leipzig. Latein hab ich gelernt und Griechisch und Französisch.«

Sie machte ein nachdenkliches Gesicht und fügte hinzu: »Englisch hätte ich lernen sollen.«

Englisch kann man jederzeit und überall lernen, dachte ich, aber fürs echte Latein müsste man ins alte Rom zurückreisen, und für Griechisch vollkommen in die Antike eintauchen, was gar nicht übel wäre, man könnte vielleicht mit Aristoteles plaudern.

»Und du willst jetzt die Minne studieren?«, fragte sie.

Ich hörte Ironie aus ihren Worten, aber merkte auch, dass sie mich provozieren wollte. Sie wusste genau, dass mein Latein-Kram nur ein Vorwand war.

»Ich hab es nicht wegen ihr getan, falls du das glaubst«, erklärte ich offen.

»Hast du dich mit Dorothee getroffen?«

»Per Zufall. In der Bibliothek …« Ich stockte.

Sie sah mich von der Seite an: »Kein Treffen, das dich aufgebaut hat.«

Ich nickte.

»Vielleicht hast du falsche Vorstellungen«, sagte sie, »solche Treffen sind meist nicht aufbauend. Und doch sehnt man sie herbei.«

»Aber ich versteh sie nicht! Ich versteh sie einfach nicht«, platzte es aus mir heraus.

Erna sah mich fragend an.

»Sie ist so wechselhaft. Mal kalt, mal warm. Mal strahlt sie mich an, dann mustert sie mich mit Totenaugen. Ich werd nicht schlau aus ihr. Ich hab ihr gesagt, dass ich den Tristan-Roman lese, sogar im Original …«

»Und du meinst, sie müsste dir begeistert um den Hals fallen?«, unterbrach mich Erna.

»Na ja … wenigstens wäre das doch ein Thema für uns. Sie ist nicht mal mit mir in die Cafeteria gegangen.«

Erna nahm auf einer Bank Platz und schwieg. Ich setzte mich neben sie und schwieg auch. Nach einer Weile sagte ich: »Vielleicht hab ich irgendwann was Blödes gesagt … bei Frauen bleibt so was haften, oder?«

»Mmmh«, machte Erna.

»Was meinst du? Was bedeutet dein Mmmh?«

Erna war in sich versunken, es kam mir so vor, als hätte sie mich vergessen.

»Vielleicht leide ich unter dem sogenannten Enttäuschungsschmerz«, sagte ich und dachte an Ernestos Erklärung, »ich muss die Täuschung einsehen und die Enttäuschung überwinden. Was meinst du, ist die Liebe eine gesunde Geisteskrankheit?«

Sie lächelte mich an. Meine Stimme wurde leiser: »Weißt du, was ich herausgefunden habe? Dieses uralte Buch *Tristan und Isolt* spricht von mir. Wer sich mit unnützen Dingen abgibt, lebt falsch, habe ich dort gelesen. Das trifft auf mich zu. Ich hab was ganz Verkehrtes studiert.«

»Sag mal, hast du das Gefühl, diese Dorothee zu lieben?«, fragte Erna ebenso leise.

Ich hätte gern laut ›Ja‹ gerufen, aber das kam mir so simpel vor, wie in einem schlechten Film. Was verstand ich denn schon von Liebe? Ein großes Wort, das kleinliche Gefühle auslöste. Solche wie Ärger, Verdruss, Verstimmung. Es generierte Kummer, wie die BWL-Heinis sagen würden. Liebe war offenbar ein Leid-Generator, sonst nichts. Ich blieb stumm, und Erna schickte mir einen nachdenklichen Blick.

»Weißt du«, sagte sie dann, »Liebe ist nicht nur ein Gefühl, es ist auch ein Versprechen. Für die Frau jedenfalls.«

»Ein Versprechen?«

»Vielleicht glaubt sie, es dir nicht geben zu können.«

»Aber warum nicht?«

Erna zuckte mit der Schulter: »Das kann ich dir nicht sagen. Du musst es selbst herausfinden.«

Sie stand auf: »Komm, wir gehen ein Stück.«

Der Park war voller Menschen, manche lagen auf dem Rasen, andere spielten Fußball, in der Ferne sah ich einen Springbrunnen, und mir fiel ein, dass dieses Grünviertel Reisinger Brunnen-Anlage hieß.

»Ich verstehe es nicht«, sagte ich trübsinnig.

»Vielleicht lernst du gerade bei Dorothee eine wichtige Lektion«, erwiderte Erna, »eine Frau ist nicht nur körperlich anders gebaut, sondern auch seelisch. Für einen Mann ist das nicht immer einfach zu begreifen.«

»Ja«, murmelte ich.

»Zum Beispiel die Erotik«, fuhr Erna fort.

Ich zuckte innerlich zusammen. Wenn ältere Leute anfangen, über Erotik zu reden, hat man meist allen Grund, sich zu fürchten. Außerdem dachte ich an meine gescheiterten Versuche, nach Kinobesuch und Beckmann-Ausstellung in Dorothees Zimmer vorzudringen und die Erotik von der Leine zu lassen. Ich hörte Ernas Stimme: »Männer verwechseln die erotische Beziehung fast immer mit der sexuellen. Sie sind erotisch gesehen tumbe Toren.«

»Wie meinst du das?«, fragte ich und kam mir ein bisschen hilflos vor.

»Na ja, ein Mann glaubt fast immer, dass er die Frau erobert hat, wenn er mit ihr im Bett liegt. Für eine Frau aber gibt es noch andere Gründe, mit einem Mann zu schlafen, und nur manchmal ist sie auch erotisch überwältigt.«

Ich wollte etwas fragen, aber mir fehlten die richtigen Worte, schließlich stammelte ich: »Also … Erotik und Sex … schließen sich aus?«

»Sex nährt nicht die Erotik, steigert sie nicht, Sex ist sich selbst genug, und das ist der Frau meist nicht genug, verstehst du?«

Ich nickte, obwohl ich noch darüber nachdachte und eher das Gefühl hatte, es nicht zu verstehen. Sie sprach weiter: »Man könnte sagen, die erotische Bandbreite des Mannes ist sehr schmal, nicht wenige Männer stehen sogar auf der Stufe des Neandertalers. Bei der Frau dagegen hat sich die Erotik zu einem kunstvollen Geflecht entwickelt.«

Sie lächelte verschmitzt und sah mich von der Seite an, als erwartete sie einen Protest. Ich aber blieb stumm, ich wusste nichts zu erwidern.

»Na gut«, sagte ich schließlich, »vielleicht bin ich ein Neandertaler, aber wenigstens ein junger. Und die können noch was dazulernen.«

Sie lachte, wir kamen an einer alten Eiche vorbei, an deren Stamm ein älterer Mann saß und vor sich hindöste. Ein paar Meter weiter lag ein anderer Mann rücklings auf dem Rasen und schnarchte laut.

Ratlos sagte ich: »Aber was kann ich tun? Wie soll ich ihr nahekommen?«

»Du kannst im Moment nichts tun«, antwortete Erna, »wichtig ist dein Gefühl für sie, nur das zählt. Du lernst dabei viel über dich selbst und das, was ich Glück nenne.«

Mir gefiel nicht, was sie sagte, zornig stieß ich hervor: »Ich versteh dich nicht! Glück ist also Unglück?«

»Man erlebt es nie, das Glück, aber man erinnert sich daran«, erwiderte sie nachdenklich, »verstehst du?«

Ich schüttelte den Kopf.

»Man erkennt nicht das Glück des Augenblicks, erst später wird es einem bewusst.«

Ich dachte über den Satz nach, aber sie sprach schon weiter: »Doch meist ist das Glück auf der Flucht, weil es vertrieben wird. Viele glauben nicht ans Glück, sie halten es für Einbildung und Irrtum.«

Erna redete in Rätseln, mir wurde das jetzt richtig klar, und ein leises Bedauern beschlich mich, ihr überhaupt von meinen Liebesnöten erzählt zu haben.

»Andere hängen einer Illusion von Glück an«, sprach sie weiter.

Ich fasste mich: »Ich komm nicht ganz mit. Was verstehst du denn unter Glück?«

»Ich meine mit Glück einen Zustand, in dem du die Welt plötzlich neu und anders siehst.«

Trotzig erwiderte ich: »Aber ich seh die Welt seit Kurzem anders!«

»Und wem hast du das zu verdanken?«, fragte sie.

Ich blieb stumm. Ich fühlte, dass sie irgendwie Recht hatte, so ganz verkehrt schien das nicht zu sein, was sie sagte, auch wenn ich mich dagegen sträubte. Ohne Dorothee hätte ich nicht im Zauberbuch *Tristan* gelesen, ohne sie wüsste ich nicht, dass es Mittelhochdeutsch gibt, ohne sie wäre mir mein Rumgegurke im falschen Studium nicht klar geworden.

Sie lächelte mich an, als würde sie meine Gedanken erraten: »Du erinnerst dich ans Glück. Du hast schon mehr erlebt als den meisten vergönnt ist.«

Erna steuerte auf eine Bank neben einem Teich zu, ich folgte ihr zögernd und dachte daran, was ich eigentlich beabsichtigt hatte. Ich wollte mit ihrer Hilfe Dorothee verstehen und ein paar Tipps zur Wiedergewinnung erhalten. Und jetzt stand ich da und konnte mich zähneknirschend an meinem Glück erfreuen – dem verflossenen.

»Lass uns von etwas anderem reden«, sagte sie, als ich neben ihr saß, »hast du schon ein Latein-Lehrbuch?«

Eigentlich wollte ich noch bei Dorothee bleiben, aber mir fiel keine gescheite Frage ein, so öffnete ich meine Mappe und zog das Wörterbuch hervor.

»Der kleine Stowasser«, rief sie entzückt, schlug ihn auf und ließ die Seiten durch ihre Finger gleiten, als würde sie ihre Jugend aufblättern.

»Geh mal zu A«, sagte ich, »A wie Amor.«

Sie stieß auf meine Unterstreichung und las laut vor *Omnia vincit amor*, hielt einen Moment inne und übersetzte dann: »Die Liebe besiegt alles.«

Ich sah sie fragend an, aber sie tat so, als würde sie das nicht bemerken, erklärte stattdessen wie eine Lehrerin: »Beim Lateinlernen musst du ausdauernd sein. Jeden Tag dein Pensum erledigen. Und die grammatischen Figuren immer wiederholen, bis dir die Lektüre leicht wird.«

»Aha«, sagte ich enttäuscht.

Wir saßen eine Weile stumm nebeneinander, sie strich zärtlich über die Seiten des Buchs, während ich nachdachte. Schließlich fragte ich: »Sag mal, wie bist du eigentlich damals aus Berlin rausgekommen?«

»Ich habe einen Koffer gepackt und bin zum Bahnhof gegangen. Ich hatte doch das Blanko-Permit für England.«

Sie verstummte, als hätte sie schon zu viel gesagt.

»Das Blanko-Permit …?«

Sie sprach leise weiter: »Ich habe mir den langsamsten Zug ausgesucht … ich wollte die Fahrt ein bisschen verlängern. Ich wollte nicht weg.«

Plötzlich sah sie mir in die Augen: »Ich bin auf die Toilette gegangen und habe geheult.«

Ihr Blick schweifte zum Teich. Vor uns liefen zwei Jogger vorbei, die sich anfeuerten, gegenseitig überholten und schließlich lachend auf den Grasboden fielen.

»Erst nach dem Krieg wurde mir klar, dass ich viel Glück gehabt hatte. Ich bin aus Deutschland rausgekommen«, hörte ich ihre Stimme.

Eine lange Pause entstand. Schließlich fragte ich: »Und in England …?«

»In England galt ich nicht als Jüdin oder Polin, sondern als Deutsche, anfangs sogar als deutsche Spionin.« Erna schickte dem Satz einen künstlichen Lacher hinterher. »Für die Engländer sind die Germans ein seltsamer Stamm. Lachen wenig und nie über sich selbst, setzen sich irgendwann Filzhüte mit Gamsbärten auf den Kopf und singen Wagner-Arien, und bei einem kleinen Mann mit Bärtchen werfen sie die Arme hoch und rufen Heil.«

Sie schaute mich ernst an, stand auf und machte Anstalten zu gehen.

»Und du bist ganz allein weggefahren …?«

Sie blieb stehen, als würde sie sich besinnen und sagte leise wie zu sich selbst: »Einer war da … einer ist zum Bahnhof gekommen.«

Ich lauschte ihren Worten, als dürfte ich keine Silbe überhören, doch sie war verstummt, und ihre Schritte entfernten sich von der Bank. Ich sprang auf und folgte ihr.

12 Die Liebesformel

Als ich zurück in Mainz war und auf dem Bahnhofsvorplatz stand, war es noch hell. Die Tage wurden immer länger, dass man glauben konnte, für die Nächte sei gar kein Platz mehr. Aber besser so als andersherum wie damals, als Erna jung war.

Ich ging zu Fuß hinauf zum Münchfeld ins Wohnheim. Es wehte ein warmes Lüftchen, und ein Abend kündigte sich an, den man am liebsten mit der Freundin im Arm in einer Weinwirtschaft verbringt. So sollte das Glück sich anfühlen, ganz leicht und unbeschwert. Und nicht so mühsam und kompliziert, wie es sich mir in den Weg stellte. Das war eher ein Katastrophen-Glück. Ich spürte einen harten Gegenstand in meiner Hosentasche und zog ihn hervor. Erna hatte mir ein Geschenk mitgebracht, eine Musikkassette. Die Chaconne, hatte sie gesagt, ohne weitere Erklärung. Ich wusste nicht, was das war, und hatte die Kassette dankend und verblüfft eingesteckt.

Überhaupt kam mir Erna heute etwas seltsam vor. Wir waren noch ein Eis essen, und da erzählte sie mir eine kleine Geschichte. Wie ging die noch mal? Ein Mann sitzt mit einer Frau in einem Lokal. Sie fragt ihn, ob er sie liebe. Der Mann antwortet, dass er sie sehr liebe. Die Frau schaut ihn an und erwidert *Du sagst, du liebst mich und weißt doch nicht, was mir fehlt. Liebtest du mich wirklich, dann wüsstest du es.*

Wollte sie mir damit sagen, dass ich nicht weiß, was Dorothee fehlt? Sie hat Recht, ich weiß es nicht, ich bin noch nicht mal auf den Gedanken gekommen, dass ihr was fehlen könnte. Aber was fehlt ihr? Was vermisst Dorothee? Etwas an mir? Irgendetwas stößt sie vielleicht ab. Aber was? Liebe ist auf jeden Fall viel mehr, als ich bisher ahnte. Und vielleicht ist es besser, erst gar nicht in die Nähe der Liebe zu geraten. Denn offenbar ist die Liebe ein Ungeheuer, das Feuer speit und unsereins in Flammen aufgehen lassen kann. Dann läuft man als lebende Fackel herum, und keiner kann löschen, schon gar nicht man selbst.

Wenigstens hab ich mich getraut, Erna zu fragen, ob sie ganz allein weggefahren ist. Ohne es zu ahnen, hab ich sie nach dem Einen gefragt, der sie am Bahnhof in Berlin verabschiedet hatte. Bisschen dreist meine Frage, aber ich konnte nicht anders. Diese Verabschiedung – da war doch Liebe im Spiel. Aber warum ist er nicht mitgekommen? Wollte er nicht, durfte er nicht? Beide Möglichkeiten würden gegen ihn sprechen. Und in meiner Fantasie sah ich, wie Erna auf den Stufen zum Waggon stand, der Schaffner im Begriff war, die Tür zu schließen, sie ihre Tränen unterdrückte und diesem Einen *Omnia vincit amor* zurief, jenen lateinischen Spruch, den sie mir übersetzt hatte. Dann verließ der Zug den Bahnhof und Deutschland.

*

Das Wohnheim kam in Sicht. Unten im großen Saal war eine Party in vollem Gang. Durch die Glastür schallte ›Rockin all over the world‹ von Status Quo. Ich blieb einen Moment außen stehen und lauschte, dann ging ich die Treppe hinauf. Mir war nicht zum Feiern zumute, eine unbestimmte Schwermut hatte mich erfasst, und ich war mir nicht sicher, ob allein Dorothee daran schuld war.

Der Gang im zweiten Stock sah aus, als könne man auf ihm Schlittschuhlaufen, jemand musste ihn auf Hochglanz gebohnert haben. An der vorletzten Tür machte ich Halt und klopfte. Niemand öffnete, wahrscheinlich saß Ernesto schon über einer neuen Doktorarbeit, vielleicht schlug er sich mit fremden Polypen herum und versprach ihnen gerade, sie die ganze Nacht zu beaufsichtigen. Ich klopfte noch einmal, und ein Ächzen ertönte hinter der Tür. Ernesto öffnete in Unterhose und Unterhemd und sah mich verschlafen an.

»Pennst du?«, fragte ich.

»Jetzt nicht mehr«, murmelte er und drehte sich müde um. Ich ging ihm hinterher: »Warum schläfst du denn um diese Zeit?«

»Weil ich so früh aufstehe – aber das verstehst du nicht.« Er ließ sich aufs Bett fallen und guckte mich trostlos an.

»Ein lauer Abend, und du verkriechst dich im Bett?« Er streckte sich, dass man die Knochen knacken hörte.

»Ein lauer Abend? Was willst du damit sagen? Was ist die Botschaft?«

»Ein Gartenlokal wäre ein besserer Ort als dein Bett. Zieh dich an.«

»Herr Major belieben zu scherzen. Bitte etwas genauer. Was hast du vor?«

»Wir gehen zum Griechen. Ich lad dich ein.«

»Das ist ein Wort, das sich hören lassen kann. Da bin ich dabei.«

»Zu viel Schlaf ist außerdem ungesund«, schob ich mit ernster Miene nach.

»Vor allem, wenn man nichts im Magen hat«, ergänzte er, »wir Wissenschaftler sprechen in solchen Fällen von Schrumpfschlaf.«

Ernesto begann, sich anzuziehen, Hemd, Hose und Socken lagen über diverse Stühle verstreut. Plötzlich fiel ihm etwas Dringendes ein: »Bist du überhaupt bei Kasse? Oder lockst du mich in die Wildnis, damit ich die Sau selbst schieße?«

Ich schlug auf meine Hosentasche. Ein scheppperndes Geklingel wie von vielem Münzgeld ertönte. Doch er blieb unbeeindruckt: »Ah, man rasselt mit dem Schlüsselbund!«

Ich zog eine beleidigte Miene: »Ein Anzeigendirektor hat keine Täuschungsmanöver nötig.«

»Wollen dir ausnahmsweise glauben. Zeigen großes Vertrauen.«

Er kniete nieder und band seine Schuhe zu. Dann ging er zum Waschbecken, drückte sich einen Streifen Zahnpasta auf die Zunge und gurgelte.

Ich fragte: »Und? Hast du deine Karriere aus'm Dreck gezogen?«

Er spuckte aus: »Und wie! Mein Prof ist auf meiner Seite. Der Mann ist schwer in Ordnung. Ich bin wieder an Deck. Wir haben mein Thema abgewandelt. Und außerdem will er mir ein Stipendium verschaffen.«

»Toll«, sagte ich, »dann hätten wir uns ja den Lambrusco ersparen können.«

»Und du? Hast du dich auf ein neues Projekt geworfen?«

»Ich hab mein BWL-Studium an den Nagel gehängt.«

»Exzellent, mein Herr! Aber ehrlich gesagt, ich hab mir dich nie in einem knittrigen Bankangestellten-Anzug vorstellen können, wie du auf Kur fährst nach Bad Aibling. Und dort ins Sanatorium der Allgemeinen Ortskrankenkasse einziehst.«

»Grauenhafte Vorstellung«, stimmte ich ihm zu.

»Dann ist ja alles in Butter. Und was macht deine Freundin? Die Kommilitonin mein ich.«

»Weiß nicht«, sagte ich zögerlich.

»Auf glattes Eis und frischen Tau streu die Asche deiner Frau.«

»Nein«, erwiderte ich, »soweit ist es noch nicht.«

»Dann ziehst du einen Anker mit dir herum. Das sage ich dir als Fachmann.«

»Was willst du denn für ein Fachmann sein? Einer für Polypen?«

»Ich bin Fachmann für gescheiterte Verhältnisse zum anderen Geschlecht. Ja, das wusstest du noch nicht.«

»Komm, lass uns gehen«, sagte ich, öffnete die Tür und balancierte über den spiegelblanken Korridor. Ernesto ließ die Tür ins Schloss fallen und folgte mir.

»Schließt du nicht ab?«

»Soll doch jemand meine alten Unterhosen klauen. Weg ist weg.«

»Fortschrittliche Einstellung. Buddhistisch, was?«

»Ernestoinisch«.

Wir kamen unten am großen Saal vorbei, wo gerade der Schmachtfetzen ›It's a heartache‹ lief. Ich blieb einen Moment stehen und lauschte. Auch einer meiner Lieblingssongs, aber derzeit gar kein Programm für mich.

»Altes Studium also geschmissen. Was machst du Neues?«, fragte Ernesto draußen.

»Ich studier die Minne. Hab mich schon umgeschrieben.«

»Also alte Literatur. Gratuliere, passt viel besser zu dir. Ich bin froh, dass du dich nicht auf Soziologie oder ähnlichen Kack geworfen hast. Aber erzähl doch mal, hast du dich mit deiner Freundin getroffen, und wie hat sie so reagiert?«

»Ach, Ernesto, diese Frau ändert öfter ihr Gesicht. Ich weiß nicht, wo ich mit ihr dran bin.«

»Gestaltwandlerin«, erklärte er, »kennen wir aus der Biologie und Horrorfilmen.« Er sah mich bedauernd an: »Vielleicht will sie einfach mit niemandem zusammen sein, das gibt's manchmal – obwohl wiederum extrem selten.«

»Wieso?«

»Frauen wollen immer mit jemandem zusammen sein. Ihre Natur.«

»Aber warum nicht mit mir?«

»Die Liebe«, sagte er, und sein Ton wurde dozierend, »sieht mit dem Gemüt, nicht mit den Augen. Und das

Gemüt kann nicht zum Urteil taugen, drum nennt man ja den Gott der Liebe blind.«

Ich war baff, so tiefschürfend kannte ich ihn gar nicht.

»Wo hast du denn das her?«, fragte ich.

»Alte Schulweisheit«, wehrte er ab.

»Also ich sehe sie nicht richtig, ich glotze nur mit dem Gemüt?«

»So könnte man's auch sagen. Meine Version ist allerdings poetischer. Merk sie dir, vielleicht kannst du's mal für eine Geschichte gebrauchen.«

Kraftlos sagte ich: »Wenn Frauen immer mit jemandem zusammen sein wollen, will sie also nur nicht mit mir …?«

Er zuckte mit den Schultern.

»Sie hat vielleicht einen anderen …?«, fragte ich, und meine Stimme hörte sich an, als käme sie aus dem Grab.

»Vielleicht«.

»Was heißt vielleicht? Werd' deutlicher, wozu bist du Naturwissenschaftler.«

»Du sagst es. Ich bin Naturwissenschaftler, kein Hellseher, das ist das Problem. Wie hieß sie noch mal? Ich meine, wie heißt sie?«

Ich spürte Groll in mir aufsteigen. Er gab sich regelrecht Mühe, mir die letzten Illusionen auszutreiben. Sogar ihren Namen hatte er vergessen. Ich hätte ihn weiterpennen lassen sollen, und der laue Abend wäre lau geblieben. Im Moment fühlte er sich ziemlich kühl an. Ich wollte ein Steinchen wegkicken, überlegte es mir aber anders, hob es auf und las laut vor: »Ernesto ist ein Arschloch! Buddha.«

»Falsch«, erwiderte er, »Buddha würde sagen *Ernestos innerstes Wesen ist arschlochhaft.* Und seinen Namen würde er weglassen.«

»Ändert das was?«, fragte ich wütend.

»Dorothea, ich hab's. Stimmt's?«

»Verkehrt«, brummte ich, »Dorothee heißt sie.«

»Weißt du was … ich kannte mal ein Mädchen, die hat Schluss mit mir gemacht. Einfach so. Punkt. Aus. Weg. – Ich war ziemlich verzweifelt und dachte, sie hat rausgefunden, dass ich das Endlosfach Chemie studiere. Seitdem sag ich jeder gleich *Ich bin Chemiker, aber ich kann es erklären.*«

Ernesto verstummte, als wäre die Geschichte zu Ende und als habe er nicht die Absicht, irgendetwas anzufügen, schließlich fügte er aber doch etwas an: »Das war es aber nicht, weshalb sie ging.«

»Was war es denn, ist sie auf Buddhas Urteil über dich gestoßen?«

»Ich hab's erst später kapiert … die Chemie war's schon, aber nicht die vom Studium. Sie hat gemerkt, dass wir nicht zusammenpassen.«

»Aber ich hab doch das Studium gewechselt!«, fuhr ich auf, »Dorothee weiß es! Wir passen zueinander.«

Ernesto blieb unbeirrt: »Frauen haben einen Riecher für so was. Die merken das viel früher. Besserer Instinkt, verstehste. Irgendwie feinstofflicher, mehr Neutronen im Zellkern.«

»Blödsinn!«, erwiderte ich.

»Unsereins ist schwanzgesteuert«, dozierte er, »mach dir nichts vor, du bist da keine Ausnahme.«

Der Grieche kam in Sicht. Das Lokal war gut besucht, und Ernesto wandelte schnurstracks in den Garten zu einem Tisch, an dem ein junges Pärchen saß, aber noch einige Stühle frei waren. Die Frau nickte zu seiner Frage, ob noch Platz für uns sei, und so setzten wir uns dazu.

»Hier ist man Student, hier darf man's sein«, erklärte er, nachdem er die Nase witternd in den Gyros-Geruch gestreckt hatte, der an uns vorbeizog. Eben stellte der Kellner unserem Pärchen zwei Souvlaki-Spieße auf den Tisch, und Ernesto wünschte den beiden allerbesten Appetit, als sei er der Chef des Lokals. Wir bestellten ebenfalls Spieße, Salat und geharzten Wein.

»Kann es sein«, fragte er mich, »dass dir was entgangen ist?«

»Wie? Was entgangen?«

»Ich mein bei Dorothee. Irgendwas. Was ihr wichtig ist, und du nicht bemerkt hast.«

War da was gewesen …? grübelte ich und sah ihr Gesicht vor mir, ihre Sommersprossen, ihre grünen Augen, den Vogelbaum, die Fahrt nach Ingelheim, den Kuss unter der Linde, während der Regen an unseren Gesichtern hinab lief …

»Vielleicht hätte ich fragen sollen, warum die Frau auf der Schaukel durchs Bild wippt, das war doch furchtbar grotesk«, murmelte ich.

»Wovon sprichst du?«

Ich gab keine Antwort.

»Vielleicht habe ich zu romantische Ansichten«, sagte ich nach einer Weile.

Ernesto belehrte mich sofort im Brustton der Überzeugung: »Romantische Ansichten sind Käse. Frauen sind praktische Naturen, die haben für so was nichts übrig, obwohl sie gern das Gegenteil behaupten.«

Die junge Frau am Tisch warf einen unwilligen Blick zu ihm. Ich hoffte, dass sie in das Gespräch eingreifen würde und Ernesto zeigen würde, was eine Harke ist, aber sie wandte sich wieder ihrem Begleiter zu.

»Im Grunde«, dozierte Ernesto weiter, »im tiefsten Grunde ist Liebe nichts weiter als eine chemische Reaktion, verstehste? Eigentlich müsste man die Formel dafür finden. Das wäre nobelpreisverdächtig. Die Liebesformel.«

»Ich kann mir nicht vorstellen, dass ich sie nicht mehr sehen soll«, murmelte ich für mich.

Ernesto sprach ungerührt weiter: »Das wäre ein Thema für ne Doktorarbeit. Ich sollte vielleicht umformulieren. Die Polymere der Liebesformel. Eine Untersuchung mit Fallbeispielen unter besonderer Berücksichtigung meines Freundes Mischa.«

Er hob den Kopf, während ich ihn böse anfunkelte: »Du nimmst nichts ernst. Es hat keinen Sinn, mit dir zu reden.«

Die junge Frau warf mir einen zustimmenden Blick zu, gerade so, als könne ich jederzeit auf ihre Unterstützung bauen. Der Kellner kam und brachte Wein und Salat. Mir war der Hunger vergangen, ich stocherte unzufrieden im Weißkraut herum, während Ernesto sein Glas hob: »Willst fröhlich du beim Griechen sein, schenk deiner Lieb nen Schlaftrunk ein.«

Ich stöhnte auf und nippte von meinem Harzwein, während er einen Schluck nahm, der nicht enden wollte, und als er sein Glas abstellte, zog er die Lippen nach innen, als dürfe nichts von dem kostbaren Nass entkommen. Ich fand, dass er wieder sehr wach war.

»Weißt du«, sagte er, »wir befinden uns hier auf dem unsicheren Terrain der Gefühle. Unsereins bricht da ein, versackt in Nullkommanix. Frauen kennen sich besser aus, die sind mit ihren Gefühlen direkt verkabelt.«

»Wenn ich dich so höre, müsstest du längst schon Doktor sein«, knurrte ich ihn an, »Doktor amoris causa«.

»Wie wahr. Aber mir kommt immer jemand zuvor, das ist ja mein Unglück.«

Er aß mit gutem Appetit seinen Salat.

»Ich hab mich heute mit meiner Tante in Wiesbaden getroffen …«, sagte ich.

»Im Kurpark flaniert, was?«, fiel er mir in die Rede, »so gut möcht ich's auch mal haben. Habt ihr Dostojewski oder irgendeinen Prinzen gesehen?«

Ich ging nicht auf ihn ein: »Sie ist sehr klug und vertritt die These, dass Männer erotisch gesehen tumbe Toren sind.«

Die junge Frau am Tisch warf mir einen bestätigenden Blick zu.

»Tumbe Toren?«, wiederholte Ernesto, »das kommt mir aber sehr unwissenschaftlich vor, sie kennt doch zum Beispiel gar nicht mich.«

»Sei froh. Manche Männer stehen auf der Stufe des Neandertalers.«

»Wer weiß denn schon, wie die Neandertaler liebesmäßig so drauf waren. Bei manchen Frauen ist der Typ des Neandertalers ausgesprochen gefragt, würd' ich sagen.«

Aus den Augen der jungen Frau am Tisch blitzte es gefährlich in seine Richtung, aber Ernesto sprach unbeirrt weiter: »Nehmen wir mal an, du bist ein tumber Tor. Nehmen wir weiter an, ich bin auch einer – alles rein erotisch gesehen. So erhebt sich die Frage: Ist dem abzuhelfen und wenn ja, wie?«

»Das will ich doch gerade von dir wissen!«

»Unsicheres Terrain, ganz unsicheres Terrain für uns Neandertaler, ich hab's doch schon gesagt.«

Der Kellner kam mit dem Essen und stellte die Teller auf den Tisch. Ernesto wollte mit der Gabel die Fleischstücke vom Spieß herunter schieben, als er innehielt: »Und wenn der tumbe Tor nicht mehr tumb sein will? Was muss er tun? Er muss sich mehr Wissen verschaffen, mehr Kenntnisse. Das ist der Weg, die Tumbheit hinter sich zu lassen, rein wissenschaftlich gesehen jedenfalls.«

Ich nickte nachdenklich.

Er kaute schon, als er nachschob: »Im Grunde ist es das grundlegende Problem des Forschers. Mehr rauskriegen einfach.«

Jetzt schaute die junge Frau neugierig zu ihm herüber, aber er ließ sich seinen Spieß munden und sagte keinen Ton mehr. Und auch ich fing zu essen an, und seltsamerweise schmeckte es mir mit jedem Bissen besser. Ernesto hatte Recht, ich musste mehr herausfinden. Und wenn

Dorothee mir keine Antwort gab, musste ich einen anderen Weg finden. Ich hob das Glas und stieß mit ihm an.

Auf dem Heimweg wollte ich von Ernesto wissen, ob er wüsste, was seine Eltern 1939 gemacht hätten. Er entgegnete, als junger Kerl vor dem Abitur habe er seinen Vater gefragt, wie er die Zeit damals überstanden hätte. Der habe ihm geantwortet, dass er in die Partei eintreten musste, sonst hätte er seine Arbeit bei den Farbwerken Hoechst verloren. Von irgendwelchen Deportationen der Juden habe er nichts, aber auch gar nichts gewusst. Ernesto wurde auf einmal sehr ernst und sagte mit bitterer Stimme: »Ich weiß, dass er mich anlügt, und bis heute will er nicht darüber reden.« Ich wollte ihm mitteilen, dass mir dieser Zustand bekannt sei, dass auch meine Eltern schwiegen. Aber ich blieb stumm, und auf einmal herrschte zwischen uns eine so laute Stille, dass ich dachte, vielleicht haben wir uns in einer Scheinwelt eingerichtet, einer Operettenkulisse, in der die Musik nicht spielt und die Sänger kein einziges Wort herausbringen. Mir wurde auf einmal klar, dass wir zwei unterschiedliche Arten von Erinnerung haben mussten – die wir aber beide nicht kannten. Keiner redete mit uns über die Vergangenheit. Schließlich sagte ich: »Wenigstens sind deine Verwandten noch alle am Leben, das ist doch schon was.« Er sah mich erschrocken an und verstand sofort.

Wir waren schon fast an unserem Wohnheim angekommen, da erzählte er mir, dass er vor Kurzem an einer Demo teilgenommen hatte. Er sei total ausgeflippt, richtig aggressiv geworden gegenüber den Bullen, so kannte er sich gar nicht. Erst später sei ihm klar geworden, dass sie nur Stellvertreter waren, sie mussten für den Widerwillen herhalten, den er gegenüber seinem Vater empfand. So etwas hatte er mir noch nie erzählt, und ich fragte mich, was ich für Gefühle bei solchen Demos hatte. Keine aggressiven jedenfalls, ich sah sie eher als Spektakel, fühlte mich mehr als Zaungast, hasste niemanden. Für mich gab es nichts zu erstürmen, ich brauchte keinen stellvertretenden Vatermord zu begehen. Denn mein Vater war prima, ich liebte ihn. Er, der Christ, hatte sich vermutlich in große Gefahr gebracht, weil er sich damals von seiner Frau, einer Jüdin, nicht scheiden ließ, sondern stattdessen zu ihr gehalten hat. Wenn er sich hätte scheiden lassen, wäre meine Mutter als schwarzer Rauch in den Himmel aufgestiegen. Und ich könnte mir jetzt keine Gedanken um Dorothee machen. Weil es mich überhaupt nicht gäbe.

13 Rock your baby

Aus! Schluss! Vorbei! dröhnte es in meinem Kopf.

Ich lag unausgezogen auf dem Bett und konnte nicht einschlafen. Ich war sogar unfähig, die Augen zu schließen. Jetzt brauche ich schon ein Schlafmittel, ging es mir durch den Kopf, wie die alten Leute, die immer vom Schlaf wie vom Paradies reden. Dorothee spukte in meinen Gedanken herum, aber ich sollte Ursachenforschung betreiben. Zwei Gesichter hat sie … mal zeigt sie das eine, mal das andere – aber warum? Weil … sie mich an der Nase herumführen will … weil sie mir damit etwas sagen will … eine Botschaft, aber welche? Ich komm nicht weiter so, alles Gehirnblödsinn. Muss es mit einem Mantra probieren: Aus, vorbei und lange her, ich steh darüber, und wenn ich dich wieder seh, geh ich kalten Herzens weiter. Viel zu lang. Aus, vorbei und lange her. Aus, vorbei und lange her …

Nachdem ich mein Mantra etwa zehnmal gemurmelt hatte, spürte ich etwas in meiner Hosentasche. Die Kassette von Erna. Ich zog sie heraus, schaltete die Bettlampe ein und schaute sie mir an. In einer kleinen Handschrift war vermerkt *J.S. Bach, Partita No. 2*. Ich ging zu meinem altersschwachen Recorder und legte die Kassette ein. Was ich hörte, war furchtbar. Ein trübsinniges Gefiedel, das mir in die Gehörgänge schnitt. Ich schaltete ab. Im gleichen Moment fiel mir Ernestos Satz ein: *Frauen sind mit ihren Gefühlen direkt verkabelt.* War ich überhaupt nicht verkabelt, konnte ich mit Tönen und Zwischentönen nichts anfangen? Dann wäre ich ja wirklich ein Neandertaler. Oder kannten die vielleicht Musik? Trommelten sie auf Tierfellen herum und guckten sich dabei verliebt an? Vielleicht waren die Neandertaler viel weiter als ich. Ich blieb gefühllos bei Ernas Kassette – mit meiner Musik hatte das so gar nichts zu tun. Warum hatte sie mir so was Bizarres geschenkt?

Ich putzte mir die Zähne und verließ mein Zimmer. Warum sich in den Schlaf zwingen? Unten im Gemeinschaftsraum lief immer noch die Party, da war Halligalli. Ich lebte in einem Studentenwohnheim, ich war zum Einsiedler nicht geboren und zum Mantra-Murmler auch nicht. Ich musste mich auf andere Gedanken bringen.

»Let's work together« von Canned Heat dröhnte durch den Raum, als ich unten ankam. Es war ziemlich voll, lautes Stimmengewirr, einige tanzten, manche schmusten, man trank Cola oder Bier. Ich sah Christian in der Nähe des Discjockeys, bei ihm stand Tanja. Sie trug einen engen Pulli und Jeans, die ihre langen Beine betonten und wippte zur Musik, ohne ihrem Nachbarn das Gefühl zu geben, mit ihm zu tanzen. Ich näherte mich den beiden. Christian schaute mich mit einem Ausdruck an, der sagte: *Halt dich fern von meiner Beute.*

»He, wo steckst du denn die ganze Zeit?«, fragte mich Tanja.

»Zwischenprüfung«.

»Aber jetzt hast du sie hinter dir, oder?«

»Beinah«.

»Tanzen wir?«, fragte sie.

Ich hob unentschlossen die Schulter, aber sie zog mich schon auf die Tanzfläche. Bei »Rock your Baby« schüttelten wir unsere Körper aus, das tat mir irgendwie gut, beim nächsten Song »Sugar me« legten wir Hand an, aber ganz sachte. Doch dann machte der Discjockey einen Fehler, er legte nämlich »Samba Pa Ti« von Santana auf, einen Blues, wir fassten uns an und tanzten enger. Ich roch ihr Parfüm, unsere Wangen berührten sich, ich inhalierte ihren Sandelholzduft. Als der Song zu Ende war, löste sie sich von mir, musterte mich mit ihren dunkelbraunen Augen und erklärte, dass sie Durst habe. Meine Achseln waren ein wenig durchfeuchtet, meiner Frisur war der klassische Schick abhanden gekommen, und mich beschlich das Gefühl, mit Don Juan nicht mithalten zu können. Sie sagte: »Geh'n wir zu mir« und entfernte sich, ohne meine Antwort abzuwarten. Nach einer Bedenksekunde folgte ich ihr, während Christian mir einen sehr, sehr bösen Blick zuwarf. Die Treppe hinauf, ihre runden Backen im Blick, fühlte ich mich auf einmal stark dem Neandertaler verwandt und fragte mich, warum er so einen schlechten Ruf hat.

In Tanjas Zimmer stand eine Flasche Rotwein auf dem Schreibtisch. Sie zündete ein Räucherstäbchen an, und kurz darauf umdampfte uns eine Opiumwolke. Sie holte Gläser, ich öffnete die Flasche und goss ein, wir stießen an, lachten unmotiviert rum und tranken. Ich sog ihren Duft ein, dann näherten sich unsere Gesichter, es geschah wie von selbst, als hätte auf ihrer Stirn eine Ampel auf grün geschaltet. Wir knutschten im Stehen, sie polierte meine Zungenspitze mit ihrer, und es war mir, als würde sie damit alle Gedanken aus meinem Kopf fortwischen. Dann fielen wir aufs Bett, meine Hand tastete unter ihrem Pulli entlang nach oben, bis ich ihre kleinen Brüste streicheln konnte. Das Räucherstäbchen glimmte unbeirrt vor sich hin, und der Geruch bekam allmählich einen Stich ins Flower-powerhafte, während wir uns auszogen. Ihre Haut fühlte sich wunderbar samtig an, und meine Hände strichen vorsichtig von ihrem Schulterblatt zum Po, als würden sie immer Kostbareres ertasten. Ihr Duft mischte sich mit dem des Räucherstäbchens, und mir kam in den Sinn, dass wir zur perfekten Idylle eigentlich nur noch ein Hasch-Pfeifchen brauchten. Aber das brauchten wir überhaupt nicht, denn Tanja zog meinen Körper an sich, suchte meine Lippen mit ihren, verweilte aber nicht lange, sondern glitt nach unten zur Brust und tiefer. Wir steigerten unsere kleine Lust in eine große, und ich vergaß dabei vollkommen mein vor Kurzem noch gemurmeltes Dorothee-Mantra *Aus, vorbei und lange her*.

Danach lagen wir erschöpft und still nebeneinander. In mir spielte eine Melodie aus Monotonie und Einsamkeit, und ich dachte, dass wir beide jedenfalls nicht unter repressiver Sexualerziehung oder einem ähnlichen Gebrechen litten. Jürgen hatte mir vor Kurzem erzählt, dass er mit einer Psychologie-Studentin ausgegangen sei, die in einer Kommune lebte und ihm ihr Leid klagte *Seitdem wir alle miteinander schlafen, habe ich gar keinen Orgasmus mehr gehabt*. Da konnte ich froh sein, dass ich lediglich in einem Studentenwohnheim lebte.

Nach einer Weile hörte ich meine Stimme wie die eines Fremden: »Sex ist eine ungewöhnliche Krankheit, hat mal jemand gesagt, da müssen immer gleich zwei ins Bett.« Sie lachte leise: »Dann sollten wir öfter mal krank sein. Vielleicht ist das ja gesund.« Ich zog mich an, wir tranken unsere Gläser leer und schäkerten noch eine Weile. Dann verabschiedete ich mich. Ich müsse noch eine Menge für meine nächste Prüfung tun, log ich.

Unterwegs zu meinem Zimmer brach unvermittelt Dorothee in meine Gedanken ein, schlimmer noch, ich sah ihr Gesicht vor mir. Sofort stimmte ich mein Mantra an, doch sie ließ sich nicht verscheuchen. Tanja ist große Klasse, teilte ich Dorothee mental mit, es war prima mit ihr, hervorragend, super, da kommst du nicht mit … und ich wusste genau, dass das nichts als Lügen waren.

Kaum in meinem Zimmer angelangt, streifte ich das räucherstäbchenverseuchte T-Shirt ab und ein anderes über und verließ wieder meine Bude. Unten im Partyraum wummerte die Stereoanlage *Oh Lori*. Ich riss die Haustür auf, stand im Freien und atmete durch, als hätte ich die ganze letzte Stunde keinen Sauerstoff bekommen. Irgendwie kam ich mir wie hypnotisiert vor. Ein Kaninchen war ich, aber wo war die Schlange? Es zog mich fort, es war, als hätte jemand ein Lasso um mich geworfen. Die Nacht war warm, eine milde Sommernacht, und der Mond spendete ein unwirkliches Licht. Vollmond! Bei Vollmond geschahen immer entsetzliche Dinge, Untote stiegen aus ihrer Gruft, harmlose Zeitgenossen verwandelten sich in Werwölfe und gingen auf grausige Jagd. Und später wussten sie nichts mehr davon. Bei Tageslicht wieder brav und bieder. Im Moment fühlte ich mich noch ganz normal, aber, wenn ich dort ankam, wo es mich hinzog, würde ich vielleicht mit gelben Augen zum Fenster hochstarren, meinen Fellkopf heben und ein grässliches Geheul ausstoßen.

Ich fuhr mit meinem Fahrrad los, nahm den Weg durch den Park am Spielplatz vorbei. Kein Mensch war zu sehen, Grabesstille herrschte, nur der Mond leuchtete. Jetzt lagen die Tagmenschen in ihren Betten wie in Särgen, nur Vampire und Werwölfe gingen um, solche Typen wie ich, die es nicht in ihrer Zimmergruft aushielten. Ich überquerte die Allee, rechts lag der Sportplatz, wo ich manchmal Fußball spielte. Wohin, wohin? Ich näherte mich Dorothees Haus, nein, ich näherte mich ihr, und je näher ich kam, desto mehr befiel mich Hektik. Wie ein Getriebener trat ich in die Pedale, wie ein Galeerensklave hörte ich die Trommelschläge des Taktgebers. Ich würde sie doch nicht verpassen? Vielleicht begann gerade meine Verwandlung? Mein Blick zuckte zu meinen Händen – noch keine Klauen, noch kein Fell.

Ich fuhr viel zu schnell in die Werfelstraße hinein, das Fahrrad klapperte und ächzte. Vorn links war ihr Haus, es eilte mir entgegen, schnell und schneller. Ich trat auf die Bremse – ein abscheuliches Quietschen ertönte, ein Quietschen, das die ganze Straße wecken konnte. Ich sprang ab, das Geräusch dabei kam mir wie ein ungeheures Aufplatschen vor. Ich trabte neben dem Rad her. Nun hörte ich ein Klopfen, es klopfte wie verrückt auf dieser Straße – mein Herz war's, mein Herz wollte mich verraten, mein Herz wollte mich ausliefern!

Ich lehnte das Rad an einen Baum und sah mich wie ein Einbrecher um. Ihr Fenster oben war hell, der Vorhang zugezogen. Sie arbeitete noch, sie würde es schon verstehen, wenn ich vor der Tür stände. Es ging lediglich darum, die richtigen Worte zu finden. Ich klinkte das kleine Tor zum Vorgarten auf, erklomm die zwei Stufen zur Haustür, die aus geriffeltem Glas bestand. Lag der Schwellenwächter dahinter auf der Lauer? Röchelte Frau Schuster wieder vor sich hin, sägte sie ihr Schnarchlied? Ich spitzte die Ohren. Hinter einem kleinen Fenster ging ein Licht an, es musste das Klolicht sein. Ich stand schon eine Ewigkeit regungslos. Frau Schuster musste vollkommen verstopft sein. Greif doch endlich zur umhäkelten Klopapierrolle! Da hörte ich, wie die Spülung rauschte, dann ging das Licht aus. Ich ließ eine Weile vergehen, sie musste in die Federn plumpsen, einen Schnaufer von sich geben, bis der Schlaf sie wieder einhüllte.

Meine Hand näherte sich dem oberen Klingelknopf, doch mein Zeigefinger zuckte zurück. Meine Stirn war feucht. Schweißtropfen stürzten nach unten und schlugen auf den Stufen auf – das musste man doch im ganzen Haus hören. Was war nur los mit mir? Ich würde doch wohl noch auf einen Klingelknopf drücken können! Aber ich stand vor der Schusterschen Riffeltür und kam mir wie ein Irrtum vor. Als sei ich aus einem fremden Traum gefallen. Vermutlich war mir längst ein wölfisches Fell gewachsen, und Dorothee würde mich überhaupt nicht erkennen. Anheulen müsste ich sie und konnte nur hoffen, dass sie die Werwolfsprache verstand. Mein Blick glitt zum Mond hinauf, und meine Pfoten fanden zueinander, verkrallten sich ineinander, und mir wäre wohl gewesen, wenn ich ein Geheul hätte ausstoßen können. Aber kein Laut kam aus mir heraus. In einen sprachbehinderten Werwolf hatte ich mich verwandelt. Mein Gaumen fühlte sich kalt wie eine Eiswüste an, und das Schlucken tat weh. Ich konnte mich nicht mehr von der Stelle rühren. Vereist mitten im Sommer. Und morgen früh, wenn Frau Schuster die Tür öffnete, steht ein steif gefrorener Werwolf vor ihr. Sie schreit vor Entsetzen auf, aber das hilft nicht, denn ich kann mich nicht bewegen, nie mehr. Nicht einmal die Pfote zum Klingeln vorstrecken kann ich, eine kinderleichte Handlung, die mir auf einmal grundfalsch vorkommt. Mein Klingeln, mein taglautes Klingeln würde das nächtliche Haus zum Einsturz bringen! Und Dorothee unter sich begraben.

Plötzlich leuchtete das Flurlicht innen auf. Wie ein Scheinwerfer traf es mich. Im selben Moment wurde ich lebendig. Meine Beine gingen automatisch nach hinten, doch die zwei Stufen hatten sie vergessen, ich trat ins Leere, stolperte, wünschte mir, niemals geboren zu sein und fiel endlich der Länge nach auf den Rücken. Der

Sturz brachte mich zur Besinnung. Ich lag im Vorgarten von Frau Schuster, und wenn sie die Tür öffnete, würde sie eine Ausgeburt ihrer Albträume sehen, ein Wesen aus Fell und Krallen und fürchterlicher Schnauze. Sie würde nach Polizei und Feuerwehr rufen und sofort mit einem Nudelholz auf mich losgehen. Mein Blick fiel auf das Bäumchen neben mir, während ich ein Lachen hinter der Haustür hörte. Ich rappelte mich hoch und stürzte zum Baum hin. Ohne lang zu überlegen, griff ich nach dem unteren Ast und zog mich hinauf. Ich kletterte, als wäre ein Monster hinter mir her. Noch einen Ast weiter, und die Blätter verbargen mich. Schwer atmend lugte ich zur Tür nach unten. Doch sie öffnete sich nicht. Das Licht war erloschen. Es tat sich überhaupt nichts. Halluzinierte ich schon, war ich auf dem Weg in die Klapsmühle?

Bei Vollmond saß ich auf einem Baum in Frau Schusters Vorgarten. Vorsichtig teilte ich den Blättervorhang und schaute zu Dorothees Fenster. Es befand sich auf gleicher Höhe, nur einen Meter entfernt. Das Licht brannte, und die Gardine ließ einen Spalt offen. Ich beugte mich vor, irgendwann müsste sie doch durchs Zimmer gehen, irgendwann müsste ich sie doch sehen. In dem Moment ratschte der Vorhang zur Seite, das Fenster ging auf, und Dorothees Gesicht erschien. Ich zog blitzartig meinen Kopf zurück und stellte das Atmen ein. Aber der zitternde Lufthauch aus meiner Nase kam mir wie ein Rasseln vor. Und was könnte dieses Rasseln alles auslösen? Es konnte alle Blätter von den Ästen wehen, die mir beim Heruntersegeln höhnisch zuwinkten – und dann sah man, dass ein affenartiger Kobold zusammengekauert auf einem kahlen Baum saß, in der Nacht, bei Mondlicht, wie ein Fabeltier aus einem Gemälde von Hieronymus Bosch.

Mein Herz schlug wahnsinnig schnell. Wie schnell konnte ein Herz überhaupt schlagen? Musste es sich nicht irgendwann überschlagen? Oder hüpfte das Herz mit mir davon bis an den Rand der Vernunft. Aber das Herz ist ein starkes Organ und kümmert sich überhaupt nicht um Verstand oder Vernunft. Es will nichts weiter als lieben. Ich versuchte, den Blättervorhang mit meinem Blick zu durchbohren. Ich sah einen Ausschnitt von Dorothees Gesicht. Und erschrak. Sie war so nah. Wenn ich mich vorbeugte und den Arm ausstreckte, könnte ich sie berühren. Sie schaute in den nächtlichen Himmel, und ich hörte sie atmen. Jetzt bei ihr am Fenster stehen und mit ihr ein- und ausatmen, das wäre das Paradies. Stattdessen musste ich meinen Atem unterdrücken. Durfte mich nicht bewegen, nicht den kleinsten Millimeter. Und mein Rücken tat weh. Ich habe mir eine Rückgratverkrümmung auf einem Baum in der Nacht zugezogen, würde ich dem Arzt erklären. Als verkrümmter Flachatmer werde ich in die Lehrbücher der medizinischen Kuriositäten eingehen, und der Arzt notiert meinen Fall: *Eine Art Kobold mit Namen Mischa klettert nachts in Bäumen herum und sitzt stundenlang auf Ästen; hat die Flachatmung perfektioniert und ist der lebendige Beweis dafür, dass der Mensch nicht nur vom Affen abstammt, sondern sich auch in ihn zurückverwandeln kann.*

Aber was versteht denn schon jemand von der Liebe, der nicht eine Vollmondnacht auf einem Baum vor dem Fenster seiner Liebsten verbracht hat!

Irgendwann ging das Licht in ihrem Zimmer aus, und ich seilte mich mit klammen Fingern ab, um vom unteren Ast wie eine reife Frucht in den Vorgarten zu plumpsen. Auf der Heimfahrt fröstelte mich, in meinem Zimmer wickelte ich mich unausgezogen in die Decke, konnte aber keine Ruhe finden, es kam mir vor, als fieberte ich. Ich legte mir einen nassen Lappen auf die Stirn, aus dem es mir über die Wangen lief. Schließlich fiel mir Ernas Kassette ein, ich schob sie in den Recorder, und nun auf einmal hörte ich die Musik ganz anders. Sie hob mich weg, hüllte mich ein, wärmte mich. Wie ein gewaltiger Trost erschien sie mir. Ich schlummerte ein, und dabei kam es mir sogar so vor, als würden die Klänge Antwort geben auf all meine Fragen – nur verstand ich ihre Sprache nicht.

14 Deutsche Hysterien

Ich wachte am nächsten Mittag auf und hatte das Gefühl, um Jahre gealtert zu sein. Komischerweise erschreckte es mich nicht, im Gegenteil, ich fühlte mich nicht marode, sondern gesünder. Vielleicht war im Schlaf eine Erleuchtung über mich gekommen, eine Art Schub, und ich war zu einem echten Studenten gereift. Man muss altern, dachte ich, mal schneller, mal langsamer, und ich war gerade in einer schnellen Phase. Das war prima, denn ich spürte, wie alles Lethargische von mir abfiel. Ich duschte und rasierte mich, frühstückte eilig und vermisste Ernestos Anwesenheit in der Küche. Er hätte mir aus naturwissenschaftlicher Perspektive was sagen können über Erleuchtungen im Schlaf und ähnliche Wunder. Aber natürlich arbeitete er um diese Zeit längst an seiner Polymer-Karriere.

Ich eilte in die Uni. Wenn ich schon nicht ins Tristan-Seminar durfte, musste ich mir etwas anderes vornehmen. Natürlich schaute ich zuerst in die Bibliothek in der Hoffnung, Dorothee zu sehen. Aber weder dort noch in der Cafeteria konnte ich sie erblicken. Wo war sie? Lief sie mit einer Tarnkappe durch die Gegend, einer Tarnkappe, die nur für mich bestimmt war, die Dorothee nur für meine Augen unsichtbar machte?

Dann strebte ich zu einer Vorlesung über Friedrich Schiller. Am Podium dozierte Professor Dürr. Ein Nebenmann raunte mir zu, dass Dürr immer noch bei den Jugendjahren des Dichters hing, er habe sich verfranst. Ich hörte Dürrs Ausführungen gespannt zu, es war eine originelle Verfransung, der ich lauschte. Dürr verwendete keine gängigen Modewörter, er redete schlicht, sogar etwas altmodisch. Aber genau das machte mir Eindruck. Zum Schluss wollte er, wie er sagte, noch eine persönliche Anmerkung machen: Die Politik sei jetzt das Wichtigste, höre er, und die studentischen Gruppen redeten öfter von Streik. Er aber sehe nur eifrige Gestalten und fleißige Gesichter am Institut. Es werde wirklich Zeit, dass endlich revoltiert wird. Auf die Barrikaden! rief er uns zu und verließ das Podium. Als er durch die Seitentür verschwand, sah ich ein Lächeln um seinen Mund spielen.

Mir war sofort klar, dass das mein Mann war. Ich musste mit ihm sprechen, obwohl ich nicht genau wusste, was ich ihn fragen wollte. Auf jeden Fall klopfte ich eine halbe Stunde später an seine Tür. Keine Antwort. Ich klopfte noch einmal. Wieder nichts. Ich drückte die Klinke herunter und schaute ins Zimmer. Am Schreibtisch saß Professor Dürr. Er las in einer Zeitung. Ich räusperte mich. Keine Reaktion. Ich grüßte höflich. Der Mann gab keine Antwort. Sollte ich seine Zeitung anzünden, um seine Aufmerksamkeit zu erringen? Dummerweise fehlten mir Streichhölzer. Schließlich hörte ich eine ungeduldige Stimme hinter dem Blatt: »Was ist? Fällt Ihnen nichts ein als Räuspern? Wollen Sie mich nicht ein bisschen überraschen?« Ich war verblüfft und antwortete, dass mir leider die Streichhölzer ausgegangen seien zum Ankokeln seiner Zeitung. Jetzt ließ er das Journal sinken und musterte mich von oben bis unten. Dann sagte er: »Gar nicht so übel, wenn auch nicht wahnsinnig originell. Sie sind ein Gestrandeter, stimmt's?«

Er hatte durch bloßes Gucken herausgefunden, weshalb ich bei ihm war. Ich war erstaunt, und noch mehr überraschte mich, dass er mich kurz darauf in sein Seminar einlud. Obwohl doch schon mehr als die Hälfte des Semesters vorbei war. Als ich ihn verließ, war ich zum ersten Mal überzeugt davon, dass an einer deutschen Uni nicht nur blasse Leisetreter und Ödlinge, sondern ungewöhnliche und witzige Leute lehrten. Ich ging in die Bibliothek und studierte das Vorlesungsverzeichnis. Schon seit Stunden hatte ich mein Mantra nicht mehr gemurmelt. Aber hier an diesem Ort fiel mir Dorothee wieder ein, und ihre Stimme klang in meinem Kopf. Es war gerade so, als würde es ihr gefallen, hin und wieder durch meinen Kopf zu spuken. Dabei sehnte ich mich nach ihrer realen Stimme viel mehr.

Nach einer Weile wanderte ich in die Cafeteria und war gerade dabei, mir einen Becher Kaffee zu ziehen, als mir jemand auf die Schulter tippte. Es war Jürgen.

»Mein Wagen hatte gar kein Benzin mehr«, teilte er mir mit vorwurfsvoller Miene mit.

Er hatte Recht, mir fiel ein, dass ich den Kübelwagen mit leerem Tank vor seinem Haus abgestellt hatte.

»Oh, muss ich vergessen haben«, tat ich schuldbewusst.

»Lad mich zu Kaffee und Rosinenbrötchen ein! Da kommste billig weg.«

Als wir an einem Tischchen saßen, fragte er: »Hast du wieder ein schweinisches Abenteuer gehabt in meinem Luxusschlitten?«

»Es ging so.«

Er sah mich fragend an, als ob ich ihm das Beste verschweigen würde, aber ich schwieg wie ein Grab zu meinem Autoabenteuer mit Erna.

»Ich hab was für dich«, sagte ich stattdessen, »du wirst staunen.«

»Lass hören.«

»Ein Fach ohne Klausuren. Wie geschaffen für dich.«

Seine Augen weiteten sich: »Red kein Blech, meinst du etwa die Minne? Das iss nix für mich.«

»Komm mit«, forderte ich ihn auf, »ich habe gerade das Vorlesungsverzeichnis studiert, wir besuchen Feldenweid.«

Der Hörsaal war wie ein kleines Amphitheater gebaut, und wir betraten ihn von hinten. Der Dozent schaute bei unserem Eintritt kurz zu uns hinauf, ohne in seiner Rede innezuhalten. Wir mussten bis in die dritte Reihe hinabsteigen, weil oben alles besetzt war. Die hinteren Plätze erfreuten sich großer Beliebtheit, weil man ohne Aufsehen zu erregen wieder verschwinden konnte. Das war häufig nötig, denn etliche Professoren redeten so, dass Schlaftabletten verglichen mit ihnen wie Aufputschmittel wirkten. Es waren Antiredner und Langweiler, bei denen man sich fragte, woher sie überhaupt den Mut nahmen, aufs Podium zu klettern. Die studentische Aufbruchstimmung hatte ihnen zwar ein bisschen die Hosen heruntergezogen, aber das hatten sie entweder nicht gemerkt oder einfach ignoriert. Ihre alten Gewohnheiten wollten sie jedenfalls nicht aufgeben. Nach allgemeiner Definition war ein Prof jemand, der sich an der Uni eingenistet hatte und bis zu seinem seligen Ende immer wieder dasselbe erzählt. Motto: Einkünfte auf Lebenszeit und nicht mehr arbeiten müssen. So hielten die meisten von ihnen an ihren ollen Kamellen fest in der sicheren Gewissheit, dass sie sich gleich bleiben konnten, da ihr Publikum sich stets verjüngte und den alten Kram für neu hielt. Die Professoren aus dem BWL-Fachbereich wiederholten ihren Vorlesungs-Zyklus über die Jahre mit der gleichen bedeutsamen Miene und merkten gar nicht, dass sie ihre Zuhörer anödeten. Die Studentenbewegung war ihnen wie eine freundliche Gespensterschar erschienen, hatte ihnen aber nur einen minimalen Schreck eingejagt. Professoren waren Beamte auf Lebenszeit und wussten, dass man ihnen im Grunde nichts antun konnte, und so behielten sie ihren alten Trott bei.

Feldenweid war ein großer schwergewichtiger Mann, der dort, wo er stand, Eindrücke im Boden hinterließ. Als würde er das wissen, tänzelte er leichtfüßig hin und her, was ihm offenkundig keine Schwierigkeiten bereitete. Trotz seiner Körperfülle haftete ihm nichts Plumpes an. Sein Alter war schwer zu bestimmen. Eine glänzende Glatze zierte sein Haupt, an der auf Ohrenhöhe ein grau werdender Haarkranz Halt zu finden versuchte. Dieser Haarkranz schoss allerdings üppig ins Kraut, er hatte nichts Abgehärmtes wie bei vielen Glatzenträgern. Dazu passte, dass Feldenweids Gesicht wie glattgebügelt wirkte, nur wenn seine Augen lachten, zeigten sich ein paar Fältchen. Er sah eigentlich so aus, wie ich mir einen römischen Senator vorstellte, und ich fand es schade, dass er keine Toga um sich geschlungen hatte. Sein Mund war klein, er gab dem Gesicht etwas Putziges, aber auch Spitzes. Er konnte ohne Zweifel mit gespitzten Lippen zustoßen und einen Gegner dadurch perforieren.

Feldenweid redete übers Nachkriegsdeutschland, die deutsche Frage und den Bruch in der Politik der Siebziger – Themen, die mich nicht gerade in Ekstase versetzten. Aber mir gefiel, wie er sprach. Seiner Vorlesung fehlte jede akademische Steifheit und Wichtigtuerei. Dieser Koloss, immer in Bewegung vor der Tafel, mit wachem Blick jede Regung seiner Hörer aufnehmend, erschien mir wie ein entrümpelter Professor, und je länger ich zuhörte, desto jünger wurde der Mann vorne. Feldenweid machte klar, dass er nicht der große Zampano war, der alles durchschaute, sondern dass es darauf ankam, Fragen zu stellen, möglichst originelle Fragen, die jeder für sich beantworten müsse. *Bonn ist nicht Weimar* sei ein beliebter Spruch bundesdeutscher Politiker, erklärte er, doch hinter dieser Redewendung stecke vielleicht die Formel für die Verwandlung eines ganzen Volkes, eine Verwandlung, die rätselhafte Züge trage. Früher der Fanatismus des Dritten Reichs, heute die Nüchternheit der Bonner

Republik, die häufig in leidenschaftliche Trockenheit ausarte, bei der man die demokratischen Scharniere quietschen höre.

Die Westdeutschen, überlegte ich, waren tatsächlich fleißige Demokratie-Schüler geworden – doch die Ostdeutschen bemühten sich genauso, die besten Kommunisten zu sein. Beide eiferten ihren Vorbildern strebsam nach, und Klassenprimus zu werden, schien ihnen ein erstrebenswert hohes Ziel. Doch wer liebt schon den Klassenprimus? Vielleicht fühlt man ein wenig kalten Respekt für ihn, doch insgeheim wird der Streber verachtet. Wer immer nach vorn rudert und dabei sehnsüchtig nach Beifall schielt, erntet meist nur Widerwillen. Und ein weiterer Umstand kam hinzu, der mir auch sehr deutsch vorkam: diese maßlosen Übertreibungen. Als hätte Feldenweid meine Gedanken gehört, sprach er von der deutschen Hysterie. Der Radikalen-Erlass war gerade zurückgenommen worden, die Angst piesackte, dass kommunistische Maulwürfe den Staat unterwandern und die ganze Republik in den Abgrund reißen wollten. Den Erlass habe man mit messianischem Eifer zu einem Riesenballon aufgebläht, sagte er, mit Schrotkugeln schließlich abgeschossen, und auf das verhutzelte Stückchen Gummi reagiere man nun ebenfalls hysterisch.

Ich fand, er hatte Recht. Das war ganz normale deutsche Realität. Um die Bäume sorgte man sich mit Inbrunst, wer das Wort *Waldsterben* oft in seinem Wortschatz verwendete, der musste eine edle Gesinnung besitzen. Die Smoggefahr in Großstädten wurde mit »Alarmstufen«

gekennzeichnet, bei Alarmstufe 1 sollte man in die Wälder flüchten, falls die Bäume noch lebten. Ein normaler Schneefall im Februar verwandelte deutsche Landstriche schnell in »Katastrophenzonen«, in denen Yetis braven Arbeitnehmern auflauerten und sie aufs Glatteis führten. Diese Bundesrepublik Deutschland wurde eigentlich immer von furchtbaren Schicksalsschlägen heimgesucht. Die Vorsehung spülte die Deutschen offenbar gern an steinige Ufer, wo sie sich die Füße blutig stießen und ihnen Kokosnüsse auf die Köpfe fielen. Auf jeden Fall waren es immer herrliche Gelegenheiten, empört zu klagen. Feldenweid spitzte die Lippen und sagte, dass Deutschland ein kleines radikales Land sei, in dem Revolutionen ausgedacht, aber niemals ausgeführt werden, weil man dazu Verbotsschilder umstürzen müsste. Ich musste grinsen und klopfte begeistert auf das Holz meiner Sitzreihe, Jürgen und andere taten dasselbe – doch die Mehrheit hüllte sich in Schweigen.

Mir gefiel der schwergewichtige Typ vorne immer besser. Er redete direkt und klar, scheute keinen waghalsigen Vergleich und entwickelte dabei eine gute Portion Witz. Dieser Feldenweid war in meinen Augen ein grandioser Professoren-Darsteller, der den Uni-Mummenschanz durchschaute und ihn gleichzeitig für seine Zwecke benutzte.

»Und?«, fragte ich Jürgen, als wir wieder draußen standen.

»So wie wir fünf gibt's keine vier, denn wir drei sind die zwei einzigen«, antwortete er, »das ist unser Mann auf dem Campus. Mein rechter Arm ist von ganz allein warm geworden. Wenn das kein gutes Zeichen ist.«

*

Ich eilte zur Bibliothek in der Hoffnung, Dorothee zu sehen. Ich wollte unbedingt mit ihr reden, wollte ihr von meinem neuen Studium, meiner neuen Tatkraft erzählen. Und dabei fragen: Was vermisst du an mir? Was ist es, das dich von mir fernhält? Ich schaute mir die Augen wund und las eine Zeitlang im *Tristan* – aber Dorothee tauchte nicht auf.

Unterwegs zur Pressestelle kam mir meine Tristan-Lektüre in den Sinn. Obwohl ich manches in der alten Sprache nicht verstand, war ich doch gepackt. Dieser olle Schinken hatte mich angesprungen und mitgerissen, während Feldenweids Vorlesung zwar interessant und witzig war und zugleich doch irgendwie fern. Seltsam eigentlich, denn bei ihm ging es ums Heute und große Ganze, während im *Tristan* lediglich ein individuelles Schicksal erzählt wurde. Aber vielleicht muss man sich mit etwas Bestimmtem beschäftigen und nicht bloß mit allem.

Frau Hüth nickte mir mit umwölkter Miene zu, als ich eintrat. Ihr Becher Tee stand auf dem Schreibtisch. Sie telefonierte und zog eine Zigarette aus ihrer Packung. Aber sie zündete sie nicht an, sie rauchte wie üblich kalt. Ihr individueller Härtetest, um sich das Rauchen abzugewöhnen. Ich sah ihr an, dass sie über mich verärgert war, ich hätte mich früher sehen lassen sollen. Sie litt es nicht, wenn ich längere Zeit wegblieb. Manchmal schickte sie mir Postkarten, auf denen stand, dass ich ihr »Institut« missachte, dass Geschäfte meiner harrten und unerledigt herumlägen oder dass sie eine neue Geschichte von mir eingeplant habe, die aber nicht käme. Deshalb müsse sie mich abmahnen. Meist hatte sie Recht, und ich gelobte Besserung, was sie mild stimmte. Ich glaube, sie wollte mich einfach öfter in ihrer Nähe haben.

Ich blieb einen Moment an der Tür stehen und schickte ihr mit der Hand einen fahrigen Gruß, doch sie tat so, als müsse sie sich vollkommen auf ihr Telefonat konzentrieren. Ich verschwand im Nebenzimmer und zog aus dem Schreibtisch die Liste meiner Anzeigenkunden hervor. Dann rief ich den Chef einer Reifenfirma an, der mich begrüßte, als hätten wir die letzte Nacht in einer Weinstube durchgefeiert. Er wollte mir einen Satz Reifen verkaufen, ganz neu und mit Spezialrabatt. Ich sei zwar Anzeigendirektor, erklärte ich ihm, aber insgeheim doch ein armer Student und ganz ohne fahrbaren Untersatz. Völlig unbeeindruckt erwiderte er: »Dess macht doch nix. Die Reife habbe Sie erst mal sicher und zwar mit einem Bombenrabatt.«

Mir schien das eine Verdrehung der Geschäftsgrundlage zu sein, doch der Reifenboss war ein guter Kunde, ich sollte diplomatisch vorgehen, also sagte ich: »Okay, legen Sie die Reifen mal beiseite. Bleibt's übrigens bei der alten Anzeige?« Eine Lachsalve scholl mir entgegen: »Muffensausen, wie? Da wackelt die Uni-Zeitung.« Er schickte einen weiteren Lacher durch die Leitung: »Hab ich Ihne Angst eingejagt? Hörn Sie, die Reife könne warte, bis Sie ein Auto habbe. Im Übrigen: Sie könne mich buche. Alles wie gehabt.«

Ein sogenanntes Määnzer Schlippchen war das, dachte ich beim Auflegen, spezielle Gattung Mensch dieser Region, humorbegabt, feiersüchtig und etwas durchtrieben. Die Altertumsforscher werden diesen Typus in hundert Jahren mit Eifer erforschen, und er wird als homo moguntiensis in die Geschichte eingehen. Ich lauschte nach drüben, wo Frau Hüth immer noch telefonierte. Das machte sie extra, um mich hinzuhalten.

Ich griff wieder zum Apparat und rief daheim an. Mein Vater war am Telefon, es sei alles in Ordnung, sagte er, Mama mache sich schick, sie warteten auf Heine, der sie gleich abholen wolle, Erna habe sich mal wieder abgemeldet. Seine Stimme wurde vertraulich: »Übrigens habe ich eine neue Geschäftsidee entwickelt und bereits getestet – mit Erfolg.«

Er machte eine Kunstpause, und ich fragte neugierig: »Was ist es denn?«

»Du wirst es nicht glauben. Ich habe einer Großbäckerei eine neuartige Werbestrategie präsentiert. Reklame in Reimen. Verstehst du, in Reimen! Natürlich hab ich gleich ein Beispiel mitgeliefert.«

»Wie war die Reaktion?«

»Die waren so begeistert, dass sie sofort ein Riesenpaket an mich losgeschickt haben. Zwei Torten und drei Brote. Ich werde ihnen vorschlagen, den Slogan alle zwei Monate zu wechseln. Die Idee ist ausbaufähig, was meinst du?«

»Mit anderen Bäckereien meinst du?«

»Natürlich, mit lauter Großbäckereien – die werden alle von mir mit Reklamesprüchen versorgt und steigern ihren Umsatz.«

Seine Stimme klang so enthusiastisch, dass ich ihn im Wohnzimmer inmitten von Geldscheingeschwadern stehen sah, die durch die Luft flogen. Und er griff hinein und zog die Scheine bündelweise an sich.

»Das hört sich wirklich gut an«, erklärte ich und dachte, jetzt haben wir noch einen Poeten in der Familie, er reimt, ich fabriziere Geschichten.

»Das *ist* gut!«, beschwor er mich, »auf jeden Fall sorge ich für die Grundbedürfnisse. Brot und Kuchen, ist das nichts?«

Ich stimmte zu, und er lachte, als sei ihm ein enormer Coup gelungen. Nachdem ich aufgelegt hatte, lauschte ich wieder nach drüben. Frau Hüth führte ein Dauergespräch, vermutlich, um mich mürbe zu machen. Wieso hatte sich Erna abgemeldet? ging es mir durch den Kopf. Wo wollte sie hin? Was ging mich das eigentlich an, sie konnte fahren, wohin sie wollte. Und sich treffen, mit wem sie wollte. Aber mit wem traf sie sich eigentlich? Sollte mich das interessieren? Sie war doch bloß meine Tante. Doch eine andere Stimme sagte mir, dass Erna wichtig für mich geworden war, vielleicht war sie sogar meine Mentorin. Sie klärte mich über das auf, was man Liebe nennt, sie hatte mir eine Musikkassette geschenkt, die mich auf seltsame Weise besänftigt hatte, und außerdem konnte sie in die Vergangenheit hineinleuchten.

Und es kam mir so vor, als ob ihre Vergangenheit auf vertrackte Weise etwas mit meiner Gegenwart zu tun hatte. Oder bildete ich mir das nur ein? Auf jeden Fall umwitterte sie ein Liebesgeheimnis, und wäre ich einige Jahrzehnte früher geboren, hätte ich dieselben Probleme gehabt wie sie damals. Aber habe ich die jetzt nicht auch?

Ich griff zum Telefon und rief bei ihr an. Sie war nach dem zweiten Klingeln am Apparat und klang gar nicht verwundert, als ich mich meldete. Ich erzählte, dass ich ihre Musikkassette gehört hatte, eigentlich nicht meine Musik, aber ich sei prima eingeschlafen damit. Sie entgegnete, ich müsse die Chaconne öfter hören. Dann fragte sie, ob es Neues gäbe. Ich wusste sofort, dass sie Dorothee damit meinte und sagte, dass ich sie nicht getroffen hätte, obwohl ich nach ihr gesucht habe. Überhaupt sei ich zu dem Ergebnis gekommen, dass die Liebe eine Art Drachen sei, der Feuer speit und die Tristane der Welt in Brand setzt, damit sie wie Fackeln herumliefen. Es wäre vielleicht besser, sich fernzuhalten von solchen Drachen. Sie lachte leise und erwiderte, Frauen seien meist keine Drachen, obwohl sie Einfluss und Macht besäßen, aber zugleich fürchteten sie sich auch.

»Wovor?«, fragte ich.

»Sie haben Furcht, die Liebe zu versäumen.«

Ich schwieg und überlegte, ob ich die eventuell auch hatte, als ich ihre Stimme wieder hörte: »Ich muss jetzt weg, nur für zwei Tage, wir reden ein andermal.« Ohne zu zögern, fragte ich: »Fährst du nach Berlin?« Sie gab keine Antwort, und mich überkam ein peinliches Gefühl, aber ich konnte nicht anders, ich fragte: »Fährst du zu ihm?«

Die Stille, die folgte, hallte laut in meinem Ohr. Meine Hand krampfte sich am Hörer fest und presste ihn gegen die Ohrmuschel. Hatte ich Erna gekränkt, war ich zu weit gegangen? Meine Frage war ein bisschen unverschämt. Aber ich musste unverschämt sein, ich musste wissen, was da passierte, und ob da einer in Berlin als Fackel herumlief. Oder war sie die Fackel? Groteske Vorstellung, gibt es Liebe auch unter Oldies, verwirrt die Liebe auch Greise? Nach einer Weile, die mir wie eine Ewigkeit vorkam, hörte ich sie leise »Ja« sagen. Mir schien in diesem Moment, als hätte nicht sie gesprochen, sondern Dorothee. Ein sonderbares Glücksgefühl überkam mich, ein taumeliges Einverständnis mit allem, und ich fragte weiter: »In welchem Hotel wirst du wohnen?«

Komischerweise wies sie meine Frage nicht als ungehörig zurück, sie war nicht empört, mir kam es eher so vor, als hätte sie nur darauf gewartet, endlich antworten zu können. Sie sagte schnell einen Namen, dann legte sie auf. Und mir war auf einmal klar, was ich unbedingt tun musste.

15 Späher und Spitzel

Frau Hüth stand im Türrahmen und musterte mich: »Geschäftsgespräche geführt? Sind Sie mal wieder gnädig und besuchen ihre Pressestelle? Da kann man ja dankbar sein.«

Das war natürlich pure Ironie, aber ihre Stimme veränderte sich mit jedem Satz ins Wohlwollende hinein. Ihre missmutige Stimmung verrauchte gewissermaßen Wort für Wort. Ich hätte ihr gern noch eine Weile zugehört, aber mehr wollte sie nicht sagen. Stattdessen schaute sie mich auffordernd an. Sie erwartete von mir eine Erklärung für mein Fernbleiben.

»Ich war total im Stress«, sagte ich mit leidvoller Miene, »ich hatte für nichts Zeit. Ich hab … also ich hab das Studienfach gewechselt.«

Ihre Augen weiteten sich, sie steckte sich eine Zigarette zwischen die Lippen und rauchte kalt, dann sagte sie: »Endlich. Das wurde aber auch Zeit.«

»Ich weiß kaum noch, wo mir der Kopf steht«, schob ich nach.

»Ich dachte schon, Sie schaffen den Wechsel nie mehr.«

»Wollen Sie gar nicht wissen, was ich jetzt mache?«, fragte ich.

»Das ist doch vollkommen klar. Natürlich Literatur, Germanistik.«

Ich nickte.

»Glückwunsch! Endlich mal eine Entscheidung und noch dazu eine gute. Ich bin ja sonst von lauter Schlappschwänzen umgeben, die sich vor jeder Entscheidung drücken.«

Ich atmete auf, sie hörte sich regelrecht sanftmütig an, sie war mir wieder gewogen.

»Das ist ein Grund zum Feiern«, sagte sie prompt, kehrte um in ihr Büro und kam mit einer offenen Flasche Wein und zwei Gläsern zurück.

»Der Präsident hat mit mir auf seine Wiederwahl getrunken, jetzt trinken wir auf Ihre Entscheidung.«

Sie schenkte ein, wir stießen an und tranken, sie schien sehr zufrieden mit mir und wollte meine nächsten Schritte wissen. Der Zeitpunkt schien mir gut, sie allmählich auf das vorzubereiten, was ich eigentlich vorhatte.

»Ich muss Latein nachholen und mir eine Menge Bücher kaufen.«

Frau Hüth warf mir einen missbilligenden Blick zu: »Sie sind an einer Uni, nicht bei der Müllabfuhr!«

»Ich beschwere mich ja auch gar nicht, aber allein das lateinische Wörterbuch …«

»Der kleine Stowasser«, unterbrach sie mich, »den können Sie von mir haben. Ich besitze ihn immer noch.«

Ich merkte, dass ich so nicht weiterkam. Diese weiche Tour machte sie nur sentimental.

»Und jetzt muss ich auch noch nach Berlin«, erklärte ich unvermittelt.

Sie horchte auf: »Nach Berlin? – Zum Weiterstudieren?«

»Na ja … dort sind gute Leute. Ich will mir das mal angucken, ein Freund hat mich eingeladen.«

»Berlin ist eine Massenuniversität. Da fühlen Sie sich nicht wohl.«

»Meinen Sie?«

»Hier haben Sie Dürr und Höllebrand, Leisemund und Blafitz, und den alten Schrödel kriegen Sie kostenlos noch dazu. Bei dem werden Sie Fachmann für Mittelhochdeutsch. Einsame Kapazität.«

Das Gespräch entwickelte sich gut. Jetzt sollte ich allmählich aufs Wesentliche kommen.

»Sie haben Recht. Im Grunde will ich auch in Mainz bleiben … aber ich muss trotzdem unbedingt nach Berlin.«

Sie setzte sich mir gegenüber auf die andere Seite des Schreibtischs, schaute mich fragend an, fummelte eine neue Zigarette aus der Packung und hielt sie an die Lippen. Gewiefte Kaltraucherin.

»Ein Freund von mir ist in großen Schwierigkeiten«, fuhr ich fort, »ich hab ihm versprochen zu kommen, er will mir auch die Uni zeigen.«

Frau Hüth nahm die Zigarette aus dem Mund und deponierte sie auf dem Schreibtisch. Ich musste nachlegen.

»Er will mir sogar ein Zimmer in Berlin beschaffen … er weiß noch nicht, dass ich hier bleibe … aber jetzt brauche ich Geld für die Reise.«

Frau Hüth runzelte die Stirn, griff wieder nach der Zigarette und rollte sie zwischen zwei Fingern hin und her.

»Am besten fliege ich, oder? Ich dachte an einen Vorschuss für meine nächste grandiose Kurzgeschichte.«

Sie lächelte mich an und warf die Zigarette achtlos auf den Schreibtisch.

»Warum sollen Sie keinen Vorschuss bekommen! Ein Mann mit Tatkraft braucht Vorschuss – aber nur, wenn Sie versprechen, hier bald wieder aufzukreuzen.«

*

Nachdem ich in Tegel gelandet war, suchte ich nach einer Telefonzelle. Eine seltsame Erregung hatte mich gepackt, mein Pulsschlag musste sich erhöht haben, mein Blut rauschte wie ein Gebirgsbach durch die Adern, ich kam mir wie ein Wissenschaftler vor, der kurz vor einer großen Entdeckung stand. Hotels und Pensionen – das war mein Forschungsgebiet. Ich fahndete nach dem Namen, den mir Erna genannt hatte.

Doch alle Telefonzellen waren besetzt, Berliner sind Telefonmenschen, und den aufgeklebten Spruch *Fasse dich kurz* ignorierten sie. Nach langem Warten öffnete sich endlich eine Tür, ich stürzte auf das Telefonbuch, und tatsächlich fand ich eine Herberge mit dem Namen ›Sonne‹. Ich wollte dort wohnen, wo Erna wohnte, wo ich ihr am besten folgen konnte. Leise jubelte ich in mich hinein, wählte die Nummer und beschwor die männliche

Stimme am anderen Ende, mir ein Zimmer zu vermieten. »Kiek ma an, da sind Se richtich«, sagte der Mann und nannte einen Preis. Eine Suite müsse es nicht sein, erwiderte ich, ein kleines Zimmer genüge. Die Stimme hustete trocken: »Jenehmicht. Ooch Sonderwünsche wern erfüllt.« Der neue Preis hörte sich wesentlich sympathischer an.

Die Pension lag in Charlottenburg, ich nahm den Bus und stand vierzig Minuten später vor einem unscheinbaren Gebäude, über dessen Eingang sich der verblichene Schriftzug ›Zur Sonne‹ hinzog. Die Rezeption kam mir wenig sonnenhaft vor, ein abgehärmter Tresen, auf dem eine Art Fahrradklingel lag, die ich zum Rasseln brachte. Beim zweiten Mal ging hinter dem Tresen eine Tür auf, ein rundlicher mittelgroßer Mann um die vierzig erschien, dessen fleischiges Gesicht über der braunen Strickjacke Missfallen ausdrückte. Vermutlich hatte ich ihn beim Essen gestört. Ich erklärte, dass ich gerade telefonisch ein Zimmer bestellt hatte, und der Runde zog eine überdimensionale Kladde hinter dem Tresen hervor. »Dreihundertzwanzig«, brummte er, als würde jedes weitere Wort ihm zu viel Anstrengung abfordern. Er drehte sich zur hinteren Wand, an der eine Reihe Schlüssel hingen und legte einen davon vor mich. Dann beugte er sich mit einem Ächzen zu den unteren Regionen des Tresens und zog ein Formular hervor: »Det müssen Se ausfülln. Könn' Se später hier abjeben.«

Jetzt kam der schwierige Teil – ich wollte die direkte Methode wählen.

»Ich suche eine Dame, die bei Ihnen wohnt«, sagte ich.

Auf dem Gesicht des Rundlings erschien ein misstrauischer Zug.

»Erna Fabisch«, ergänzte ich, »wohnt die hier?«

Meine direkte Methode zeigte beim Rezeptionisten keine Wirkung. Er schaute mich an, als hätte ich die Geheimnummer seines Kontos in der Schweiz verlangt. Der Scheitel in seinem blonden Haar wirkte auf einmal sehr akkurat.

»Sie ist meine Tante, wir haben uns hier verabredet«, erläuterte ich sanft.

»Vastehe«, sagte der andere, »Ihre Tante. Aber bei uns isse nich abjestiejen.«

War ich überhaupt im richtigen Hotel, existierten vielleicht Dutzende ›Sonnen‹, war ich auf ein altes Telefonbuch hereingefallen?

»Gibt's noch eine andere Pension mit gleichem Namen?«

»Weeß ick nich. Aber vielleicht jibt's sowat in Pankow oder Werder.«

Ich musste anders vorgehen: »Meine Tante ist Anfang sechzig, Stupsnase, knapp einssechzig groß …«

»Wat wolln Se denn von ihr, wenn ick ma frajen darf.«

Das durfte er natürlich nicht, was fiel diesem Menschen in seiner Hemmungslosigkeit ein.

»Wir haben uns verabredet«, log ich, »wissen Sie, wir wollen gemeinsam einen Verwandten besuchen, einen kranken Verwandten.«

»Familienzusammenführung und andere Katastrophen, wa?«

Der Mann in der braunen Strickjacke verzog keine Miene: »Aber det iss einfach. Treffen Se sich doch beim Onkel vor der Tür.«

Veralberte dieser Mensch mich oder hatte er mir gerade einen bauernschlauen Tipp gegeben?

»Wissen Se«, fuhr der Runde fort, »ick steh nich immer hier. Ick hab nich den totalen Überblick. Ihre Tante kann hier sein, kann ooch nich hier sein.«

Er machte eine Miene, als wolle er zu verstehen geben, dass die Welt groß und er klein sei und beim besten Willen nicht in jede Schublade schauen könne. Ich schickte ihm einen unzufriedenen Blick und nahm den Schlüssel vom Tresen. Mein Zimmer lag zwei Stockwerke höher am Ende des Flurs, und es hatte mit Sicherheit schon bessere Tage gesehen. Die Tapete ein Gruß von anno dazumal, die Deckenlampe ein Vorkriegsmodell, das Bett eine Quietschkommode. Während ich aus dem Fenster in den Hinterhof blickte, fragte ich mich, ob Erna überhaupt hier abgestiegen war. Ich könnte von Tür zu Tür wandeln, *Zimmerservice* rufen und hoffen, dass jemand erstaunt öffnet. Selbst wenn ich sie auf die Weise fände, was sollte ich sagen? Ich würde überhaupt kein Wort finden und müsste stumm und dumm vor ihr stehen bleiben. Die überstürzte Reise kam mir auf einmal absurd vor, wie konnte ich nur den Hüthschen Vorschuss so verpulvern? Meine Getriebenheit war nicht normal. Vielleicht litt ich an einer unbekannten Krankheit, einem Gebrechen, das noch gar nicht erforscht war – so was wie Liebessiechtum. Ich siechte vor mich hin, war aber doch noch fähig, nach Berlin zu fliegen, um in einem abgerissenen Pensionszimmer weiter zu siechen. Daran war Dorothee schuld, nur sie! Ich stimmte sofort mein Mantra an. Aus, vorbei und lange her, aus, vorbei und lange her …

Nach dem zehnten Mal war ich es leid. Ich eilte aus meinem Zimmer, an der Rezeption unten vorbei, und als ich draußen vor der Haustür stand und die prickelnde Berliner Luft atmete, wurde mir klar, was ich tun musste. Es war Sommer, schräg gegenüber befand sich ein Café, und ein kleiner Tisch vorm Eingang war noch frei. Genau der richtige Platz. Ich musste den Eingang der ›Sonne‹ beobachten und alles kontrollieren, was da ein- und ausging. Zum Späher musste ich werden, zum Spitzel, zum Schnüffler. Detektiv war ich geworden, Liebesdetektiv.

Die Kellnerin kam. Sie war ungefähr so alt wie ich und erinnerte mich an Dorothee. Eigentlich nur deshalb, weil sie Sommersprossen auf der Nase trug. Ich sah sie an wie ein Phantom und zwang mich, ihr die Sommersprossen nicht wegzugucken. Dann bestellte ich eine Cola, murmelte gleich darauf mein Mantra nach innen und versuchte, mich auf den Eingang gegenüber zu konzentrieren. Vielleicht war Erna schon längst in der Stadt unterwegs, vielleicht traf sie gerade jenen Unbekannten, vielleicht tobten die beiden als Liebesfackeln über den Kudamm. Ich riss mich zusammen. Meine Fantasie driftete ins Perverse … die beiden mussten zusammen über hundert sein, wahrscheinlich sogar hundertdreißig. Hundertdreißig Jahre alt, und da war noch was mit Liebe. Ging das überhaupt? Wenn ich Dorothee nach Jahrzehnten begegnete, würde ich vielleicht am Stock auf sie zuhumpeln, und sie erkannte mich gar nicht, weil ihre Brille mich wie ein Insekt vergrößert. Vielleicht würde sie mich auch für einen ganz anderen halten und mir einen warmen Pfefferminztee spendieren, damit ich meine Kreislauf-Tabletten ordnungsgemäß einnehme. Wirkt die Zeit nicht wie eine Liebestötungs-Maschine? Und das Schlimmste ist, dass man die Zeit nicht zurückdrehen kann. Unsinn, dieser Fall hier bewies das Gegenteil! Oder redete ich mir alles nur ein? Vielleicht hatte Ernesto doch Recht, und Liebe war am Ende nichts anderes als eine psychische Störung, die einen grundlos überfiel, ein Rock'n Roll der Hormone, eine Art Glücksdroge, an der man selig lutscht, bis man aufwacht und entsetzt feststellt: eine Unglücksdroge!

Von meiner Stirn fiel ein Schweißtropfen ins Glas. Ich schwitzte. Ich musste trinken, damit meine Gedanken mich nicht völlig austrockneten. Ich nahm einen Schluck Cola. Ist Liebe vielleicht nichts anderes als eine Art Sex oberhalb der Ohren, ist Liebe eine Beschwörungsvokabel, die mit der Zeit in Bratkartoffelgeruch aufgeht? Ist es möglich, Gefühle zu konservieren? Oder werden sie allmählich schal und schimmelig, und eines Tages hat man nicht mal mehr ein Gefühl für das Gefühl von damals. Dann erinnert man sich nur noch daran, wie man einst im Baum von Frau Schusters Vorgarten wie ein Affe hing und elend verkrümmt heimgekehrt ist. Wie man im durchlässigen Kübelwagen nach Eltville gefahren ist, sich bei strömendem Regen küsste und in aufgeweichten Klamotten Beckmann-Bilder anstaunte. Wie man vor einem Baum mit zehntausend Vögeln stand, die sich wie auf ein Zeichen in den Himmel erhoben. Doch man hat die Augenfarbe jenes Mädchens vergessen, das Dorothee hieß, kein Gefühl mehr für die Zartheit ihrer Lippen, und weiß nichts mehr davon, wie heiß einem das Blut durch die Adern lief, als man sie umarmte.

Erna, ich muss Erna fragen! Deshalb bin ich ihr ja hinterhergeflogen. Ausfragen muss ich sie, ganz penibel ausfragen, was soll ich tun, dass alles lebendig bleibt, kein Gefühl verloren geht, kein Detail abhandenkommt, alles musste haltbar gemacht werden, ich brauche ein Liebeskonservierungsmittel. Erna kennt es mit Sicherheit. Denn ihre Liebe und meine ähnelten sich, ich war mir auf einmal ganz sicher.

Drüben auf der anderen Seite ging die Tür auf! Mein Rücken straffte sich. Ein Mann kam heraus, nur ein Mann, sonst niemand. Immer diese einzelnen Männer! Die Bedienung erschien und fragte, ob ich noch einen Wunsch habe. Ich schüttelte abwesend den Kopf und überlegte, ob ich etwas essen sollte. Mein Beobachtungsposten schien sich zu einer Art Lebensstellung auszuwachsen. Es war schon Nachmittag, bald würde die Nacht hereinbrechen, ich würde noch eine Cola bestellen und ein Käsebrot und wieder ein Käsebrot und eine weitere Cola, bis mich eine Cola-Vergiftung vom Stuhl sinken ließ und das Käsebrot-Syndrom mir den Rest gab. Wahrscheinlich war Erna in einer anderen ›Sonne‹ abgestiegen, einem viel besseren Hotel, von dem der Rundling an der Rezeption keine Ahnung hat, während ich meine Zeit mit sinnlosem Warten vertrödelte und einen falschen Eingang beobachtete … Die Augen taten mir schon vom Gucken weh, die ganze Reise kam mir auf einmal wie ein Irrsinn vor. Vielleicht fehlten bereits einige Tassen in meinem Schrank, und es wurden immer weniger. Das war eine Nebenwirkung der Liebeskrankheit, die auf keinem Beipackzettel stand: *Nachdem die Liebe über Sie hergefallen ist, erleben Sie eine anfängliche Verwirrung, die allmählich in totales Plemplem übergeht. Das ist aber nicht weiter tragisch, da Sie diesen Zustand nicht mehr bewusst erleben.*

Am Ende greift mich die Polizei auf, ging es mir durch den Kopf, während ich ziellos durch die Stadt streife, mit den Fingern in meinem Dreiwochenbart nach Läusen wühle und vor mich hinlalle, dass ich nach Rezepten für die Liebe suche.

Da! Auf der anderen Seite bewegte sich die Haustür der ›Sonne‹. Jetzt wurde sie geöffnet. Eine Frau kam heraus, sie war knapp einssechzig groß, trug ein beiges Kostüm, eine hellbraune Baskenmütze, und über ihrer Schulter hing eine Handtasche.

16 Meine Molotow-Cocktails

Es war Erna. Ich starrte hinüber. Sie drehte sich nach rechts und ging die Straße hinunter. Meine Kellnerin, wo war meine Kellnerin! Ich musste zahlen, musste fort. Ich drehte mich nach innen und winkte wie ein Ertrinkender. Aber die Bedienung war unsichtbar geworden oder hatte sich verkrümelt. Ich zog mein Portemonnaie hervor, Kleingeld war mein Pferdefuß, ich hatte nur ein paar Scheine. Aber die waren zu kostbar für eine Cola. Ich stand auf und eilte Erna hinterher. Beim nächsten Mal, versprach ich in Gedanken der sommersprossigen Kellnerin, würde ich zahlen und ein üppiges Trinkgeld hinterlassen.

Ich musste mich sputen, wenn ich Erna nicht verlieren wollte, ich sah sie kaum noch. Ich verfiel in einen leichten Trab und umkurvte andere Fußgänger. Plötzlich war sie verschwunden. Ich wechselte auf die andere Straßenseite. Dort vorne ging sie, ruhig, aber bestimmt, wie jemand, der ein Ziel vor Augen hatte. Ihr Ziel war die U-Bahn-Station Bismarckstraße. Sie verschwand nach unten. Ich hastete über die Straße. Nur nicht zu dicht aufrücken. Ein falscher Blick von ihr, und ich war entdeckt. Ich schaute in den U-Bahn-Schlund, dann hetzte ich die Treppe hinab. Keine Erna. Auf der Plattform unten warf ich schnelle Blicke. Aber da – auf der gegenüberliegenden Seite saß sie auf einer Bank. Ich versteckte mich hinter einer Säule, dann eilte ich auf ihre Seite. Wohin wollte sie? Der Zug rollte heran. Erna stieg ein. Ich drückte mich in den Waggon nebenan. An den nächsten Stationen lauerte ich an der Tür, ob sie ausstieg. Aber ich wurde zurückgedrängt, eine Menge Leute schoben mich nach hinten. Eine Frau, die aussah, als seien Cholera und Pest gleichzeitig über sie hergefallen, klingelte mit einer Handglocke und rief, dass sie von allen Geld wolle. Um Erfolg zu haben, dachte ich, müsste sie ergänzen, dass sie sonst alle abknutschen würde. Dann gingen vor Angst sicher sofort die Geldbeutel auf, so aber sah man die Aussätzige nur gelangweilt an.

Erst am Halt Friedrichstraße stieg Erna aus. Wollte sie in den Osten? Gehörte sie zu den Wühlmäusen, die sich drüben ihren Scheck abholten? Was würde Onkel Heine sagen, wenn er das wüsste? Der Russe war schließlich am Ende – das hatte er doch festgestellt. Aber da lag er offenbar falsch, er wusste gar nichts, vor allem nicht, dass seine Frau nach Ostberlin pilgerte. Aus politischen oder Liebesgründen? Jedenfalls war Onkel Heine völlig ahnungslos. Ich sprang auch aus meinem U-Bahnwaggon, und Erna verschwand tatsächlich unterm Bahnhof Friedrichstraße in einem Tunnel. Das war der Übergang nach Ostberlin. Ich reihte mich in die Schlange ein, Erna war bereits in einer Kabine verschwunden. Kurz darauf trat ich in eine andere Kabine, dort saß ein Uniformierter hinter Glas und sah mich schräg an. Meinen Personalausweis schob er zurück, ich kam ja aus einem wildfremden Land, da brauchte man ein anderes Dokument. Ich fummelte meinen Pass heraus, den ich zum Glück dabeihatte und schob ihn mit großer Geste unter dem Schlitz durch. Das erregte seinen Verdacht, er beäugte mich, als habe er einen verkleideten James Bond entdeckt. Dann blickte er nach oben, wo ein Spiegel angebracht war. Er versuchte, meine Molotow-Cocktails ausfindig zu machen, vielleicht hoffte er auch, eine Maschinenpistole unterm Polohemd zu erkennen. Ich hob die Arme. Er zog eine grimmige Miene, studierte mein Passbild, sah mir ins Gesicht und erkannte offenbar Ähnlichkeiten. Schließlich bewies er, dass er sprechen konnte: »Zwanzig Mark«. Ich zog einen Schein aus meinem Portemonnaie und bekam dafür die gleiche Summe in Ostgeld. Das war ein kleines Scheinchen, das wie Spielgeld aus dem Kindergarten aussah. Nass werden sollte es nicht, dachte ich, dann läuft die Farbe aus und man hält plötzlich nur ein kackfarbenes Papierchen in der Hand, mit dem man sich noch nicht mal den Hintern abwischen kann.

Als ich draußen stand, fiel mir gleich auf, dass es hier anders roch. Als wäre Kohlenstaub in der Luft. Das war ein Kindheitsgeruch für mich, ich musste immer Briketts und Kohleneier aus dem Keller holen, die meine Mutter mit Zeitungspapier ankokelte. Danach roch erstmal die ganze Wohnung so, als seien Brandstifter am Werk gewesen. Heizte man hier im Osten auch im Sommer? Dann stellte ich fest, dass Mausgrau die Farbe des sozialistischen Fortschritts war – hier gab es nur graue Fassaden, graue Autos, graue Laternen. Sogar die Bäume waren grau.

Ich schaute mich nach Erna um, sie konnte nicht weit sein, sie hatte dieselbe Prozedur überstehen müssen. Ich sah eine kleine Person mit Baskenmütze weit vorn, das musste sie sein. Ich trabte los. Die Straße war vierspurig und gaukelte Pracht vor. Hier inspizierten offenbar Parteisekretäre, Generäle und andere Majestäten ihr Volk. Trabbis sah ich keine. Aber diese Gehhilfen, die als Autos verkauft wurden, knatterten ja doch nur unmajestätisch vor sich hin. Wahrscheinlich waren sie so nah am Checkpoint verboten.

Erna war an einer Haltestelle stehen geblieben. Ich durfte ihr nicht zu nah kommen und tat so, als würde ich ein Schaufenster ausspähen. Leider war es keins, es handelte sich um den Eingang des Inter-Hotels. Allmählich kam ich mir wirklich wie James Bond vor, allerdings ein ostdeutscher. Denn für einen Geheimagenten war ich miserabel ausgerüstet. Mir fehlte sogar ein Taschenspiegel, mit dem ich die Szenerie neben mir ausforschen konnte. So blickte ich ab und zu verstohlen zur Haltestelle. Ein Bus rollte heran, Hohenschönhausen stand überm Frontfenster. Nachdem Erna vorn eingestiegen war, hechtete ich zum hinteren Eingang und sprang auf. Der Bus war halbvoll, die meisten saßen, ich blieb hinten stehen und hoffte, dass kein Kontrolleur kam. Vorsichtshalber hielt ich meinen Fetzen Spielgeld in der Hand. Aber der Sozialismus im Bus funktionierte, für Schwarzfahrer hatte man hier ein Herz, niemand kam und wollte meinen

Fahrschein sehen. An der Haltestelle Hohenschönhausen sah ich sie aussteigen und in Fahrtrichtung gehen, ich sprang ab und ging nach hinten weg. Aber nur kurz. Dann drehte ich mich um und versuchte, sie mit einem Blick zu erhaschen. Doch Erna war verschwunden. Ich trabte in die Gegenrichtung. Irgendwo musste sie doch abgeblieben sein. Oder war sie in einem Haus verschwunden?

Das hier war ein menschenleerer Vorort, der ordentlich und arm wirkte. Die Häuser waren grau und brüteten vor sich hin, als wollten sie endlich mal was erleben. So stellte ich mir Deutschland in den 50ern vor. Vielleicht stieß ich ja noch auf Trümmerfrauen, die mit Briketts handelten. Die Straße machte einen Knick, und da sah ich sie, weit vorn. Ihr kleiner zackiger Schritt kannte kein Innehalten, sie wusste offenbar genau, wo sie hinwollte. Jetzt verschwand sie in einer Seitenstraße. Ich ging schneller. Komisch, dass hier kein Mensch zu sehen war, vielleicht war die Gegend ausgestorben, vielleicht befand ich mich im Niemandsland, war zwischen die Fronten geraten, und gleich würden mir Gewehrkugeln um die Ohren fliegen. Ich brauchte dringend eine Tarnkappe, so was gehört zur Grundausstattung jedes Geheimagenten. Stattdessen lief ich hier vollkommen sichtbar herum. Eine Gardine im Untergeschoß des schwarzgrauen Eckhauses zitterte verdächtig. Wenn mich da jemand beobachtete, würde der doch gleich die Polizei anrufen. Verdächtiges kapitalistisches Subjekt in farbigem Unterhemd läuft älterer Frau nach. Hat vermutlich gesellschaftsfeindliches

Attentat vor. Kann auf frischer Tat ertappt werden ... Je weiter ich vorstieß, desto mehr zeigten die Häuser etwas von alter Pracht, als hätten sie schon bessere Tage gesehen. Ab und zu stand auch ein Trabbi am Straßenrand oder sogar ein Wartburg, seine viertürige Luxusausgabe.

Wie leise sich dieses Viertel anhörte, die Stille schallte mir in den Ohren, sie war so ansteckend, dass ich schon auf Zehenspitzen ging. Eine Errungenschaft des Sozialismus, die man bei uns gar nicht würdigte, dachte ich. Ostberlin ist geräuschlos, es geht dort zu wie auf dem Nordpol, könnte ich meinem Vater später mal erzählen und ihm vielleicht zu einer Geschäftsidee verhelfen – Handrasseln als Lebensgeräusch. Oder schlich ich auf einem Friedhof herum, auf dem ausschließlich Totenstille erlaubt war? Ich kam mir bald wie ein Pilger auf Wallfahrt vor, kurz vor der Entdeckung eines Wunders. Als ich zur Seitenstraße kam, machte ich den Kopf lang. Kein Mensch zu sehen. Aber dort vorn, da schnurrte ein kleines Gartentor zurück. Ich näherte mich ihm. Ein Holzzaun, dessen grüne Farbe abblätterte, umschloss das Grundstück. Das Haus hinter den Büschen trug ein auffallend spitzes Dach, war gar nicht grau, sondern leuchtete weißgetüncht, und die Ecken waren mit roten Backsteinen eingefasst. Purer Luxus für die Gegend. Im Vorgarten strebte eine mächtige Fichte himmelwärts. Geh weiter, sagte ich zu mir, geh immer weiter, vielleicht schaut jemand aus dem Haus. Hier musste Erna verschwunden sein, im Haus mit der Fichte. Ich tappte wie ein Rentner voran, der nichts anderes beabsichtigt, als die nächste

Parkbank zu erreichen. Mir fehlte nur ein Dackel an der Leine und ein trostloser Schritt. So wanderte ich an anderen Häusern vorbei, während mir die Stille allmählich unheimlich wurde und mir nichts einfiel, um das Haus mit der Fichte besser kennenzulernen.

Sollte ich mich in ein Café setzen, warten bis es dunkel wurde und dann zurückschleichen? Die erleuchteten Fenster würden mir vielleicht Unglaubliches zeigen? Aber vielleicht verließ Erna mit ihrem Liebhaber in der Zwischenzeit das Haus, und während ich ahnungslos Kaffee schlürfte, begaben sie sich auf große Fahrt. Sie saßen wahrscheinlich jetzt schon auf gepackten Koffern. Auswandern wollten sie! Nach Peru oder Neufundland, und dann würde ich nichts mehr erfahren von der Liebe und wie man die Freundin zurückerobert. Weit weg wären die beiden, in einer Gegend, wo keine Friedhofsstille herrschte und man das Wort Deutschland nicht aussprechen konnte. Und meine arme Mutter müsste dann immer mit zwei Männern allein nach Bad Homburg fahren. Eine Art Jagdfieber hatte mich gepackt. Wer lebte in diesem Fichtenhaus, wer war dieser Mann, mit dem sich Erna ganz offensichtlich traf, was hatte es mit ihrer Liebe auf sich, und was beschlossen die beiden gerade?

Mit einem Mal wusste ich, was ich tun musste. Ich schlenderte die Straße zurück, verlangsamte vor dem Haus meinen Schritt, warf einen Blick auf das Messingschild neben dem Tor, ging sofort weiter und bog nach zwanzig Metern in einen Fußweg ab, der in einer Parallelstraße mündete. Roos hatte auf dem Schild gestanden.

Jetzt befand ich mich auf der Rückseite des Hauses. Ein niedriger Holzzaun versperrte den Zugang zum Garten, dahinter wucherten Sträucher vor sich hin. Auf der gegenüberliegenden Straßenseite breitete sich ebenfalls dichtes Buschwerk aus. Obwohl niemand zu sehen war, schaute ich in alle Richtungen, bevor ich über den Zaun stieg und mich zwischen den Sträuchern hindurchzwängte. Ein Dornenzweig hinterließ eine blutende Spur auf meiner Stirn, ich ging in die Knie und fühlte mich wie ein Guerillero. Vor mir sah ich eine Art Abenteuerspielplatz, der vor vielen Jahren mal ein Garten gewesen sein musste. So in der Hocke reichte mir das Gras bis zum Gesicht, ein paar verwilderte Obstbäume reckten ihre Äste hilfesuchend in den Himmel, ein vergammelter Teich dümpelte vor sich hin. Etwa sechs Meter entfernt sah ich die Rückseite des Fichtenhauses.

Großes Fenster ohne Vorhänge, eine Glastür, die nach draußen zu einer Terrasse führte. Im Zimmer war niemand zu sehen. Doch vielleicht guckte jemand vom ersten Stock zu mir nach unten – ich kroch eilig hinter einen Busch. Saß ich überhaupt im richtigen Garten? Oder war ich am Ende ins falsche Grundstück eingestiegen? Deren Bewohner machten vielleicht Urlaub, während ich hier bis zum Sankt Nimmerleinstag auf Beobachtung saß. An meinem Fußgelenk juckte etwas. Dieses Riesengras musste dringend gemäht werden. Ich kratzte mich, doch das Jucken wurde stärker. Als ich hinuntersah, stellte ich fest, dass ich auf einem Ameisenhaufen kauerte. Die Insekten schickten sich an, mich zu erobern, krabbelten an meinen Socken hoch, verschwanden unter den Hosenbeinen. Rückzug, nichts wie Rückzug! Bloß nicht sich mit den Ameisen von Hohenschönhausen anlegen.

Spreizbeinig rückte ich nach der Seite, hin zu einem Bäumchen, an dessen Stamm sich wucherndes Grünzeug emporrankte. Das würde Sichtschutz bieten. Aber wer weiß, was in diesem Garten noch alles herumkroch. Was, wenn ich plötzlich auf eine Schlange stieß? Giftschlangen in Hohenschönhausen – kapitalistischer Späher gebissen! würde die Schlagzeile anderntags heißen, die ich aber nicht mehr lesen könnte, weil mausetot.

Da kam Bewegung ins Haus. Ich spürte es mehr, als dass ich es sah. Ich kauerte mich tiefer ins Gras und lugte zwischen den Halmen hindurch. Ein weißhaariger Mann kam ins Zimmer, er hielt die hintere Tür auf – und da erschien Erna. Sie war es, ich hatte mich nicht getäuscht! Es war das richtige Haus, der richtige Garten. Und es war ein Mann, den sie besuchte. Die Tasche hing nicht mehr über Ernas Schulter, die Baskenmütze hatte sie abgelegt. Ich lehnte meinen Kopf an den Stamm des Bäumchens, als müsse ich ihm eine Pause gönnen, dabei atmete ich schneller, und mein Gesicht glühte. Was tat ich? Ich spähte Erna aus, wie ich Dorothee ausgespäht hatte. Benutzte ich die eine als Stellvertreterin für die andere? Das war irgendwie nicht normal, eventuell abartig, vielleicht pervers. Ich sollte mich besser in psychotherapeutische Behandlung begeben oder gleich in eine Klapsmühle einliefern lassen. Die beiden im Zimmer standen sich gegenüber, und ich stierte auf die Szene, als dürfe mir nichts entgehen, nicht die kleinste Kleinigkeit. Es war, als würde ich einen Stummfilm sehen. Jetzt ging der Weißhaarige auf Erna zu. Er umarmte sie, sie umarmte ihn. Es schien so, als wollten sie einander nie mehr loslassen, bis sich endlich Erna aus der Ewigkeitsumarmung löste. Sie ging zur Bücherwand neben der Tür, der Fremde schaute eine Weile zu ihr, dann verließ er den Raum durch die hintere Tür.

Mein Blick fiel auf ein grünes Blatt direkt vor mir, wo eine Hohenschönhausener Ameise sich mir entgegenreckte, als wolle sie gestreichelt werden. Ich schüttelte den Kopf. Die beiden im Haus liebten sich immer noch, dachte ich, ich hatte genug gesehen. Ich fand mich auf einmal schrecklich deplaziert. Was ich tat, war unmöglich. Ich musste weg hier, raus aus diesem verwilderten Garten. Erna konnte jederzeit auf die Terrasse treten, dann war ich ein Gefangener und jedes Rascheln, jede kleinste Bewegung würde mich verraten. Jetzt kam der Weißhaarige zurück, er hielt zwei Gläser in der Hand. Ich hatte nur einen Gedanken, ich wollte verschwinden, schnell und geräuschlos. Ich suchte mit einem Fuß hinter mir Halt, um den Rückzug einzuleiten, als Ernas Geliebter an der Glastür zur Terrasse erschien. Er öffnete sie, und jetzt hörte ich leise Musik. Ich erkannte sie sofort. Es war die Chaconne, jene Melodie auf der Kassette, die mir Erna geschenkt hatte, und es fiel mir wie Schuppen von den Augen. Das war ihre Melodie, ihre Musik! Die sie in den langen Jahren der Trennung aneinander erinnert, die sie über die Zeit hinweg miteinander verbunden hatte. Und Erna hatte diese Musik mir geschenkt, weil sie überzeugt war, dass ihr Zauberkraft innewohnt, dass sie auch Dorothee und mich verbinden könne. Ein akustischer Minnetrank war es. Mich überkam ein Gefühl von Dankbarkeit, und zugleich schämte ich mich. Ich war so furchtbar dickhäutig gewesen. Und war es immer noch: ein Elefant, der im Garten kauerte und auf Ameisen herumtrampelte.

Der Weißhaarige trat zum Glück nicht auf die Terrasse hinaus. Doch ich musste handeln, schnell handeln, sie konnten es sich jeden Moment anders überlegen. Schon jetzt waren Geräusche im Garten durch die offene Tür drinnen bestimmt zu hören. Tief gebückt, die Hände auf dem Boden, kroch ich zu der Hecke nach hinten. Aber wie sollte ich an dieser dichten Stelle durchkommen, ohne mir Hemd und Hose zu zerreißen? Wenn ich auf der Straßenseite ankam, würde ich aussehen, als sei ich einem Löwenkäfig entronnen. Die undurchdringliche Hecke kam mir plötzlich wie ein Sinnbild für mein ganzes Leben vor. Ich warf noch einen kurzen Blick zum Haus, dann zwängte ich mich zwischen den stacheligen Ranken hindurch. An einem Zweig blieb ich hängen, mein Ärmel ratschte, und der Strauch hatte sich ein Stück Stoff erobert. Ich hoffte die ganze Zeit, dass man das Schwanken der Hecke nicht sah, diese Hecke war ja für Hohenschönhausen das Lebendigste überhaupt, und von der Terrasse aus musste es aussehen, als hätte sich ein Waschbär dort verfangen und wollte mit der ganzen

Hecke auf und davon. Das war unnatürlich und ausgesprochen verdächtig.

Als ich die Pflanzenwand durchdrungen hatte, blickte ich auf der anderen Seite geduckt und wie ein gehetztes Tier nach rechts und links. Aber niemand war zu sehen. Jetzt wurde mir dieser tote Vorort richtig sympathisch. Ich richtete mich auf und setzte einen Fuß vor den anderen. Nur fort von hier. Einmal drehte ich mich noch um, als fürchtete ich, dass Erna oder der Weißhaarige mir durch die Hecke hinterhergekrochen waren, aber die Büsche standen unbewegt da.

17 Führt Antisemitismus zur Verstopfung?

Als ich die Bus-Haltestelle erreichte, hatte ich schrecklichen Durst. Ich musste etwas trinken, aber in dieser Gegend gab es weder eine Kneipe noch ein Café, noch nicht einmal eine Imbissbude. Also wartete ich, bis der Bus kam und sprang beim Halt *Unter den Linden* ab. In einer Seitenstraße fand ich ein Lokal und bestellte ein großes Bier. Das kostete fünfzig Pfennige, und ich fragte mich, wie ich bei diesen Preisen meine zwanzig Ostmark loswerden sollte. Vorsichtshalber bestellte ich noch ein Bier und fragte nach der Speisekarte. Es gäbe nur Broiler, sagte der Kellner. Ich orderte einen Broiler, ohne zu wissen, was da auf mich zukam. Zehn Minuten später sah ich den Broiler. Es war ein halbes Hähnchen, das grau, ausgemergelt und verhungert auf dem Teller lag. Es kam mir vor, als würde ich mich an ihm vergehen, als ich die Gabel hineinstieß und ein Stück Fleisch aus der vertrockneten Keule schnitt. Nach dem ersten Bissen wusste ich, dass ich mich nicht weiter vergehen wollte, es schmeckte, als hätte ich in einen Pappdeckel gebissen. Der Kellner kam gerade vorbei und rief: »Salz? Pfeffer?« Ich winkte ab, widmete mich dem Bier, und Erna brach in meine Gedanken ein. Was war es, das sie zu diesem Roos hinzog? Liebe? Oder Dankbarkeit für sein Kommen damals? Konnte Dankbarkeit sich in Liebe verwandeln, oder war es eher umgekehrt? Dann fiel mir ein, dass es beleidigend wäre, wenn ich den Broiler auf dem Tisch einfach so stehen ließ. Ich könnte ihn mir einpacken lassen und dabei etwas von meiner armen kranken Tante murmeln. Der Kellner sah mich an, als sei er auf einen Geisteskranken gestoßen, als er meinen Wunsch hörte. Er nahm kommentarlos den Teller mit und legte mir nach einer Weile einen grauen Beutel auf den Tisch. Die ganze Rechnung betrug zwei Mark neunzig, und mir wurde endgültig klar, dass mir die Verjubelung meines Ostgelds nur bei wochenlangem Aufenthalt gelänge.

Draußen auf der Straße überlegte ich, wie ich das Broiler-Päckchen loswerden könnte. Ich schlich mich an einen Mülleimer heran, und gerade, als ich den Beutel fallen ließ, kam ein Volkspolizist um die Ecke. Er musterte erst mich, dann den Mülleimer: »Was treiben Sie denn da?«

Offenbar warf hier niemand etwas weg. Eigentlich ein sympathischer Zug, der mir im Moment aber sehr ungelegen kam.

»Ich habe etwas weggeworfen, um die Volksgesundheit nicht zu schädigen«, antwortete ich schüchtern.

Der Vopo hob den Kopf: »Was denn?«

»Einen Beutel«, erwiderte ich.

Er musterte mich, als hätte er einen Kriminellen auf frischer Tat ertappt.

»Und warum ist ihr Unterhemd zerrissen? Und diese

Schramme auf der Stirn?«, wollte er mit fordernder Stimme wissen.

Ich musste befürchten, dass er gleich zu seiner Volkspistole greift. Natürlich hätte ich ihm erklären können, dass das Unterhemd ein Polohemd war, ich an Jucksucht litt, und Hohenschönhausener Ameisen mich überfallen hatten, aber ich murmelte lediglich: »Kleine Auseinandersetzung gehabt.« Er sah mich ernst an: »In der Deutschen Demokratischen Republik geht es friedlich zu. Hier gibt es keine Gewalt. Und den Beutel will ich sehen.«

Ich zog das Broiler-Päckchen mit spitzen Fingern aus dem Abfalleimer und reichte es ihm. Er wich zurück als vermutete er eine Bombe: »Aufmachen!« Ich öffnete es, und meine Überraschung war mindestens so groß wie seine. Denn in dem Päckchen lagen alte Brotkrusten. Ich hatte den falschen Beutel herausgezogen.

»Die könn' Se doch am Müggelsee prima unterbringen«, sagte er beruhigt, »die Enten werden sich freuen.«

Ich dankte für den wunderbaren Tipp, und bevor der Vopo von der Bildfläche verschwand, erklärte er: »Nichts für ungut. Aber Sie wissen ja: Vertrauen ist gut, Kontrolle ist besser.«

Als ich auf der Westseite Berlins ankam, fuhr ich bis zum Wittenbergplatz und ging ins KaDeWe. Dort gab es im obersten Stockwerk eine Fressabteilung, hatte ich gehört. Es kam mir vor, als würde ich ins Schlaraffenland eintreten. Ich bestellte an einem Würstchenstand zwei Krakauer und einen Radler und kam mir wie ein dekadenter Kapitalisten-Schlemmer vor, als ich in die saftigen

Würstchen biss. Schade nur, dass ich hier nicht mit meinem restlichen Ostgeld zahlen konnte. Das musste ich bei einem Kindergeburtstag loswerden.

Erna kam mir wieder in den Sinn. War es ihr Schicksal, den Weißhaarigen von Hohenschönhausen aufzusuchen? Das Schicksal ist unerbittlich. So wie es mein Schicksal offenbar ist, Dorothee zu verlieren. Aber vielleicht kann man das Schicksal bequatschen, vielleicht kann man ihm klarmachen, dass es auch anders geht, dass es Blödsinn ist, was es von einem verlangt. Hey Schicksal, ich bin sehr unzufrieden mit dir! Wir wollen die ganze Angelegenheit doch mal anders laufen lassen! So, dass ich auf der Sonnenseite steh. Stell dich nicht so an und führ Dorothee in meine Arme. Bei Erna und dem Alten hast du es doch auch hingekriegt.

Aber wer war das eigentlich? Dieser Roos musste ein alter Nazi sein. Er hätte ja damals auch mitkommen können, dann wär' er jetzt ein englischer Lord und würde Onkel Heine ersetzen, und ich könnte mit Windhunden in Wales auf die Jagd gehen. Das wäre ne gute Alternative zum Dornengestrüpp von Hohenschönhausen. Der Weißkopf ist aber in Nazi-Deutschland geblieben und hat sich nicht um die schlimme Zeit gekümmert – im besten Fall. Im schlechtesten hat er mitgemacht und den Arm zackig nach oben gerissen. Das musste die kluge Erna doch wissen. Aber sie besuchte ihn heimlich, und niemand wusste etwas davon, nur ich. Mir wurde auf einmal klar, dass ich in diese Vergangenheitsliebe verstrickt war, es wäre besser gewesen, wenn ich meine perverse Neugier unterdrückt hätte. Daheim hätte ich bleiben, ein paar Anzeigen für die Uni-Zeitung akquirieren und Frau Hüth beim Kaltrauchen zusehen sollen. Aber vielleicht wollte mir das Schicksal etwas sagen, vielleicht ist diese ganze Geschichte eine Art Rätselbild, und ich muss suchen und suchen, bis ich mich selbst darin finde, mich und Dorothee. Ich trank meinen letzten Schluck Radler, und eine Menge Moral schwappte in mir auf. Ich fühlte auf einmal einen Widerwillen gegen Erna. Was sie tat, war unanständig. Sie durfte nicht einfach die Vergangenheit aufblättern und so tun, als sei nichts gewesen, sie durfte sich nicht mit diesem Weißkopf nach so langer Zeit einlassen. Das war falsch und schmutzig. Wenn schon ihre Asche nicht an irgendeinem Schornstein klebte, sollte sie sich fernhalten von denen, die die Schornsteine zum Rauchen gebracht hatten. Und als ich mit der Rolltreppe im KaDeWe abwärts fuhr, kam es mir so vor, als habe ich im Fichtenhaus eine Karikatur dessen gesehen, was man Liebe nennt: eine Fratze, die sich über die Zeit erhob und ihr trotzen wollte.

*

Am nächsten Morgen stand ich ziemlich früh mit dem Gefühl auf, kein Auge zugemacht und mich die ganze Nacht herumgewälzt zu haben. Der Rundling an der Rezeption sah mir müde entgegen, als ich vor seinem Tresen erschien.

»Ich muss telefonieren«, sagte ich.

Er deutete mit dem Zeigefinger unter seinen Tresen: »Sie könn' von hier aus telefoniern. Muss aber nich sein. Zu teuer. Jehn Se uff die Straße, fuffzich Meter weiter nach links ham Se 'ne Zelle.«

Ich dankte und wollte gehen.

»Wie lange bleibn Se'n noch?«

Ich zuckte mit den Schultern.

»Ooch jut. Ihr Zimmer iss sowieso en Notzimmer. Unjeeignet für normale Jäste.«

Das hatte ich doch geahnt. Ich war ein Notfall im Notzimmer. Auf der Straße warf ich einen Blick auf meine Armbanduhr. Kurz vor halbneun. Das war für mich normalerweise mitten in der Nacht. Normalerweise. Aber diese Berlin-Fahrt war nicht normal. Ich sollte erst mal frühstücken. Mit leerem Magen ein Gespräch führen, wie ich es vorhatte … nein, zuerst einen Capuccino trinken und was essen.

Ich setzte mich an einen der kleinen Tische im Café gegenüber und hielt Ausschau nach der sommersprossigen Kellnerin von gestern. Stattdessen kam eine andere, auch jung, aber von ausladender Körperfülle. Gar keine Ähnlichkeit mit Dorothee. Nicht mal zum Frühstück wurde man hier erquickt. Ich überlegte, ob ich die Rechnung von gestern nachzahlen sollte, fragte dann aber nach der Kollegin mit den Sommersprossen. Sie komme erst am Nachmittag. Ich bestellte Capuccino und ein Croissant mit Marmelade, und während ich den ersten Schluck trank, überlegte ich mein weiteres Vorgehen.

Ich musste Kontakt mit diesem Weißhaarigen namens Roos aufnehmen, ihn kennenlernen, herausfinden, was er in jener Zeit gemacht hatte, warum er damals zum Bahnhof gekommen war, und weshalb Erna ihn jetzt noch besuchte. Als Student der Geschichte würde ich mich ausgeben ... ich schrieb an einer Doktorarbeit ... worüber eigentlich? Es müsste auf jeden Fall wissenschaftlich klingen, also verquer und unverständlich. Mir fiel das Vorlesungsverzeichnis ein und ein Titel darin, *Die Zeugung der Identität aus dem Geiste der Ambivalenz.* Wunderbar, das war's. An so was arbeitete ich. Ich sollte die Begriffe etwas umstellen, *Die Ambivalenz der Zeugung aus dem Geiste der Identität* – klang auch nicht übel, aber bisschen zu gynäkologisch. Besser vielleicht *Die Identität des Geistes aus der Ambivalenz der Potenz.* Das hörte sich recht wissenschaftlich an. Wissenschaftlich, unverständlich, also unverdächtig. Und wenn Roos fragte, bei wem ich die Arbeit schrieb? Mir fiel nur Dürr ein, der wollte ja sowieso immer überrascht werden. Mit diesem Titel könnte ich es schaffen.

Und wenn der Weißkopf fragte, warum ich gerade ihn interviewen wolle? Statistische Zufallsprobe, würde ich mit fester Stimme antworten. Alle Probanden mussten um die siebzig sein und seien nach dem Zufallsprinzip ausgewählt. Ich dankte meinen löchrigen Statistik-Kenntnissen, nie hätte ich gedacht, dass ich sie mal brauchen kann. Aber vielleicht sollte ich das Thema meiner Arbeit etwas genauer fassen. Die Ambivalenz der Potenz vor und nach 1933. Klang das zu direkt, könnte Roos Lunte riechen? Wenn ich nur wüsste, was dieser Bursche beruflich machte. Ich sollte im Telefonbuch nachgucken. Aber hier gab's keins aus dem Osten. Und wenn er Handwerker war, Anstreicher vielleicht? Dann würde er mich mit großen Augen angucken und mich für eine Pornosau halten, wenn ich ihm mit der Potenz der Ambivalenz käme. Aber er war kein Anstreicher. Erna und ein Anstreicher – unmöglich. Außerdem sprach sein Haus dagegen. Oder wurde man im Bauern- und Arbeiterstaat mit einem Haus in Hohenschönhausen belohnt, wenn man sein Leben gut angestrichen ... vielmehr sein Leben lang gut angestrichen hatte? Ich zog einen Notizblock aus meinem Rucksack und schrieb den Titel meiner Arbeit auf. Und wenn Roos nach meinen Methoden fragte? Ich notierte: Interviews, Augenzeugen, individuelle Zeugnisse, Briefe.

Mit welchem Namen sollte ich mich eigentlich vorstellen? Mir fiel sofort *Stein* ein, Dorothees Nachname. Und als Vorname wählte ich *Ernesto.* Ernesto Stein, das hatte Melodie, das hörte sich nach was an! Es klang nach Kuba, Revolution und Sozialismus. Das würde Roos zum Reden bringen. Die dicke junge Kellnerin näherte sich, ich zahlte und machte mich auf den Weg zur Telefonzelle. Ein Interviewtermin, ja, aber was, wenn Mister Weißkopf erst in drei Wochen Zeit hatte? Dann könnte ich mich drüben einquartieren und in aller Ruhe mein Ostgeld aufzehren. Nein, nein, ich musste die Sache beschleunigen. *Mein Professor hat mich ermahnt, voranzukommen.* Zum Schießen, seit wann mahnen Professoren, sie wissen meist überhaupt nicht, wer woran arbeitet?

Mein Stipendium läuft aus. Genau, das war's. Ich musste mich sputen, die Zeit läuft mir davon, das würde Roos verstehen. Ich kam ja extra aus Mainz.

Ich rief die Vermittlung an. Eine Telefonnummer in Hohenschönhausen, der Teilnehmer hieße Roos. Nein, nicht Rose, Roos mit zwei o. Es klickte in der Leitung, plötzliche Stille, und mir wurde auf einmal mulmig. Was tat ich eigentlich? Ich drängte mich in ein fremdes Leben, spielte mit falschen Karten, war zum Schnüffler verkommen. Glaubte ich wirklich, auf die Art etwas herausfinden zu können? Über die Liebe und die Vergangenheit? Da hörte ich eine männliche Stimme an meinem Ohr: »Roos«.

Ich antwortete mit meinem kubanischen Decknamen, erklärte das, was ich mir zurechtgelegt hatte und bat um ein Interview. Meine Stimme zitterte kein bisschen, und mir kam der Gedanke, dass ich möglicherweise als Johann Bond beim Bundeskriminalamt landen könnte. Nachdem ich meinen Sermon beendet hatte, blieb es auf der anderen Seite stumm. Schließlich hörte ich ein Räuspern: »Ein Interview? Wie war ihr Thema noch mal?« Seine Stimme klang warm, gar nicht unangenehm. Ich wiederholte artig das Thema von der Ambivalenz der Potenz, jetzt schüttelte er offenbar seinen Kopf und dachte, was er denken sollte: dass er es mit einem Wissenschafts-Spinner zu tun hatte. Aber ich sollte vielleicht doch etwas nachlegen, also sagte ich: »Ich möchte Zeitzeugen einbeziehen, zahlreiche Stimmen, eine fundierte Darstellung.«

»Und warum gerade ich?«, fragte er.

Ich dankte meiner weisen Voraussicht, erklärte etwas vom statistischen Zufallsprinzip, den stochastischen Probanden und meinem auslaufenden Stipendium und hoffte die ganze Zeit, dass er nicht auf die Idee kam, Genaueres wissen zu wollen. Ein bisschen bereute ich es, im Fach Statistik versagt zu haben, ich hätte überzeugender sein können. Zu meinem Erstaunen fragte Roos plötzlich: »Wann wollen Sie kommen?«

Ich hätte am liebsten einen Glücksseufzer von mir gegeben, stattdessen hörte ich mich sagen: »Ich könnte heute noch … wenn es Ihnen recht ist.«

»Zwei Uhr, passt Ihnen das?«

»Ja, natürlich.«

»Wissen Sie, wo ich wohne?«

»Äh – nein.«

»In Hohenschönhausen. Sie nehmen den Übergang Friedrichstraße und dann den Bus.«

Ich tat so, als würde ich alles nebenbei mitschreiben und wiederholte den Straßennamen, den er mir nannte. Dann dankte ich und legte auf. Als ich die Telefonzelle verließ, fühlte ich mich wie ein Eroberer. Wie Dschingis Khan hatte ich den Weißkopf überrannt, und er hatte es nicht einmal gemerkt! Aber dann kamen mir Bedenken. Hatte ich wirklich gerade mit dem Geliebten Ernas einen Termin vereinbart, eine Befragung zu Liebe und Vergangenheit? Oder hatte mich der Mann durchschaut und geschauspielert? Vielleicht war Erna bei ihm, hatte ihr Ohr an den Hörer gepresst und ihm zugeflüstert: *Mein*

Neffe. Er spioniert mir nach. Wir müssen herausfinden, was er vorhat. Bestell ihn hierher, noch heute.

Was sollte ich ihr denn sagen, wie konnte ich mich rechtfertigen, wenn ich ihr begegnete. Ich durfte ihr auf keinen Fall begegnen! Ich schlenderte zurück zum Café. Kaum hatte ich mich gesetzt, erschien die üppige Kellnerin: »Dasselbe wie vorhin?«

»Ja«, antwortete ich abwesend, »ja«.

Ich musste mich auf das Gespräch vorbereiten, gründlich vorbereiten, zog Kugelschreiber und Block aus dem Rucksack und schrieb – gar nichts. Nachdenken musste ich, erstmal nachdenken. Was interessierte mich eigentlich am meisten? Die Liebe. Auf jeden Fall. Aber ich konnte unmöglich von der Liebe faseln. Welche Rolle spielt die Liebe bei der Ambivalenz der Potenz? Und stiftet sie eventuell die Identität des Geistes – oder geht sie stiften, wenn sie so einen Murks hört?

Dieser Roos musste doch Sozialist sein, vielleicht war er Antifaschist, ein Hitler-Gegner – so müsste ich anfangen. Ich könnte fragen, warum die Deutschen damals solche Jubelgeier waren, wenn sie den Mann mit dem Schnurrbärtchen sahen – so doll sah er doch nicht aus, und bei den Rolling Stones hat er auch nicht gespielt. Warum der rechte Arm automatisch hochging und Heil gerufen wurde? Wo hatte sich das Heil eigentlich die ganze Zeit herumgetrieben, und weshalb war es nicht viel früher schon nach Deutschland gekommen? Mir fiel meine Mutter ein, die ich öfter schon mit solchen Fragen traktiert hatte, und die mir mal antwortete: »Als der alte

Moshe von einem Auto angefahren wird, eilt ein Pfarrer herbei und fragt leise *Glauben Sie an den Vater, den Sohn und den Heiligen Geist?* Moshe öffnet seine Augen, richtet den Blick nach oben und sagt *Ich bin am Sterben, und er gibt mir Rätsel auf.*«

Was ich auch wissen wollte, immer verklausulierte Mama es. Doch jetzt konnte ich einen Mann ihrer Generation fragen und bekam vielleicht einige Antworten. Antworten der Gegenseite. Dieser Roos musste doch welche parat haben. Ich sollte mit den Begriffen Geist und Zeit jonglieren, und welche Rolle die Liebe spielte. Spielte sie damals eine Rolle? Warum verliebt man sich überhaupt? Weil man ähnlich denkt und sich vom Geist des anderen angezogen fühlt? Weil man den gleichen Humor hat und den anderen zum Lachen bringen kann? Oder verliebt man sich, weil die Person ganz anders ist als man selbst, und sie eben deshalb unser Interesse erregt? Bei Dorothee war es alles zusammen, sie übte eine rätselhafte Anziehungskraft auf mich aus – und wieso benutze ich eigentlich die Vergangenheitsform, wenn ich an sie denke?

Mischa, ermahnte ich mich, wo ist dein Verstand geblieben? Du musst bohrender werden! Welche Fragen konnte ich Roos stellen? Ich notierte in mein Blöckchen:

– Dachten Sie beim Begriff Umsiedlung an Gartenhäuschen im Grünen, beim Ausdruck Sonderbehandlung an eine Extra-Portion Butter und bei der Vokabel Endlösung an die Auflösung eines schwierigen Kreuzworträtsels?

– Kann Deutschland nur gut erwachen, wenn andere Völker mit bösen Träumen im Schlaf versinken?

– Ist Antisemitismus gut für den Stuhlgang, oder führt er zur Verstopfung?

– Erinnert Sie ein aufgenähter gelber Stern an die drei Könige aus dem Morgenland, und riechen Sie dabei Myrrhe und Weihrauch?

– Ist Gott für Sie eine notwendige Denkhilfe oder eine überflüssige Vorstellung aus der Zeit der Brandopfer?

– Was passiert mit der Seele, wenn sie beim Tod aus einem Schornstein entweicht, und wie wird sie damit fertig?

– Widersprechen sich die Begriffe Arisierung und Wiederjudmachung oder ergänzen sie sich?

– Kann es Liebe geben zwischen Germanen und Semiten, zwischen Leuten mit kaukasischen und äthiopischen Schädeln?

– Wenn ja, was geschieht mit der Liebe in Zeiten, in denen nur kaukasische Schädel geduldet werden? Muss man auf äthiopische Zeiten warten?

Genug fürs Erste. Ich rief nach der Kellnerin. Eigentlich hatte ich noch genügend Zeit, um rüber zu machen in den Osten zu Mister Weißkopf, aber ich hielt es nicht länger auf meinem Stuhl aus. Ich zahlte und wanderte die Straße hinab. Kurz vor der Kreuzung blieb ich stehen. Schräg vor mir auf der anderen Straßenseite sah ich sie – Erna. Mit ihrem kleinen zackigen Schritt steuerte sie auf die U-Bahn-Station zu und verschwand in einer Menschentraube. Ich hastete über den Zebrastreifen hinterher und achtete nicht auf die rote Ampel.

Ein Auto kam hinter mir quietschend zum Stehen. Ich rettete mich gerade noch auf den Bürgersteig. Wo war Erna? Auf der Kantstraße schoben sich die Massen voran. Ich drängte mich an einem Pulk vorbei, blieb stehen, reckte den Kopf. Da sah ich hinter der Auslage eines Bekleidungsgeschäfts ihre hellbraune Baskenmütze. Sie war nicht die U-Bahn-Station hinabgestiegen, sie musste ein anderes Ziel haben. Für einen Einkaufsbummel waren ihre Schritte jedenfalls nicht bummelig genug. Wohin wollte sie? Mir kam ein abstruser Gedanke. Vielleicht war sie dabei, Erkundigungen über ihren Geliebten einzuholen, wollte seine Vergangenheit ausforschen, vielleicht war all das, was ich gesehen hatte, nur gespielt. Was hatte ich denn schon vom Garten aus gesehen? Eine Umarmung. Das musste nichts bedeuten. Sie wollte Roos in Sicherheit wiegen und ließ sich deshalb von ihm umarmen. Doch in Wirklichkeit war sie im Begriff, ihm die Maske vom Gesicht zu reißen. Ich freundete mich mit dieser Vorstellung an, sie war mir ziemlich sympathisch, doch gleichzeitig schoss mir ein anderer Gedanke durch den Kopf. Waren Frauen nicht unberechenbar? Waren es nicht unbeständige und wankelmütige Wesen? Ich hatte es doch gerade bei Dorothee erlebt. Wie viele Frauen hatten schon Schwerverbrecher aus dem Gefängnis heraus geheiratet und bis heute weiß keiner, warum. Wer weiß, vielleicht gehörte Erna auch in diese Kategorie. Vielleicht wollte sie den Weißkopf von der DDR freikaufen.

Sie überquerte einen Zebrastreifen. Auf der anderen

Straßenseite lief ich im Schutz eines breiten Rückens hinter ihr her. Das ging eine ganze Weile gut, bis Erna nach links abbog, der breite Rücken aber stur geradeaus weiterging. In der Seitenstraße waren Passanten Mangelware, ich musste Abstand halten. Mein Termin kam mir in den Sinn, lange konnte ich ihr nicht mehr folgen. Jetzt verschwand sie in einer anderen Straße. Ich trabte ihr nach. Wenigstens noch einen Blick wollte ich riskieren.

Als ich die Ecke erreichte, erkannte ich, wo sie hinwollte. Fünf Meter entfernt lauerte eine grüne Minna. Zwanzig Meter weiter standen drei Polizisten mit Maschinenpistolen. Das Gebäude, das sie bewachten, trug einen Davidstern über dem Eingang. Na klar, wo sonst musste man die Bullen so massiert aufmarschieren lassen. Vielleicht noch beim Konsulat der USA oder beim Generalbundesanwalt, um ihn vor Terroristen zu schützen. Der Mann hatte ja noch nie solche Angst wie jetzt. Sogar beim Essen wurde er bewacht, und wenn er sein Schnitzel anschnitt, musste er befürchten, dass es explodierte. Aber vor wem musste man eigentlich eine Jüdische Gemeinde schützen? Ich sah, wie sich Erna bei einem Polizisten auswies und im Haus verschwand. Die Spannung fiel von mir ab. Sie erledigte also tatsächlich etwas Berufliches in Berlin. Ich war enttäuscht. Hätte sie nicht zum Bundesarchiv gehen können oder zu sonst einem Amt, das die Vergangenheit verwaltet? Hatte sie daran kein Interesse? Genau wie meine Mutter, die auch nicht wissen wollte, was ihre Nachbarn früher getan hatten. Oder mein Vater, der durch Schweigen und mit Limbatril alle

Aufregung von ihr fernhielt. Sie taten alle gerade so, als wären sie erst in den 50ern geboren, die Zeit davor hatten sie abgeschnitten.

Ich lebe in einer Kunstwelt, ging es mir durch den Kopf, die Alten verweigern jede Erinnerung, die Jungen haben keine. Ich lebe in einer Welt von gedächtnislosen Dreißigjährigen. Und die Polizisten vor dem Haus waren noch jünger, die dachten vielleicht, das Haus mit dem Stern ist eine Schweizer Privatbank, die sie vor Überfällen schützen mussten. Ich sollte zu ihnen gehen und ein bisschen Aufklärung treiben: Die Welt ist jung, gerade erst geboren, die Menschen in West und Ost recken sich zu schönster Humanität, niemand ist in Gefahr, ihr könnt heimgehen, die Privatbank ist leer, es gibt nichts zu bewachen außer dem rasenden Stillstand.

Ich drehte mich um und ging die Straße zurück. Erna war in ihrer bewachten Gemeinde verschwunden, und wenn sie wieder herauskam, würde sie ihren alten Weißkopf umarmen. Als ich die Spichernstraße erreichte, fühlte ich mich ausgelaugt, als wäre ich tagelang durch die Wüste marschiert. Ich steuerte die nächste Kneipe an, bestellte eine Cola und schüttete sie wie Medizin herunter. Neben mir hielten sich Tagberauschte, Schnapsdrosseln und Duselaffen am Tresen fest, die im Dunst dieser Räucherkammer der Wirklichkeit entfliehen wollten.

Mein Blick fiel auf die Uhr, ich musste mich sputen. Als ich in der U-Bahn zur Friedrichstraße saß, kam es mir so vor, als wäre das meine Hausstrecke. Diesmal saß ein anderer Kontrolleur im Tunnel-Kabuff, ich legte sofort Reisepass und zwanzig Mark auf den Tresen. Das war ihm recht, und er händigte mir als Gegengabe wieder einen Spielzeug-Geldschein aus. Als ich auf der anderen Seite nach oben ging, fragte ich mich, wie ich den wohl klein kriegen könnte. Vielleicht sollte ich mir ein paar Broiler dafür kaufen, sie im Mülleimer versenken und dem Vopo einen Zaubertrick vorführen, indem ich sie als alte Brotkrusten wieder hervorholte.

18 Unpolitisches Denken ist Feigheit

Ich vertrat mir die Füße. Es war zehn vor zwei, und ich wollte auf keinen Fall vor der Zeit am Haus klingeln. Das sah nach Übereifer aus, das könnte Mister Weißhaar misstrauisch machen. Also genoss ich die Hohenschönhausener Friedhofsruhe und machte Atemübungen, die ich in einem Yoga-Kurs mal gelernt hatte. Das sollte inneren Frieden bringen. Ein paar Minuten vor zwei beschloss ich, dass mein innerer Frieden perfekt war und schritt auf das Fichtenhaus zu.

Ich war Kandidat der Geschichtswissenschaft, angehender Wissenschaftler, also durch und durch objektiv. Bedenken stiegen in mir auf. Vielleicht war Roos ehemaliger Geschichts-Professor und nutzte die Gelegenheit, mich zu examinieren? Als ich vorm Eingang stand, kam es mir auf einmal so vor, als würde ich mich in die Höhle des Löwen wagen – und meine Waffen bestanden aus nichts anderem als einem Fragenkatalog. Ich drückte auf den Klingelknopf. Nichts tat sich. Hatte er es sich anders überlegt? Vielleicht Kumpane von damals eingeladen. Und gab ihnen gerade in einem Nebenzimmer letzte Anweisungen? Jetzt ertönte ein Summen. Ich konnte nicht mehr zurück, drückte das Tor auf und näherte mich dem Haus. Kurz bevor ich die Haustür erreichte, wurde sie geöffnet. Im Türrahmen stand jener Mann, den ich bereits flüchtig kannte. Er war größer, als vom Garten aus zu sehen war, und das Auffallendste an ihm war seine Nase, ein mächtiger Zinken, der wie ein Horn in die Welt ragte. Sein Haar kam mir im ersten Moment wie eine Perücke vor, es war so dicht und weiß wie sie die gräflichen Typen aus dem 18. Jahrhundert trugen. Aber es war echt, wie ich an den Geheimratsecken erkannte. Durch eine tropfenförmige Brille mit Messinggestell musterten mich graublaue Augen.

»Guten Tag«, sagte ich, »Ernesto Stein«.

»Roos«, erwiderte er knapp und reichte mir die Hand, die weich und zugleich zupackend war. Er bedeutete mir, ihm zu folgen und durchquerte einen Flur, von dem eine halb geöffnete Tür in eine Küche und eine Treppe nach oben führte. Wir erreichten das Wohnzimmer, die linke Wand beherbergte ein bis zur Decke reichendes Bücherregal, das unter der Last zu ächzen schien. In der Ecke standen ein bequemes Sofa und ein Sessel, dazwischen ein niedriger Holztisch. Es war jener Raum, den ich vom Garten aus schon gesehen hatte. Mein Blick fiel auf ein Bild, das an der Wand hinterm Sofa hing. Ich kannte die Malweise, ich wusste sofort, von wem es stammte. Max Beckmann hieß der Maler, und sofort stiegen Erinnerungen in mir auf. Ich ging einen Schritt näher heran. Die Bildmitte zeigte einen umgestürzten kahlen Baum, darunter lag ein Mensch wie begraben, das Gesicht schaute voller Not unter einem Ast hervor. Links eine große Leiter an einem Laubbaum. Ich starrte auf das Gemälde, bis ich die Stimme von Roos hörte: »Beckmann, Gewitterlandschaft. Eines meiner Lieblingsbilder.« Wann hatte Beckmann das gemalt? fragte ich mich. Seine Arbeiten gehörten doch zur entarteten Kunst. Warum hing es bei Roos? Und war es ein Original?

»Manche Bilder will man um sich haben, ohne es erklären zu können«, hörte ich seine Stimme. »Nehmen Sie doch Platz.«

Ich ließ mich in den Sessel nieder. Roos fragte: »Was möchten Sie trinken?«

»Ein Glas Wasser bitte.«

Der Weißhaarige verließ den Raum. Ich stellte meinen Rucksack neben den Sessel und schaute aus dem großen Fenster nach draußen. Dort am verwilderten Baum war ich ins Reich der Hohenschönhausener Ameisen eingedrungen, den Biestern blieb gar nichts anderes übrig, als sich auf mich zu stürzen. Ich sah angestrengt in den Garten hinaus, als würde sich auch jetzt jemand dort verstecken. Vielleicht Erna, die mich und Roos heimlich beobachtete?

Der Geliebte Ernas kam mit einem kleinen Tablett in den Händen zurück, auf dem ein Glas Wasser und eine Tasse Kaffee standen. Er setzte es auf dem Holztisch ab, stellte das Glas vor mich und ließ sich auf dem Sofa nieder.

»Wie war noch mal der Titel Ihrer Arbeit, irgendwas mit der Identität der Ambivalenz?«

Ich nickte: »Vor und nach 1933«.

Er lachte leise und räusperte sich: »Entschuldigen Sie, aber dieser Wissenschaftsbetrieb … ein Freund von mir promovierte mal über das Thema *Thermodynamik und Entropie als poetologische Chiffren*. Verstehen Sie das?«

»Nein«, antwortete ich, »überhaupt nicht«.

»Bravo, dann ist noch nicht alles verloren. Sie promovieren hier in Berlin?«

»Nein«, sagte ich, »ich komme aus Mainz und bin schon überfällig. Mein Stipendium läuft aus.«

War diese Auskunft vielleicht überflüssig? Ich war ja schon bei ihm, und er nahm sich Zeit.

Roos fasste sich mit einer weit ausholenden Bewegung an sein rechtes Ohrläppchen und rieb es mit Daumen und Zeigefinger: »Dann sollten wir keine Zeit verlieren.«

Ich griff nach meinem Rucksack und öffnete ihn. Er sah mir verwundert zu.

»Rucksäcke sind heute üblich an der Uni, sind leichter zu tragen«, erläuterte ich.

Er nickte: »Verstehe, Kollegmappen sind perdu.«

»Ich habe mir einige Fragen notiert«, sagte ich. »Aber zuerst einmal brauche ich persönliche Daten von Ihnen, Name, Geburtsdatum und so weiter.«

Sein Blick, eben noch freundlich, veränderte sich ins Misstrauische: »Werde ich als Person in Ihrer Arbeit erfasst?«

Ich merkte, dass ich einen Fehler gemacht hatte: »Wenn Sie nicht persönlich genannt werden wollen, dann natürlich nicht. Ich brauche die Angaben nur für meine eigene Statistik und als Nachweis.«

»Gegenüber Ihrem Professor? Sonst könnte er glauben, dass Sie mich erfunden haben.«

Er wirkte ausgesprochen ernst bei diesen Worten, und ich stimmte ihm ebenso ernst zu.

»Eberhard Roos, geboren am 7. September 1911 in Bonn.«

»Danke«, sagte ich, machte eine Notiz und murmelte: »Konfession?«

»Ich war mal evangelisch«, antwortete er.

Sollte das heißen, dass er jetzt Buddhist ist oder an nichts mehr glaubt. Wahrscheinlich glaubte er an den Sozialismus und die Vopos der Deutschen Demokratischen Republik.

Ich nickte stumm und notierte, während mein Blick auf meinen Fragenkatalog fiel. Aber bloß nicht vorpreschen.

»Und Ihr Beruf bitte?«

»Wirtschaftsprüfer. Ich war Wirtschaftsprüfer.«

Ich notierte, und Roos sprach weiter: »Ein ziemlich junger Beruf. Es gibt ihn erst seit 1931. Da kam es zu einer Aktienrechtsreform. Vorausgegangen war der Schwarze Freitag. Die Weltwirtschaftskrise hatte in Deutschland üble Folgen. Gefälschte Bilanzen, getäuschte Gläubiger, betrogene Aktionäre. Die Reform des Aktienrechts rief den Wirtschaftsprüfer ins Leben.«

Lukrativer Erwerbszweig, dachte ich, denn ich wusste, dass der Prüfer von denen bezahlt wird, die er begutachtet.

»Ich habe darüber gelesen«, log ich und tat so, als wäre mir das Aktienrecht geläufig.

Er machte eine wegwerfende kleine Handbewegung, als wolle er andeuten, dass eine Aktienrechtsreform nicht unbedingt zu den wissenswerten Dingen dieser Welt gehörte und nahm einen Schluck Kaffee.

»Bedeutsam daran war, dass fortan nur ein Wirtschaftsprüfer die Jahresabschlüsse von Aktiengesellschaften kontrollieren durfte. Er musste unabhängig, selbstständig und unbestechlich sein, das waren die Voraussetzungen.«

Alles fromme Lügen, dachte ich, Aktiengesellschaften sind doch nur deshalb wichtig, weil da Aufsichtsratsposten an abgehalfterte Politiker zu verteilen sind. Gleich wird er mir erklären, wie die Weltwirtschaft funktioniert. Alles ist miteinander verflochten, das weiß ich schon.

»Und Sie haben auch im Dritten Reich als Wirtschaftsprüfer gearbeitet?«, fragte ich.

Roos nickte: »Bis vor zwei Jahren. Zuletzt beim Wirtschaftsministerium.«

»Hier in der DDR?«, fragte ich erstaunt.

»Auch die Zentralverwaltungswirtschaft braucht Kontrolle. Jetzt bin ich pensioniert. Ab und zu noch beratend tätig.«

Der Mann ist ein Kontrolleur, ging es mir durch den Kopf, gleich wird er mir das Kreditsystem erklären. Dass es auf der Annahme fußt, Schuldner würden gepumptes Geld zurückzahlen. Aber daran glaubt nur der Gläubiger, daher kommt ja sein Name. Vielleicht hat er hier in der DDR Methoden entwickelt, Gläubigern zu ihrer Penunze zu verhelfen, hat die Daumenschrauben wieder eingeführt, den Pranger, die Vierteilung. Alles natürlich hinter den Mauern von Stasi-Gebäuden. Und er hat öffentlich um Vertrauen für die Kreditwirtschaft geworben, wie das so üblich ist. Aber ich musste ihn locker machen, durfte ihm nicht in die Parade fahren, sollte er doch weiter Lügenmärchen erzählen.

»Aber damals«, stellte ich fest, »gab es doch bestimmt eine Prüfung für diesen neuen Beruf. Musste man Wirtschaftswissenschaften studieren?«

»Natürlich, in Deutschland braucht man doch für alles ein Examen.«

Roos' Worte klangen ironisch. Er nahm seine Brille ab: »Ich lebte damals im Rheinland und wurde an die Kölner Universität bestellt. Ich hatte Philosophie und Nationalökonomie studiert, schon Examen gemacht. Aber jetzt musste ich zusätzlich zwei Klausuren absolvieren und eine mündliche Prüfung. Bei Professor Schmalenbach.«

Er sprach den Namen mit Nachdruck aus. Als ich keine Reaktion zeigte, fügte er an: »Die Kapazität damals.«

Gutes Gedächtnis, dachte ich und fragte mich, ob ich in vierzig Jahren noch wüsste, bei wem ich in Statistik durchgefallen war.

Ich zog eine anerkennende Miene: »Schweres Examen?«

Das war genau die richtige Frage, denn das Gesicht von Roos leuchtete auf: »Wenn ich mal ein bisschen angeben darf. Von den fünf Kandidaten, die zur Prüfung zugelassen worden waren, bestanden zwei, einer davon war ich. In den dreißiger Jahren existierten in ganz Deutschland etwa sechzig Wirtschaftsprüfer, mehr nicht.«

Der Mann war stolz auf sich. Er wollte mir mitteilen, dass er einer Elite angehörte. In mir stieg Abneigung auf.

»Der Schwarze Freitag hatte doch schlimme Auswirkungen für die Bevölkerung …«, lockte ich ihn.

»Sie haben Recht. Banken wurden illiquid, Firmen brachen zusammen, sehr viele verloren ihre Arbeit. Die Situation war miserabel.«

»Und da kam ein Mann namens Hitler.«

Würde er mir jetzt die alte Mär auftischen vom Retter mit dem kleinen Bärtchen?

Seine Stimme blieb ungerührt: »Ich habe Hitler sprechen gehört. Ende 1933. Im Industrie-Club in Düsseldorf. Man hatte ihn eingeladen, um seine wirtschaftspolitischen Vorstellungen kennenzulernen. Die Stimmung zu Beginn war eisig. Er bekam zum ersten Mal Beifall, als er erklärte, am Privateigentum festhalten zu wollen. Aber wissen Sie, an welcher Stelle man ihm wirklich starken Beifall zollte …?«

Ich schüttelte den Kopf.

»Als er über den Versailler Vertrag redete und feststellte, dass das deutsche Volk versklavt würde, wenn es so weiterginge. Da hat er die Wirtschaftsbosse auf seine Seite gezogen.«

»Auch Sie?«

»Ja … auch mich.«

Der Bursche ist ehrlich, ging es mir verblüfft durch den Kopf, das hätte er nicht zu sagen brauchen, er hätte irgendwas von Selbstzweifeln faseln können, aber Roos sprach schon weiter: »Soll er es doch probieren, dachte ich. Wenn er versagt, wird man ihn abservieren.«

Er nahm seine auf dem Tisch abgelegte Brille in die Hand, setzte sie aber nicht auf, sondern blickte durch das Fenster in die Ferne. Ich dachte, jetzt überlegt er, wie er seinen Fehler korrigieren kann. Nach einer Weile hörte ich seine Stimme: »Hitler nutzte die Ängste seiner Zuhörer, um sie einzufangen. Seine Reden waren verführerisch. Aber seine Versprechungen führten in den Abgrund.«

Ich fragte spitz: »Wann ist Ihnen das klar geworden?«

Sein Blick kehrte zu mir zurück: »Am 8. November 1938.«

Ich überlegte, war das nicht ...

»Die sogenannte Reichskristallnacht«, sprach er weiter.

»Wie haben Sie sie erlebt?«

»Gar nicht. Ich war in Paris, geschäftlich, aber ich habe es erzählt bekommen, von Freunden.«

»Und wie haben Sie reagiert?«

Sein Blick ging wieder auf Wanderschaft, glitt unruhig durchs Zimmer, als suche er etwas, woran er sich festhalten könne.

»Ich habe nicht reagiert«, erwiderte er schließlich zaghaft.

Er nahm seine Tasse in die Hand, als wolle er trinken.

Ich sagte heftig: »Sie haben in den blauen Himmel geschaut wie Millionen anderer!«

Roos setzte die Tasse ab, ohne einen Schluck genommen zu haben. Er sah auf die Tasse herunter, als hätte die gesprochen.

»Lebten Sie zu der Zeit schon in Berlin?«

Ich schob die Frage schnell und scheinbar sachlich hinterher.

»Ja, seit einem Jahr … aber Sie haben Recht mit dem Himmel.«

Er wirkte etwas deprimiert – war das gespielt oder echt?

»Waren Sie eigentlich verheiratet?«, fragte ich.

Er sah mich verwundert an: »Ich war damals schon verheiratet … ja … meine Frau ist vor vier Jahren gestorben.«

Und wann hat er Erna kennengelernt, überlegte ich, es musste Ende der Dreißiger gewesen sein. Sie war seine Geliebte, das war es!

Roos sprach weiter, und mir kam es so vor, als wollte er seine Bedrücktheit fortreden: »Nachdem die Nationalsozialisten an die Macht gekommen waren, herrschte eine Stimmung des Abwartens-und-Tee-Trinkens, vor allem Konservative glaubten, dass man Hitler an der langen Leine halten konnte. Viele schauten auch nach Italien, wo Mussolini Triumphe feierte und sogar von deutschen Liberalen wie Theodor Wolff bewundert wurde. Wolff war immerhin Chefredakteur des Berliner Tageblatts.«

Ein leiser Ärger stieg in mir auf. Jetzt kam mir Roos mit einer Geschichtsstunde, die im Grunde eine Rechtfertigung war. Ich hatte keine Lust, darauf einzugehen.

»Wie war Ihre Einstellung?«, fragte ich.

Er antwortete, ohne zu zögern: »Ich war konservativ. Ich dachte lange, dass der Weg mit Hitler richtig sei.«

Es wurde für einen langen Moment still im Zimmer,

und ich hörte die Vögel draußen zwitschern. Mister Weißkopf hatte immerhin die Courage einzugestehen, dass er an den Mann mit dem Bärtchen geglaubt hatte.

»Viele haben damals gehungert«, durchbrach Roos die Stille, »Wohlhabende wurden auf offener Straße angespuckt. Die Kommunistische Partei hatte massenhaft Zulauf. Fast alle waren der Meinung, dass etwas getan werden muss für Ordnung und Wohlstand …«

Ich unterbrach ihn: »Auch Sie?«

Er nickte: »Ja, auch ich.«

In mir rumorte es. Roos gehörte dazu, er war einer von ihnen, deshalb speiste er mich mit allgemeinen Erklärungen ab.

»Ich habe lediglich Parteien gesehen, die sich von früh bis spät mit Dreck bewarfen!«, stieß er hervor, »impotente Politiker, die mit leeren Begriffen jonglierten und das Chaos nicht beseitigten.«

»Sprechen Sie von Leuten wie Walther Rathenau?«, fragte ich scharf.

»Vom Ende der Weimarer Republik spreche ich. Dieser Staat bestand nur noch aus Zigarettenqualm und schlechtem Parfüm, er ruinierte Zehntausende von Existenzen. Da war keine Zukunft, nur Haltlosigkeit und Schwäche.«

»Die Gegner der Demokratie haben ihn doch schwach gemacht!«, fuhr ich auf, »vor allem die Konservativen! Sie haben Hitler in den Sattel gesetzt. Sie haben das ganze Unheil verursacht!«

Der Blick von Roos schweifte wieder in die Ferne, als

wollte er in die Vergangenheit schauen, um meine Einwürfe zu überprüfen. Schließlich sagte er leise: »Ich hatte falsche Erwartungen … ich glaubte an eine wahre Erneuerung …«

»Wann hat sich Ihre Einstellung geändert?«

Meine Frage hörte sich wie ein Pistolenschuss an.

»Die Nürnberger Gesetze«, erwiderte er langsam. »Man wollte den Juden an den Kragen.«

Jetzt war das Wort draußen. Er hatte es wahrhaftig ausgesprochen. Bei uns in der Bundesrepublik hatte ich immer den Eindruck, dass das Wort Jude vermieden wurde, als würde man damit etwas Obszönes benennen, eine Sauerei, die man einfach nicht in den Mund nimmt.

»Sie meinen die Leute mit den äthiopischen Schädeln im Gegensatz zu den arischen Ureinwohnern mit kaukasischen Schädeln?«

Er sah mich irritiert an.

»Ein gelber Stern auf dem Mantel hat Sie vielleicht an die drei Könige aus dem Morgenland erinnert?«, fragte ich.

Roos nahm die Ironie hin, trank einen hastigen Schluck vom Kaffee, der längst kalt sein musste: »Ich weiß, was Sie meinen … Und Sie haben als junger Mann das Recht, so zu fragen. Der aufgenähte gelbe Stern … hat mich beschämt.«

Ist das alles! Beschämt? Wie ein Großgrundbesitzer hat er von seinem Pferd auf die armen Juden heruntergeschaut und war beschämt, ihren dürftigen Anblick ertragen zu müssen. Ich sah ihm zornig in die Augen: »Und bei der Vokabel Endlösung dachten Sie an die Auflösung eines schwierigen Kreuzworträtsels?«

Roos sah mich erschrocken an, als würde er merken, dass kein Wissenschaftsheini aus einer jüngeren Generation vor ihm saß, sondern jemand von der anderen Seite, der nicht-arischen, der jüdischen. Vielleicht war er bei der SS oder einer ähnlich verdienten Organisation gewesen, dachte ich, vielleicht hat er Juden in Polen erschossen.

»Ich habe den Krieg nur drei Wochen mitgemacht«, sagte er, als hätte er meine Gedanken gehört, »an der holländischen Grenze. Dann wurde ich krankgeschrieben. Die Galle. Ich arbeitete daheim als Wirtschaftsprüfer.«

»Und Sie haben einen gesunden Schlaf gehabt?«

»Hören Sie, es ist einfach, aus dem zeitlichen Abstand zu urteilen … aber es ist schwer …« Er stockte.

»Kannten Sie eigentlich persönlich Juden?«

Sein Blick streifte ruhelos durchs Zimmer, als suche er etwas, das er nicht finden konnte. Ich wollte auf den springenden Punkt kommen, wusste aber nicht wie, schließlich fragte ich: »Kann es Liebe geben zwischen Juden und Nichtjuden?«

»Natürlich«, antwortete er.

»Aber die Juden mussten fort oder sind fortgebracht worden, wo bleibt dann die Liebe? Ist sie auch aus einem Schornstein geflogen?«

Er sah mich ernst an, bevor er antwortete: »Die, die ich kannte, haben sich retten können. Glücklicherweise. Nach England.«

»Warum sind Sie nicht mitgegangen? Sie haben doch das Regime durchschaut.«

»Ich war verheiratet«, sagte Roos langsam, »ich konnte nicht. Vielleicht war es auch … mein Denken war unpolitisch.«

Ich beobachtete ihn mit düsterem Gesicht: »Ihr Denken war unpolitisch? Vorhin sprachen Sie doch von der Verführungskraft Hitlers. Man musste etwas tun gegen den Zigarettenqualm und das Parfüm. Dieser Mann war angeblich die letzte Chance des deutschen Volkes. Können Sie mir den Widerspruch erklären?«

»Es ist ein Widerspruch«, sagte er schwach, »aber …«

»Es gibt überhaupt kein unpolitisches Denken!«, fuhr ich auf, »das ist nichts als eine billige Ausrede. Unpolitisches Denken ist Feigheit und akzeptiert auch das Massengrab von Unschuldigen.«

Ich hatte mich in Rage geredet und sah ihn an, als wollte ich ihn zum Duell fordern. Jetzt sagte er: »Sie gehen zu weit, junger Mann. Sie haben die Zeit nicht miterlebt.«

Aber ich konnte mich nicht mehr bremsen: »Sie hatten eine jüdische Geliebte. Sie haben sie verraten und die Liebe auch.«

Ich sah Roos zornig an. Ein alter Mann saß vor mir, dem eine weiße Strähne in die Stirn fiel – aber wie hatte er vor vierzig Jahren ausgesehen? War er mit blitzenden Augen auf die Straße gestürmt und hatte mit fanatischer Stimme »Heil« gebrüllt?

»Ich muss gehen«, sagte ich schroff, steckte meine Unterlagen in den Rucksack und stand auf. Roos nickte und erhob sich schwerfällig, aber ich wartete nicht, bis er mich zur Tür brachte. Ich eilte mit schnellen Schritten durch den Flur und warf die Haustür von außen ins Schloss.

19 Die Wolkenschieberin

Fragt ein SS-Mann einen gefangenen Juden: »Welches meiner beiden Augen ist aus Glas? Errätst du es, lasse ich dich laufen.« Der Jude ohne zu zögern: »Das linke.« Staunt der SS-Mann: »Stimmt. Wie hast du das so schnell erkannt?« Antwortet der Gefangene: »Es hat mich so menschlich angeschaut.«

Onkel Heine hatte mir den Witz in Bad Homburg erzählt. Jetzt, wo ich auf den Bus in Hohenschönhausen wartete, fiel er mir wieder ein. Vielleicht war Roos jener SS-Mann, wer wusste das schon. Ich fühlte mich ausgetrocknet, das Glas Wasser bei ihm hatte ich nicht angerührt. Außerdem brauchte ich Bewegung, ich konnte nicht länger hier herumstehen. Also ging ich die leere Straße hinunter, irgendwo würde schon die nächste Haltestelle auf mich warten. Ich durfte unterwegs nur keinen Broiler wegwerfen, sonst wurde ich am Ende von einem Vopo erschossen, weil es doch in diesem Staat ausschließlich gewaltfrei zuging. Wie hatte der Weißkopf gesagt? Er glaubte an eine wahre Erneuerung … das war auch der Grund, weshalb er hier in Ostberlin lebte. Er glaubte schon wieder daran. Immer wieder an ein dämliches Heil glauben, immer wieder den besseren Staat wollen, immer wieder den Messias herbeisehnen. Ich erschrak. Sehnten nicht auch die Juden den Messias herbei? Gab es etwa Ähnlichkeiten? Doch der Messias der Juden ist nicht von dieser Welt, der deutsche Messias dagegen schon, er heißt mal Hitler und mal Honegger.

Aber war Roos wirklich der, der er vorgab zu sein? Hatte er die Wahrheit gesagt? Eben noch erschien mir plausibel, was er erzählt hatte, jetzt zweifelte ich daran. War es möglich, dass Roos die ganzen zwölf Jahre als Wirtschaftsprüfer verbracht, sich weggeduckt und über seine Bilanzen gebeugt hatte? Vielleicht wollte er auf harmlos machen und sich mit seiner Buchprüferei aus der Zeit stehlen. Seht her, ich prüfe nur Bilanzen, ich bin unschuldig und hab's so an der Galle, dass mir ein Gewehr sofort aus der Hand fällt!

Vielleicht hat er die Galle nur erfunden und alles andere auch. Verschlagenheit kann man immer mit Vernunft tarnen. Und irgendeine kleine Vernunft hat ja jeder. Der Vernünftige passt sich der Welt an, der Unvernünftige will die Welt sich anpassen. Also hängt aller Fortschritt von den Unvernünftigen ab – so denken jedenfalls die guten Menschen, die in Wirklichkeit lediglich Ich-Ideologen sind. Aber warum die Beziehung zu Erna? Das hätte er sich doch ersparen können, dieses Liebesverhältnis zu einer Frau mit äthiopischem Schädel? Und die Verabschiedung am Bahnhof war eventuell etwas riskant für ihn, ein damaliger Vopo hätte ihn ertappen und fragen können, was er da wegwirft. Und Roos hätte noch nicht mal eine Tüte mit Brotkrusten aus dem Zug ziehen können.

Ich tappte mittlerweile an immergleichen Häuserblocks und grauen Fassaden vorbei. Bei strahlender Sonne und sechsundzwanzig Grad wanderte ich der Mauer entgegen, und die Welt kam mir düster vor. Erwartete ich etwa heroisches Handeln, hätte ich damals den Helden gegeben, wäre ich gegen das System angerannt? Eher nicht, obwohl ich einen Hang zum Widerspruch habe, und ein Held zu werden, kann erstrebenswert sein, man wird dekoriert, geht in Geschichtsbücher ein, bekommt eine lebenslange Pension – aber all das nur, wenn man nicht vorher an die Wand gestellt wird. Traurig das Land, das Helden braucht. Genauso traurig das Land, das keine hat. Denn sollten wir nicht alle mal den Helden spielen? Nur tote Fische schwimmen mit dem Strom, einmal gegen den Strom zu schwimmen, genügt, einmal widersprechen und nicht hinnehmen. Hätte ich diesen Weißkopf nicht am Kragen packen und die Wahrheit aus ihm herausschütteln können? Doch bei Intellektuellen wirken körperliche Züchtigungen weniger gut als psychologische Methoden. Auch da hatte ich versagt. Fangfragen hätte ich stellen sollen, raffinierte Fangfragen, bis der Wirtschaftsprüfer sich in seinem Lügengespinst verheddert hätte und zusammengebrochen wäre.

Ich stand vor dem Tunnel an der Friedrichstraße und schleuste mich nach West-Berlin. Erst auf der anderen Seite fiel mir auf, dass ich mein Spielzeuggeld gar nicht verbraucht hatte. Ich beschloss, es für eventuelle Enkelkinder aufzuheben. Seht mal, was ich da habe, Spielzeuggeld aus meiner Jugend!

Am Bahnhof Zoo stieg ich aus der U-Bahn und wanderte ziellos über den Busbahnhof. Vor mir tauchte ein Kino auf, ich löste eine Karte und verschwand im Dunkel des Saales, tastete mich in eine vordere Reihe und ließ mich in einen Sitz fallen. Auf der Leinwand sah man eine Frau beim Mohrrübenschälen, sie sagte gerade zu jemandem, der nicht im Bild war: *Du hast immer nur Schlechtes in den Menschen gesehen, auch heute noch misstraust du allen Leuten. Du warst nie richtig mit der Welt im Einklang.*

Meinte die Frau mich? Und wenn schon, warum sollte ich mit allem und jedem im Einklang sein? Es gibt Wichtigeres als den Einklang. Warum sollte ich die Erzählung von Mister Weißkopf akzeptieren, wenn sich alles in mir sträubte? Ich verlor mich eine Weile in Grübelei und achtete nicht mehr auf den Film. Als ich wieder zur Leinwand schaute, sah ich dort Roos in einem Kleppermantel mit Totenkopf-Offiziersmütze auf dem Kopf. Er sah auf mich herunter und befahl mir fünfzig Liegestützen. Ich rief zu ihm hoch: *»Gewaltgymnastik liegt mir nicht. Und Ihre Mütze gefällt mir erst recht nicht.«*

»Glaubst du, das ist ein Liebesfilm?«, fragte er.

»Ich habe es gehofft, aber Sie passen hier überhaupt nicht rein«, antwortete ich.

Roos lächelte freundlich: *»Das ist kein Liebesfilm, du Trottel, es ist überhaupt kein Film, das ist das wahre Leben, also eine Angelegenheit voller Trauer und ohne happy-end.«*

»Aber im wahren Leben gibt es doch auch Liebe, Herr Sturmbannführer? Ich zum Beispiel kann Sie nicht ausstehen,

während meine Tante Sie seltsamerweise mag. Können Sie das eventuell erklären?«

»Du hast mein Glasauge sofort erkannt, aber ich lasse dich trotzdem nicht laufen. Weißt du warum?«

»Weil ich das Pech hatte, nicht in einem Liebesfilm aufzuwachsen?«

»Idiot! Weil du nicht bemerkt hast, dass du im schrecklichen Leben gelandet bist. Und das schreckliche Leben hat eine Steigerung – mich.«

Er griff zu seinem Halfter, aber ich wartete nicht, bis er irgendwas hervorzog, was bestimmt nicht nach Pralinen aussah. Ich stand auf und verließ das Kino. Draußen war hellster Tag, die Menschen flanierten und ließen sich von der Sonne bescheinen. Mir kam es vor, als würde ich durch Sturm und Regen gehen, fand schließlich eine Gaststätte mit dem Namen *Erlkönig*. Ich bestellte ein Bier, und kaum war es gekommen, trank ich das Glas leer. Ich hätte schon längst wegen Austrocknung umfallen müssen, ich war so ausgetrocknet, dass ich nicht mal schwitzte. Der Alkohol fiel sofort über meine Innereien her, eine seltsame Leichtigkeit kam über mich, die in Heiterkeit ausartete. Auf einmal kicherte ich. Warum nur musste ich diesen Roos interviewen, weshalb wollte ich Erna auf die Spur kommen, warum segelte ich unter falscher Flagge? Ich gluckste vor mich hin, als der Kellner auftauchte, mich prüfend ansah und das Stammgericht empfahl. Ich bestellte es. Kaum drehte er mir den Rücken zu, kicherte ich wieder in mich hinein. Weil mir ein Mädchen namens Dorothee den Laufpass gegeben hatte, krauchte ich einer anderen Liebe hinterher. Und stellte fest, dass sie abartig war, krankhaft, pervers. Erna und ihr Sturmbannführer Eberhard. Das taugt ja nicht mal für einen Heimatfilm. Und als wahre Geschichte nahm mir das erst recht keiner ab, falls ich so was mal erzählen wollte.

Mein Stammgericht kam. Es war eine Rindsroulade mit Salzkartoffeln und Rotkraut – gutbürgerlich sah es aus und wie gemalt. Ich wollte keinen Gedanken mehr aus mir herausquälen und machte mich darüber her, befreite die Roulade von ihren Fesseln, piekste eine Kartoffel auf und nahm eine Gabel Rotkohl in den Mund. Das süß-saure Aroma schoss mir in den Gaumen. Es gab doch noch so etwas wie das Gegenteil vom schrecklichen Leben, wenigstens hier und heute und für mich. Vielleicht war ich ein Getriebener und musste zwanghaft in fremde Gärten und Häuser eindringen, weil ich in Wirklichkeit etwas anderes suchte. Ich litt an einer Manie, die noch völlig unerforscht war. Und was hatte ich gefunden? Einen Sturmbannführer, der mir fünfzig Liegestützen befahl und dessen weiße Perücke lachhaft war. Ein Mann in seinem Alter sollte Glatzenträger sein und keinen kalten Kaffee trinken.

Aber Erna und ich hatten etwas gemeinsam, wir wollten beide nicht von unserer Liebe lassen, und war sie auch noch so abstrus. Nur hatte ich die schlechteren Karten. Dorothee wollte aus unerfindlichen Gründen nichts mehr von mir wissen, dieser Roos jedoch umarmte Erna nach wie vor. Hatte Erna denn nicht gemerkt, dass sie im schrecklichen Leben gelandet war? Ich lachte auf einmal wie ein Idiot auf und griff mir an den Kopf. Man will eigentlich gar nichts mehr denken, will sich abschalten, findet aber nicht den Schalter. Man isst eine Roulade mit Rotkraut und Salzkartoffeln und landet in der Hecke eines Ostberliner Sturmbannführers, der auf der Suche nach dem Heil ist.

Ich trank ein weiteres Bier und dann noch eins. Danach befand ich mich immer noch im *Erlkönig*, den Kellner unscharf im Blick. Erna und Mister Weißkopf, Dorothee und ich – das waren böhmische Dörfer im Himalaya, Probleme aus einer anderen Galaxie, die sich mir nicht offenbaren wollten, die ich nie und nimmer aufklären würde. Wie konnte ich nur glauben, dass meine Forschungsreise nach Berlin mich klüger machen, mein Spreizgang im Garten mich voranbringen, mein Interview mit Roos das Geheimnis enträtseln könnte? Das war so absurd wie meine Affennacht im Vorgarten bei Dorothee. Ich musste lachen, und der unscharfe Kellner warf mir einen strengen Blick zu.

Als ich in der U-Bahn-Station stand, guckte ich in mein Portemonnaie. Gähnende Leere, der Vorschuss von Frau Hüth war futsch, ich musste sofort zur ›Sonne‹ in mein Obdachlosenasyl und morgen zurück nach Mainz. Ich nahm die nächste U-Bahn, verfuhr mich, und als ich endlich auf meiner Straße vor mich hintappte, fühlte ich mich todunglücklich. Ich wusste gar nichts, hatte nichts herausgefunden, meine Reise war ein Fehlschlag.

Es dunkelte bereits, als ich die Haustür meiner Pension aufschloss, hinauf in mein Zimmer schlich und mich todmüde aufs Bett streckte, als sei ich tagelang durch ein Labyrinth geirrt.

*

Die Blätter des Baums, auf dem ich sitze, sind dicht und undurchdringlich, mein Herz schlägt laut wie eine Kirchenglocke, aber ich kümmere mich nicht darum und streife den Blättervorhang zur Seite. Vor mir Dorothees Fenster am Schusterschen Haus. Es ist dunkel, sie schläft schon, aber ich muss sie unbedingt sprechen. Ich beuge mich vor, der Ast quietscht, als wolle er protestieren. Mich kümmert das nicht, ich muss ihr Fenster mit der Hand erreichen. Jetzt habe ich es geschafft und klopfe an die Scheibe. Nichts tut sich. Ich klopfe wieder, noch einmal und noch einmal … und jetzt drehe ich mich herum und falle komischerweise nicht vom Baum. Meine Augenlider gehen auf. Das Klopfen aber geht weiter, und ich liege im Bett, in meinem Asyl-Zimmer der ›Sonne‹. Es klopft jemand an der Tür. Schlaftrunken rappelte ich mich hoch und hörte mich fragen »Ja, bitte?«

»Darf ich hereinkommen?«, erwiderte eine Stimme, die ich kenne.

Ich öffnete die Tür – und da stand Erna. Meine Schläfrigkeit fiel von mir ab. Keine Baskenmütze bedeckte ihren Kopf, und auch ihre Handtasche baumelte nicht über ihrer Schulter. Sie musste von ihrem Zimmer zu meinem gekommen sein.

»Bitte, komm doch herein«, sagte ich beklommen.

Sie trat näher, und ich bot ihr den einzigen Stuhl an, den es in diesem Zimmer gab. Noch bevor sie sich setzte, sagte sie: »Ich wusste, dass du nachkommen würdest.«

»Du wusstest es?«

»Ich hätte es umgekehrt genauso gemacht.«

Sie ließ sich auf dem Stuhl nieder, ich setzte mich aufs Bett.

»Ich wollte wissen … ich musste es tun«, stotterte ich.

»Eberhard hat mir erzählt, dass du heute Nachmittag bei ihm warst.«

Sie sagte es wie nebenbei, überhaupt nicht in einem vorwurfsvollen Ton.

»Ich wollte herausfinden … ich kann nicht glauben …«

Sie sah mich fragend an.

»Ich verstehe nicht, wie du mit diesem Mann ein Verhältnis haben kannst«, fasste ich mich. Jetzt war es draußen. Sie hatte mich dazu gezwungen.

»Ich ahnte, dass du so denkst, und manchmal denke ich selbst so.«

»Weißt du denn, wer er wirklich ist und was er gemacht hat … damals?«

»Ich weiß es nicht … nicht mit letzter Sicherheit … ich bin in all den Jahren zu einer Wolkenschieberin geworden … ich habe versucht, die dunklen Wolken meines Lebens wegzuschieben.«

Ich starrte sie an: »Er hat Bilanzen geprüft, Soll und Haben untersucht, Zahlenkolonnen kontrolliert. Sagt er. Er hat mir erzählt, dass er im Krieg in Holland war, dann hat seine Galle gestreikt. Es klingt furchtbar harmlos. Aber ich glaube ihm nicht …«

Sie unterbrach mich: »Er war der Einzige, der damals zum Bahnhof kam. An jenem Tag habe ich den verloren, den ich liebte.«

»Aber er war einer von denen, die einen guten Schlaf hatten. Er war nur ein bisschen beschämt. Wie kannst du so einen lieben?«

»Ja, er war überzeugt vom Nationalsozialismus. Und ich habe mich den ganzen Krieg über in England mit dem Gedanken getröstet, dass die Trennung von ihm gut war, notwendig, das einzig Richtige. Ein Schwein habe ich ihn genannt, einen Henkersknecht, einen Nazi. Das war mir ein Trost. Bis ich eines Tages merkte, dass es ein falscher Trost war.«

»Ein falscher Trost?«

Sie schaute mir in die Augen: »Man wird sich selbst untreu, wenn man seine Gefühle verleugnet.«

Ich schüttelte ungläubig den Kopf, doch sie sprach ruhig weiter: »Er hat am Bahnhof auf mich gewartet, ich trug meinen gelben Stern. Er hat mich in den Zug gesetzt, und ich habe mich krank und sehr einsam gefühlt. Ich war überzeugt, dass ich alles verloren hatte. Es war, als hätte man mir das Herz herausgerissen. Nie wieder wollte ich in eine solche Situation kommen. Nie wieder wollte ich ihn sehen. Nie wieder wollte ich mich verlieben.«

»Und du wusstest, dass er verheiratet war?«

Sie nickte unmerklich und sprach wie zu sich selbst:

»Doch das Wunder ist, dass die Liebe weiter geht … vielleicht ist es auch die Liebe zur Liebe.«

»Aber der Mensch hat einen Willen!«, fuhr ich auf.

»Glaubst du, dass ich überlebt hätte ohne Willen. Ich musste mir in London eine Existenz schaffen. Ich musste alle möglichen Widerstände überwinden. Ich musste essen und trinken, musste arbeiten und schlafen, hab geweint und gelacht – ja, auch das hab ich hingekriegt, das Lachen.«

Sie machte eine Pause, dann sagte sie langsam: »Ich hatte sogar den Willen, ihn zu vergessen.«

»Wie schafft man das?«, fragte ich und dachte an mein Mantra. Aus, vorbei und lange her … Mein Mantra hatte völlig versagt, Dorothee geisterte immer noch durch meine Gedanken.

Erna saß kerzengerade auf dem Stuhl, ihr Gesicht zeigte keine Regung, aber ich spürte, dass sie in der Vergangenheit war. Schließlich sprach sie weiter: »Wenn dein Geliebter dich verlässt, dann soll man ihn anklagen und verurteilen. Er hat mich weggeschickt. Er hat mich verraten. Er hat unsere Liebe verraten.«

Ich überlegte, ob das auch bei mir so war. Vielleicht schon. Aber verlassen hatte mich Dorothee nicht. Oder doch? Und ich wusste es nur nicht, weil sie nichts sagte, weil sie mich mied. Vielleicht hatte sie sich wortlos von mir entfernt. Dann wäre sie noch schlimmer als Mister Weißkopf, der Erna wenigstens zum Bahnhof brachte. Hat Dorothee mich auch verraten? Obwohl sie nicht mal einen Grund dafür hat wie dieser Roos damals.

Ich hörte Ernas Stimme: »Aber ist Liebe etwas, für das

man eine Gegenleistung erwarten soll, einen Lohn? Und wenn einer schwach ist, darf ich ihm das vorwerfen? Wenn es ihm an Mut fehlt, soll die Liebe mit Mutlosigkeit antworten?«

Ich war nicht imstande zu antworten. In dem kleinen Zimmer blieb es eine Weile still.

»Soll man denn so selbstlos sein«, fragte ich schließlich, »dass man sich verleugnet?«

»Nein, man soll sich nie verleugnen! Man soll nicht selbstlos sein … Aber plötzlich bist du es. Du kannst gar nichts dafür, du hast es dir überhaupt nicht vorgenommen.«

Ich dachte an Dorothee. Selbstlosigkeit war mir ziemlich fremd. Ich wollte doch eigentlich nur verstehen, warum sie mich mied und die Liebe zwischen uns nicht mehr brannte.

Zaghaft fragte ich: »Ist die Liebe eventuell ein Fluch, der in Selbstverleugnung endet?«

Erna murmelte: »Manchmal kommt es uns so vor.«

Sie machte eine kleine Pause, und dann sagte sie einen Satz, den ich nicht vergessen werde: »Die Liebe ist etwas Göttliches.«

Ich wusste nichts zu erwidern, und sie sprach weiter: »Ich glaube, dass die Fähigkeit, jemanden lieben zu können, eine Art Geschenk ist. Ein Geschenk, das einem in den Schoß fällt, und bei dem man sich irgendwann fragt, ob man es überhaupt verdient hat.«

»Aber … wenn man sie nicht verdient hat, warum kommt die Liebe dann? Vielleicht bildet man sie sich nur ein.«

Ihr Blick ging durch mich hindurch, als sie zögernd antwortete: »Warum kommt sie? … Vielleicht ist das die tiefste Frage überhaupt … Ich glaube inzwischen, dass die Liebe immer da ist, aber unser Wille bemerkt sie nicht, lehnt sie vielleicht sogar ab. Wir sind so mit der Welt beschäftigt, dieser rasenden Fahrt aus Leben und Überleben, dass wir sie nicht wahrnehmen. Wir gehen achtlos an ihr vorbei, und sie fühlt sich überflüssig.«

In mir sträubte sich etwas, ich musste widersprechen: »Aber bei mir ist die Liebe gekommen, und bei Dorothee ist sie schnell wieder gegangen, obwohl wir doch gar nicht so sehr mit dem Überleben beschäftigt waren?«

»Vielleicht ist sie an Dorothees Willen gescheitert, vielleicht kämpft Dorothee mit einem Problem. Weißt du das so genau?«

»Ich hatte immer den Eindruck, dass ihr alles in den Schoß fällt.«

»Du siehst sie nur aus deiner Perspektive, so wie ich Eberhard gesehen habe.«

Unwillig fragte ich: »Warum eigentlich gerade dieser Roos!«

»Warum eigentlich gerade Dorothee?«, lächelte Erna.

Ich sank zurück. Sie sprach weiter: »Zwischen Mann und Frau hat alles sein Verhältnis, und je länger sie zusammen sind, umso feiner wird es austariert, bis es erstarrt und unbeweglich wird. Am Anfang glaubt man, das Zusammensein sei die Erfüllung. Aber die Liebe bleibt nur jung und frisch im Trennungsschmerz …«

»Im Schmerz!«, begehrte ich auf, »die Liebe ist ein Schmerz?«

Erna sprach unbeeindruckt weiter: »In diesem Schmerz wachsen wir über uns hinaus, wir bieten der Welt die Stirn, wir überwältigen das Leben – und alles nur aus einem Grund. Weil wir es für den Geliebten tun, weil wir die Liebe zu ihm rechtfertigen wollen.«

Ich spürte Zorn in mir aufwallen: »Aber er hat dich verraten! Er ist hiergeblieben und hat einem Staat gedient, der Menschen in Rauch verwandelte.«

»Ich glaube, dass Treue eine Erfindung von Leuten ist, die unter Liebe eine Art Haft verstehen, eine subtile Form von Unterjochung«, erwiderte Erna leise, »Eberhard hat sich entschieden, wie er sich entschieden hat. Ich kann ihn zur Rede stellen, ich kann es ihm vorwerfen, ich kann verzweifelt sein – aber all das ändert nichts an meinem Gefühl für ihn. Meine Erinnerung an unsere letzten Minuten im Bahnhof damals wird mich begleiten bis in den Tod. Es waren die intensivsten Momente meines Lebens. Und wahrscheinlich war es die Hoffnung, ihn wieder zu sehen, die mich am Leben gehalten hat.«

Ich schaute sie an und blieb stumm.

»Aber weißt du«, sagte sie nach einer Weile, »es kommt gar nicht so sehr auf die Personen an. Du hast eine Erfahrung gemacht, die dir niemand stehlen kann. Du weißt seit Dorothee, dass das Leben nicht darin besteht, dass du atmest, sondern aus den Momenten, die dir den Atem verschlagen. Und du hast gelernt, dass nicht die Religion wichtig ist, nicht Politik oder Macht, nicht die

Moral zählt und nicht der Intellekt. Nur eines im Leben ist von Gewicht. Jener unscheinbare Moment, der dir den Atem raubt und die Liebe in deinem Herzen verankert. Nur das hat Bedeutung, nichts sonst.«

20 Verloren ist das slüzzelin

Als ich mich auf dem Rückflug befand, wusste ich noch nicht, dass ich einige Wochen später einen Brief von Dorothee in den Händen halten sollte. Alles was ich wusste, war erbärmlich wenig, so kam es mir jedenfalls vor. Immerhin war mir klar, dass ich mein altes Studium vollständig abstreifen wollte. Ich warf die BWL-Schwarten in die Mülltonne und verbrannte meine alten Vorlesungs-Mitschriften in einer magischen Prozedur auf dem Müllplatz um die Ecke. Dann schrieb ich mich bei Professor Dürr, der immer überrascht werden wollte, fürs nächste Semester ein. Sein Seminar hieß *Die Leiden des jungen Goethe,* und ich sah da klare Parallelen zu mir. Professor Feldenweid besuchte ich in seiner Sprechstunde und zog ihn in eine Diskussion über die rätselhafte Verwandlung des deutschen Volkes, ob er auch die Ossis damit meine? Nach etwa einer Stunde brach er das Gespräch erschöpft ab und nahm mich in sein Oberseminar auf. Als ich bei Frau Hüth in der Pressestelle erschien, fragte sie mich über die Berliner Uni aus. Ich klagte über die Massen, die dort herumliefen und schmückte mein fehlendes Wissen mit ein paar Einzelheiten über die studentische Wohnlage aus: Billig seien die Zimmer schon, wirkten aber wie Obdachlosenasyle, dafür könne man an jeder Ecke in Berlin prima frühstücken. Sie schmunzelte zufrieden, als ich ihr erklärte, auf jeden Fall vorerst in Mainz zu bleiben, schließlich seien Dürr und Höllebrand nicht zu verachten.

Ernesto hatte meine magische Verbrennungsaktion mitgekriegt, er klatschte mir Beifall und wollte wissen, wo ich gesteckt habe. Ich erzählte, dass sein Rat für mich pures Manna gewesen sei, ich habe mir bei einer Forschungsreise nach Berlin mehr Wissen über die Liebe verschafft.

»Na endlich!«, rief er aus, »doch hast du auch bedacht: Der Juni darf nicht vor Kälte knarren, willst eine Liebesleiche du verscharren.«

»Ich hab im Gegenteil was ausgegraben«, erwiderte ich.

»Leichenschändung?«

»Exhumierung würd' ich eher sagen. Paar Ameisen sind mir dabei in die Quere gekommen.«

»Alles chemische Reaktionen!«, rief er aus. »Und was sind deine Ergebnisse? Hast du die Liebesformel entdeckt?«

»Die Bestandteile kenne ich jetzt so ungefähr. Fluch und Geschenk, Selbstverleugnung und Schmerz. Glück vielleicht, aber nur momentweise und im Nachhinein.«

»Interessant! Da könnte ich als genialer Doktorand wirklich eine Formel draus machen. Und du bist sicher, dass Spaß und Vergnügen nicht dabei sind?«

Ich schüttelte den Kopf: »Was du meinst, ist die Formel für Sex.«

»Das gibt zu denken«, brummelte er, »das gibt mir äußerst zu denken.«

Er arbeitete übrigens mit Hingabe an seinem neuen Doktorthema ›Polymorphe Polymere in ihrer ganzen Perversion‹ oder so ähnlich und erzählte mir, dass er es in zwei bis drei Lichtjahren schaffen könne.

Ich hatte mir vorgenommen, meine Eltern über meinen Studienwechsel rasch aufzuklären. Das Gespräch mit meinem Vater war leicht. Er zog mich geheimnisvoll in mein altes Kinderzimmer und stellte mir seine neueste Geschäftsidee vor. Es ging um ein Verfahren für das todsichere Erkennen von falschen Geldscheinen.

»Die Blüten kann man durch geschicktes Reiben zwischen Daumen und Ringfinger erspüren«, sagte er, »man muss dafür allerdings ein Training absolvieren. Ein Training, das ich anbieten könnte.«

Er überlege, ob man sein Verfahren nicht patentieren könne. Und wieder sirrten bei seinen Worten ganze Geldscheingeschwader durch die Wohnung. Ich zog einen vorbeiflatternden Schein zu mir und sagte Papa, dies sei keine Blüte, was er nach genauer Inspektion mit seiner Methode bestätigte. Wir umarmten uns wie alte Freunde, und ich erzählte ihm von meinem Wechsel, ich studiere nun ein Fach, das viel besser zu mir passe, für das ich eine große Zuneigung hätte, und das ich sogar lieben könne. Mein Vater strahlte mich an, und ich merkte, dass er längst über mich Bescheid wusste und glücklich war, dass ich mich so entschieden hatte.

Schwieriger war es, meine Mutter zu überzeugen. Sie verdrehte die Augen, als ich ihr meinen Wechsel beichtete, machte eine Miene, als sei nun alles zu Ende und erklärte mich endgültig zum ewigen Studenten. Als ich ihr mein neues Fach nannte, sah sie mich erschrocken an, die Vokabel Germanistik rief ungute Gefühle bei ihr hervor, sie dachte sofort an Germanentum und kaukasische Schädel. Und meine Beteuerungen, dass ich doch bereits ein Amt habe, Anzeigendirektor sei, quasi zum Personal der Uni gehöre, prallten an ihr ab. Sie warf die Hände nach oben und rief: »Klinkenputzer ist mein Sohn! Und darauf ist er noch stolz!«

In ihren Augen hatte ich die sichere Existenz eines zukünftigen Bankbeamten verspielt, die sie mir doch so wünschte. Schließlich kam ich auf den rettenden Einfall. Ich erklärte ihr, dass ich mit dem neuen Studium Lehrer werden könnte, eine gloriose Aussicht, eine bombenfeste Sache, denn das seien Beamte, echte Beamte! Papa bestätigte es durch kräftiges Nicken, Mama aber sah mich an wie einen, der freiwillig ein Himmelfahrtskommando übernehmen will – dann folgte ein Stoßseufzer: »Die armen Kinder.«

Der Nachmittag mit Roos in Berlin beschäftigte mich noch eine ganze Zeitlang, obwohl ich ihn am liebsten vergessen hätte. Aber ich wollte doch herausfinden, ob der Weißkopf mir die Wahrheit gesagt hatte. Einige Tage nach meiner Rückkehr schrieb ich ans Bundesarchiv und die Wehrmachtsauskunftsstelle, schlug den Wissenschaftler-Ton an und fragte nach, ob es Unterlagen über ihn gäbe. Die Auskunftsstelle gab erschöpfend Auskunft, indem sie mitteilte, »dass keine Feststellungen getroffen werden können.« Umgekehrt schien dem Amt die Gelegenheit günstig, endlich mal selbst was zu erfahren und ermunterte mich im gleichen Brief: »Sollten Ihnen nähere Angaben zur Person bekannt sein, bitten wir um Mitteilung.«

Das Bundesarchiv ließ sich Zeit, offenbar brauchte man dort etliche Wochen, um die Ärmelschoner anzulegen. Schließlich forderte man mich auf, einen Benutzerantrag auszufüllen und Gebühren zu überweisen. Ich tat wie geheißen, und nach weiteren Wochen erhielt ich einige Unterlagen zugeschickt, aus denen hervorging, dass Roos als »Steuerberater und Bücherrevisor« tätig war, bis er 1936 als Wirtschaftsprüfer zugelassen wurde. Aus einem kopierten Personalbogen der ›Reichskammer der Wirtschaftstreuhänder‹ konnte ich auch ersehen, dass er seit 1935 Mitglied der NSDAP war. 1940 hatte er nach eigenen Angaben 630 Arbeitsstunden in »kriegswichtigen Betrieben« abgeleistet. Der Mann musste also gut Bescheid gewusst haben. Ich erinnerte mich an seine Worte von den impotenten Politikern, die nur Chaos geschaffen hätten. Den Hühnerhaufen namens Demokratie hat er nicht ausgehalten, er wollte, dass es perfekt und tadellos zugeht und die Sonne Tag und Nacht scheint. Also machte er sich zum Handlanger einer politischen Sonne, die sich als schwarzes Loch herausstellte.

Auch eine andere Unterlage fand ich interessant. In einem Fragebogen wurde Roos nach seiner Abstammung gefragt. Vier Kategorien gab es: Arier, Vierteljude, Halbjude, Volljude. Mister Weißkopf hatte das Wort Arier unterstrichen und handschriftlich beigefügt, dass ihm »nach sorgfältiger Prüfung« keine Umstände bekannt seien, die »die Annahme zuließen, dass er nichtarisch sei.« – Nach sorgfältiger Prüfung? Hat er schnell noch seinen kaukasischen Kopf vorm Spiegel vermessen? Und sein dichter Haarschopf, damals braun – war der nicht ein Hinweis auf semitische Lockenköpfe? Ist er in sich gegangen und hat überlegt, ob seine Beziehung zu Erna ihn vielleicht ein bisschen zum Juden machte? Wirkt die Liebe eventuell wie eine Infektion – auf einmal ist man Vierteljude, ohne es so richtig gemerkt zu haben.

In meinen Augen war er ein Mensch, der möglichst ohne Schwierigkeiten durchs Leben kommen wollte, einer jener Typen, die sich die besten Absichten einreden und dabei die übelsten Zustände hervorrufen, während sie überzeugt sind, die Welt zu retten. In paradiesischen Zuständen wollte er leben, und wenn die ein Mann mit kleinem Bärtchen versprach, war's ihm recht. Von den Stürmen vor seinem Haus wollte er nichts wissen, und Courage war ihm ein Fremdwort. Dabei hatte er kriegswichtige Betriebe geprüft, die Nürnberger Gesetze gelesen, die Hintergründe der Reichskristallnacht durchschaut – und doch schien es ihm ratsam, stumm zu bleiben. Bloß kein Aufsehen, nur kein Missfallen erregen. Sicher lebt, wer sich fügt. Er war ein Wegschauer, der vorsichtshalber in die Partei eintrat, so wie er auch jetzt in Ostberlin wahrscheinlich die neue Fahne hochhielt und Parteimitglied war. Wenigstens muss er heute nicht mehr betonen, dass er Arier ist, jetzt ist er überzeugter Vollsozialist. Nur Erna prangt als weißer Fleck auf seiner schwarzen Weste.

Ich erzählte Erna nichts von meinen Recherchen, obwohl wir uns hin und wieder trafen. Und über ihr Geheimnis sprach ich mit niemandem. Dafür redeten wir über anderes, es schien, als hätte uns das Berlin-Erlebnis zu Verbündeten gemacht. Zwei Wochen nach meiner Forschungsreise trafen wir uns in einem Frankfurter Café. Sie kam auf den Satz *Du sollst dir kein Bildnis machen* zu sprechen und sagte, dass es vielleicht das wichtigste Gebot überhaupt sei. Diese Order von ganz oben kannte ich natürlich, hatte mir aber keine erschöpfenden Gedanken darüber gemacht. Jetzt dachte ich sofort an Roos und mein Bildnis von ihm, doch sie verlor kein Wort über den Weißkopf, erklärte stattdessen, dass Gott nicht wolle, dass wir uns ein Bild von ihm machen, nicht allein deshalb, weil wir dadurch ihn fixieren und er ein starrer und toter Gott würde, sondern mehr noch, weil uns das selbst einschränkte und festlegte. Wenn wir an selbst gemachten Bildern hingen, würden wir nur uns eng und klein machen.

Ich fragte: »Gilt das auch für die Menschenwelt? Darf ich mir kein Bild von Roos machen? Und du – hast du nicht auch eins von ihm?«

»Ich habe eins«, antwortete sie nachdenklich, »aber ich wollte es überprüfen. Ich hatte Fragen, die nur er beantworten konnte.«

Welche Fragen das waren, erzählte sie mir nie, wie sie überhaupt nicht mehr auf ihn zurückkam. Ihre Fahrten nach Berlin wurden aber immer seltener. Kurz nach unserem Café-Besuch lud sie mich in ein Konzert in der Frankfurter Oper ein. Die Chaconne wurde gespielt, ich beobachtete Erna aus dem Augenwinkel, und an ihrem Gesichtsausdruck erkannte ich, was Glück sein muss. Eine Art äußerste Leidenschaft, aber nach innen genommen. Lediglich der Widerschein spiegelte sich auf ihrem Gesicht, und ich spürte, dass sie jetzt bei ihm war und in jene intensivsten Augenblicke ihres Lebens zurückkehrte. Ein unangenehmer Gedanke flog mich an. Vielleicht sitze ich hier als sein Stellvertreter, vielleicht verwandle ich mich gerade in diesen Weißkopf Roos. Und wenn wir aus der Oper kommen, marschieren braune Kolonnen durch die Straßen.

Nach dem Konzert, ich reichte ihr schon den Mantel, sagte sie etwas Seltsames. Ein Konzert sei für sie so etwas wie für Gläubige ein Besuch in der Kirche oder Synagoge. Dann fragte sie, ob mir meine Herkunft etwas bedeute?

»Warum sind die Leute so besessen von ihrer Herkunft oder Religion? Das bringt doch nur Unglück?«, erwiderte ich unwillig.

»Wegen der Unterschiede«, antwortete sie, »man kann sie abstreiten, aber es gibt sie trotzdem. Du weißt doch längst, dass man seine Herkunft nicht verleugnen kann, man würde sich sonst selbst verleugnen. Und wer sich verleugnet, lehnt sich ab.«

Sie machte eine kleine Pause: »Hast du nicht deshalb den Kontakt zu mir gesucht? Bist du mir nicht deshalb nach Berlin nachgekommen? Du wolltest in Wirklichkeit mehr über dich selbst herausfinden.«

Ich nickte zögernd, und mir dämmerte, dass sie Recht haben könnte.

»Man muss seine eigene geistige Adresse kennen – sonst kann man keine Post verschicken«, sagte sie lächelnd.

Ich blieb stumm, aber tief im Innern spürte ich, dass sie einen wunden Punkt getroffen hatte. Meine geistige Adresse … wie war die eigentlich? Bisher hatte ich eher das Gefühl gehabt, adressenlos zu sein – oder ignorierte ich sie, die Adresse? Nur beim Gespräch mit Ernesto nach dem Essen beim Griechen war meine geistige Adresse kurz aufgeblitzt. Ich stimmte Erna innerlich zu und beschloss, Dorothee einen Brief zu schreiben, ihr von meiner Berlin-Fahrt zu erzählen, von dieser bizarren Liebe meiner Tante zu Mister Weißkopf und warum mir die Sache so naheging. Vor allem müsste ich meine geistige Adresse preisgeben, meine Herkunft von einer jüdischen Mutter, die mit einem Christen verheiratet ist, der ihr in der Nazi-Zeit das Leben gerettet hatte. Weshalb es mich überhaupt gab. Aber zu diesem Brief kam es nicht mehr.

Von Dorothee sah und hörte ich überhaupt nichts. In der Bibliothek hielt ich immer Ausschau nach ihr, manchmal wartete ich sogar vor den Damen-Toiletten in der Hoffnung, dass sie irgendwann herauskäme. Doch nirgendwo begegnete ich ihr. Sie war wie vom Erdboden verschluckt. Eines Tages aber, die Ferien hatten gerade begonnen, erhielt ich einen Brief. Als Absender stand nur ein Vorname hinten drauf: Dorothee. Mit zitternden Fingern öffnete ich ihn und las:

Lieber Mischa,

ich schreibe Dir aus der Ferne und möchte Dir so vieles sagen, aber in meinem Kopf ist Unordnung, dass ich nicht weiß, wo ich anfangen soll. Ich möchte Dir vor allem danken für die wunderbare Zeit, die wir zusammen verbracht haben. Ich erinnere mich an alles, und damit meine ich, dass ich ganz nah bei Dir bin. Die rasende Fahrt auf dem Fahrrad, wir zwei vor dem zwitschernden Vogelbaum in einem langen Kuss, die Regentour nach Eltville in Deinem durchlässigen Rolls-Royce, und wie wir am Fenster standen und in den Sturm schauten – es ist mir alles so frisch, als sei es eben erst geschehen. Und ich wärme manchmal den Stein mit meiner Hand, den Du vorm Vogelbaum aufgehoben hast, weißt Du noch? Darauf konntest Du lesen ›Für Dorothee und Mischa habe ich alle Kanarienvögel, Wellensittiche und sonstige Nachtigallen auf den Baum befohlen, damit sie ihnen ein Ständchen bringen. Gott.‹ Das steht auch heute noch drauf. Wir waren so vertraut miteinander, dass ich manchmal glaube, wir seien ein ganzes Leben schon zusammen gewesen und nicht nur so kurze Zeit. Ich habe es geliebt, mit Dir zu lachen, und ich habe Dein Lächeln geliebt, das so viel mehr als Worte sagte. Und am meisten habe ich vielleicht Deine Blicke geliebt, die verschmitzten, die komischen und die traurigen. Einmal werden diese Erinnerungen Flügel bekommen, und wie die Vögel damals sich in einen endlosen Himmel erheben.

In der Bibliothek, wo wir uns zum letzten Mal sahen, hätte ich Dich so gern gedrückt und geherzt, aber ich musste schnell fortlaufen, um Dir nicht meine Tränen zu zeigen. Ich habe die Uni in Mainz verlassen. Ich habe Deutschland verlassen. Und wenn Du diesen Brief in den Händen hältst, bin ich unterwegs in die USA. Ich kann keinen deutschen Jungen lieben, ich will es nicht, ich darf es nicht, ich bin es meinen ermordeten Tanten und Onkeln schuldig. Denn ich bin Jüdin. Du würdest mich besser verstehen, wenn Du mehr über das Schicksal meiner Familie wüsstest. Hier ist ein kleines Gedicht für Dich, das schon im Mittelalter geschrieben wurde, aber Du wirst es verstehen: »Du bist min, ich bin din / des solt du gewiss sin. / du bist beslozzen / in minem Herzen / verlorn ist das slüzzelin / du muost immer darinne sin.«

Deine Dorothee

Der Brief war mit einem Füllfederhalter geschrieben, und ich stellte während des Lesens fest, dass die Buchstaben verschwammen. Meine Tränen fielen auf den Brief. Du bist in meinem Herzen verschlossen, bleibst immer drinnen. Ich musste schluchzen. Verloren ist das Schlüsselchen. Ich erinnerte mich an meinen Traum … verlorn ist das slüzzelin … diesen Satzfetzen hatte ich geträumt, aber ich konnte nicht ahnen, welche Bedeutung er besaß.

Während der Semesterferien arbeitete ich an dem Plan einer Reise in die USA. Ich wollte das ganze Land abklappern, bis ich sie fand. Denn ich bin so wie du, Dorothee! Schon als Kind habe ich einsam vor dem Weihnachtsbaum gesessen, es gibt auch bei mir kaum Verwandte, sie sind alle durch einen Schornstein geflogen, nur Erna und Onkel Heine konnten sich in die Emigration retten.

Ich musste nach Amerika! Ich musste meine Liebe wieder finden! Und Dorothee über ihren schrecklichen Irrtum aufklären! Ich erzählte Ernesto von meiner Absicht. Er umarmte mich und teilte mir dann trocken mit, dass ich für eine solche Suche länger brauche als er für seine Doktorarbeit. Ich glaube ihm nicht, aber wahrscheinlich hat er doch Recht. Dann wieder denke ich, ich mache es und werde sie finden, auch wenn es drei Lichtjahre oder länger dauert. Denn seit Dorothee weiß ich, dass man nicht lebt, weil man atmet, sondern weil es Momente gibt, die einem den Atem verschlagen.

Inhalt

ISBN 978-3-86351-443-3

Redaktion: Waldemar Wolf, Ludwigsburg.
Umschlaggestaltung: Christiane Hemmerich
Konzeption und Gestaltung, Tübingen.
Herstellung: Horst Schmid, Mössingen.
Satz: CompArt, Mössingen.
Druck und Einband: Pustet, Regensburg.

Mehr über das Verlagsprogramm von Klöpfer & Meyer
finden Sie unter *www.kloepfer-meyer.de*